Crème glacée et dépaysement

**Catalogage avant publication de Bibliothèque et
Archives nationales du Québec et Bibliothèque et Archives Canada**

Dubreuil, Annie, 1982-
Crème glacée et dépaysement
ISBN 978-2-89585-807-2
I. Titre.
PS8607.U219C732 2016   C843'.6   C2016-940383-1
PS9607.U219C732 2016

Éléments de la couverture : Freepik

Les Éditeurs réunis bénéficient du soutien financier de la SODEC
et du Programme de crédit d'impôt du gouvernement du Québec.

Nous remercions le Conseil des Arts du Canada
de l'aide accordée à notre programme de publication.

Financé par le gouvernement du Canada |

Édition :
LES ÉDITEURS RÉUNIS
lesediteursreunis.com

Distribution au Canada :
PROLOGUE
prologue.ca

Distribution en Europe :
DILISCO
dilisco-diffusion-distribution.fr

 Suivez Les Éditeurs réunis sur Facebook.

Imprimé au Québec (Canada)

Dépôt légal : 2016
Bibliothèque et Archives nationales du Québec
Bibliothèque nationale du Canada
Bibliothèque nationale de France

Annie Dubreuil

Crème glacée
et dépaysement

LES ÉDITEURS RÉUNIS

À maman.

23 juin

— Vous connaissez la règle ? a demandé Dominique, en poussant ses quatre enfants à quitter la fraîcheur de la voiture pour suffoquer sous une chaleur écrasante. Crème glacée pour tout le monde si vous vous tenez tranquilles. Et dans tranquilles, j'inclus : pas de fou rire, pas de soupir et pas de chialage. C'est clair ?

Dans les rues comme dans les appartements non climatisés, on proclamait son amour pour les belles journées d'été. Et ce, même si l'été venait à peine de débuter.

— Il fait chauuud…, s'est lamenté Édouard, le fils de Dominique, en s'essuyant le front avec le revers de son polo.

— Profites-en. Dans six mois, tu vas te plaindre qu'on gèle, a-t-elle répondu, en tirant la main de sa plus jeune, qui refusait d'avancer à cause de la chaleur accablante.

À Longueuil, comme aux quatre coins du Québec, la saison des camions de déneigement n'était plus qu'un lointain souvenir. On pouvait maintenant cuisiner un brunch sur le capot de sa voiture, œufs et bacon compris.

— Dépêchez-vous, les gars. Maman ne veut pas être en retard, a-t-elle repris, en s'approchant de l'attroupement de gens.

À l'odeur de sueur embaumant l'air et à l'absence d'enthousiasme des invités, il ne manquait plus que l'effluve des hot-dogs grillés pour laisser croire qu'il s'agissait d'une grande réunion de famille.

Évidemment, les pierres tombales alignées symétriquement éliminaient toute confusion quant à la raison ayant permis ce regroupement.

Au pied du trou, Louise était aux premières loges.

Difficile de faire autrement, puisque la tâche de mettre en terre les vestiges de son mari lui revenait. Pour le spectacle, elle a plié le genou légèrement et a déposé solennellement la petite boîte en bois, en prenant soin de ne pas salir sa robe noire en slinky achetée deux jours plus tôt expressément pour l'occasion, mais pas exclusivement.

Le choix de la crémation s'était imposé de lui-même.

Elle en avait assez sur le cœur pour ne pas donner la chance au défunt de ressusciter. Si sa famille avait omis de se déplacer pour lui témoigner son appui et si la quasi-totalité de ses collègues de chez Jobin crèmes glacées ne s'était pas infligée, à son tour, cette obligation, elle aurait, sans aucun remords, jeté les restes de Jacques dans ses platebandes de vivaces. Mort, Jacques devenait un engrais naturel riche en phosphate et en azote.

Tous les gens importants aux yeux de la quinquagénaire étaient présents, à l'exception de sa nièce Annabelle, qui brillait par son absence. Par contre, Louise ne lui en tenait pas rigueur. La jeune femme était retenue de l'autre côté de l'Atlantique par un contrat de danse pour l'un des plus grands cabarets du monde. Il y avait beau avoir mort d'homme, la vie se devait de continuer pour les vivants.

— Les gens ont des étoiles qui ne sont pas les mêmes. Pour les uns, qui voyagent, les étoiles sont des guides…

Alors que l'opérateur des pompes funèbres, officiant la cérémonie de mise en terre, récitait un extrait du *Petit Prince* de Saint-Exupéry, Louise essayait de toutes les façons de contenir sa hargne en serrant les fesses au lieu de la mâchoire. Par principe, personne n'allait regarder le derrière de la veuve. Après tout, c'était un excellent exercice pour faire travailler les muscles de son plancher pelvien.

Bien que la colère soit une étape normale du deuil, elle n'est, de façon générale, pas la première émotion ressentie lors du décès subit d'un conjoint avec qui on a vécu pendant plus de trente ans. Louise faisait exception.

Pour elle, il était hors de question qu'elle donne à l'âme de Jacques une chance de monter au ciel. C'est pourquoi la célébration se voulait laïque.

— … Pour d'autres, elles ne sont rien que de petites lumières.

Étrange comment certaines personnes réagissent à la mort.

Diane, la sœur de la veuve, portait l'accablement de toute la famille sur ses épaules. Les coulées noires sur ses joues, elle volait la vedette en perturbant la cérémonie avec de grands sanglots mal maîtrisés. Curieusement, Diane tolérait à peine son beau-frère de son vivant. Maintenant qu'il était en cendres et bientôt à six pieds sous terre, elle pleurait son départ comme un apprenti cuisinier pleure la confection de sa première soupe à l'oignon destinée à soixante convives.

Dans l'immédiat, Louise ne s'en formalisait pas. En braillant pour deux, sa sœur la libérait de cette tâche.

Au cours des dernières années, Louise s'était faite à l'idée que son compagnon de vie partirait probablement avant elle. Par contre, elle ne s'attendait pas à un départ aussi précipité. À la suite de l'infarctus et des cinq pontages coronariens que Jacques avait dû subir par le passé, elle s'était considérée comme chanceuse de l'avoir quelque temps de plus à ses côtés. Cependant, ce n'était pas à n'importe quel prix.

— *Quand tu regarderas le ciel, la nuit, puisque j'habiterai dans l'une d'elles, puisque je rirai dans l'une d'elles, alors ce sera pour toi comme si riaient toutes les étoiles*, avait fini par conclure l'officiant de la cérémonie avant de faire signe à Kevin, le fils du défunt, de lancer la première poignée de terre sur la boîte en bois qu'il leur avait vendue à un prix exorbitant.

Au fond d'elle, Louise devait admettre qu'il y avait tout de même du bon dans le décès de son mari. Elle avait eu l'occasion de voir son fils plusieurs fois dans la même semaine. Chose très rare, sinon impensable, depuis que Kevin avait quitté le foyer familial.

Pour surmonter cette épreuve, elle n'était pas seule. Le nombre de personnes vêtues de noir et fondant sous le soleil en témoignait.

Accompagnée de Jean-François, son *chum* des six derniers mois, Yolanda se tenait prête à venir en aide à sa collègue et amie. Avec un peu de remords, elle avait vu les obsèques de Jacques comme l'occasion de se pavaner avec quelques éléments de sa nouvelle garde-robe d'été. Son régime draconien de l'automne précédent avait eu des résultats surprenants sur sa silhouette à l'allure, jadis, d'une poire d'Anjou. Étonnamment, elle avait réussi à maintenir l'aiguille du pèse-personne au même niveau depuis son dernier jour de privation. À ce sujet, elle pouvait remercier le sexe de lui faire brûler autant de calories. Maintenant, elle pouvait s'acheter de jolies robes d'été sans avoir l'impression de les sélectionner dans des présentoirs de boubous africains, et elle comptait bien en profiter.

Plutôt que d'opter pour une tenue classique monochrome, elle avait choisi de revêtir une robe rose bonbon. La couleur du tissu mettait son teint en valeur. Ce n'était pas elle qui l'affirmait, mais bien la vendeuse de chez Reitmans, qui l'avait aidée à faire gonfler sa facture à plus de trois articles. Pour éviter de paraître vulgaire aux yeux de tous, Yolanda avait tout de même pris soin de jeter un châle noir sur ses épaules. Les rédactrices du magazine *Elle Québec* n'insisteront jamais assez sur l'importance d'utiliser les bons accessoires pour transformer une tenue selon l'occasion.

Malgré la légèreté de ses vêtements, elle sentait les gouttes de sueur perler dans sa craque de seins.

Au fil des phrases prononcées par le célébrant, Yolanda luttait pour éviter la main de Jean-François qui essayait, par tous les moyens, de partager ce moment d'intensité. Déjà que sa présence l'étouffait, elle n'avait aucunement envie de perdre, en plus, la liberté de ses cinq doigts.

— Ta main est moite…, a-t-elle chuchoté, en le rejetant.

En six mois, sa vie avait pris un véritable tournant. Elle était passée de célibataire endurcie à blonde, puis à belle-mère d'un enfant de huit ans. Et tout ça à la suite d'une seule partie de fesses ! Même si sa vie sexuelle lui fournissait une bonne dose d'endorphine, ce n'était pas suffisant pour lui faire oublier la boule d'anxiété que ce changement faisait naître dans sa poitrine. Si, au moins, Jean-François s'était avéré à la hauteur du prince charmant qu'elle s'était idéalisé durant ses trop longues années de célibat. Comble du malheur, Sébastien, son chat, semblait avoir beaucoup plus d'affinités avec lui qu'avec sa maîtresse. Ce sentiment mettait une pression de plus sur son couple. En cas de rupture, il n'y avait pas seulement deux adultes et un gamin d'impliqués. Il y avait aussi un félin !

Arrivé un peu en retard au début de la cérémonie, Étienne s'était faufilé jusqu'à sa collègue, en prenant soin de ne pas attirer l'attention. Même s'il n'appréciait pas Louise autant que ses autres collègues, son éducation lui imposait de faire acte de présence afin de lui témoigner ses condoléances. Et, surtout, il ne voulait pas savoir de quelle façon l'adjointe administrative du grand patron pourrait lui faire regretter son absence dès son retour au travail.

En déposant une main sur l'épaule de Yolanda, Étienne l'avait informée de son arrivée. Jean-François avait échangé un regard avec le nouveau venu. Pas besoin d'avoir un doctorat en synergologie pour lire dans ses pensées. Rapidement, Étienne a retiré sa main de l'épaule de sa collègue. Le mâle dominant lui avait fait comprendre qu'il n'aimait pas qu'un autre mâle touche à sa femelle.

— Virginie n'est pas là ? a articulé Yolanda, sans faire sortir un son de sa bouche.

En guise de réponse, Étienne a roulé les yeux vers le ciel.

Il n'a pas eu à faire un dessin à sa voisine de bureau. Yolanda devinait que Virginie, sa femme, avait fait une nouvelle crise de boutons. Ces deux-là étaient champions en la matière !

Dominique avait beau être une bonne amie de Louise, ce n'est pas par choix qu'elle se tenait à l'écart. Accompagnée par toute sa marmaille, elle usait ses nerfs à essayer de la contenir. Cette sortie, peu réjouissante pour des enfants, se serait déroulée beaucoup plus facilement si son conjoint n'avait pas eu un dossier urgent à terminer en ce samedi matin et s'il les avait gardés à la maison comme prévu. Puisque Patrick est associé dans un important cabinet d'avocats, il n'était pas rare que son travail empiète sur sa vie de famille.

— C'est looong, a soupiré l'aîné, Maxence, de façon assez audible pour que le couple devant eux se retourne et jette un regard de feu à sa mère.

Dans un moment comme celui-là, Dominique aurait aimé, plutôt que de passer pour la créatrice de ces petits morveux, être perçue comme leur gardienne ou, tout au plus, leur tante. Elle-même sentait que sa patience de mère commençait à lui faire faux bond. Il faut croire que la pomme ne tombe jamais très loin de l'arbre.

Exaspérée, elle a tenté le tout pour le tout.

— Si tu restes tranquille, je vais te donner dix dollars.

D'un large sourire, Maxence a acquiescé. Puisqu'il n'était pas en mesure d'aller bien loin, il a saisi l'occasion de se faire un peu d'argent de poche sans trop d'effort. Le syndrome de l'appât du gain étant contagieux, il a rapidement atteint Édouard, le deuxième garçon de la lignée.

— C'est plaaaate…, a-t-il poussé, sans même prendre la peine de se faire discret.

— Eille! a chuchoté agressivement Dominique, en peinant à maîtriser son exaspération.

La répartie n'a pas impressionné le jeune garçon.

— Pour dix dollars, moi aussi je vais me tenir tranquille.

En acceptant l'offre, Dominique venait de lâcher les premières armes. Sortir en famille allait devenir une activité dispendieuse.

— Pis moi, pis moi ? a renchéri Simon, qui venait à peine de fêter son sixième anniversaire.

— Toi, tu vas avoir droit à un cornet roulé dans un assortiment de bonbons. *That's it, that's all !*

Il y a tout de même une limite à se faire manipuler par un enfant qui vient tout juste de terminer la maternelle.

Somme toute, son outil de négociation semblait efficace. Heureusement pour elle, Lili n'était pas à une étape avancée dans son développement pour en rajouter.

Son intervention tirant à sa fin, le croque-mort a suggéré à la famille et aux amis présents d'observer une minute de silence en hommage au défunt.

À la suite de cette annonce, Dominique s'est sentie soulagée d'avoir acheté la paix quelques instants plus tôt.

Pendant cette courte période de réflexion, Louise a lutté pour ne pas se mettre à hurler des bêtises au ciel, en espérant être entendue par feu son mari. Même si l'envie la grugeait de l'intérieur, il y avait certaines vérités qu'elle aimait mieux garder pour elle.

Pendant la minute de recueillement, ceux qui étaient présents par obligation sociale en ont profité pour étudier méticuleusement le bout de leurs chaussures, pour s'attaquer subtilement aux cuticules de leurs ongles, ou pour préparer mentalement leur liste d'épicerie.

Un peu plus loin, M. Jobin, le patron de Louise, avait manifestement laissé son esprit à l'usine. En pleine période de chaleur estivale, il avait suffisamment de quoi s'occuper avec la production des trente saveurs de crème glacée courantes en plus des sept parfums saisonniers, tout en se préoccupant de l'avancée des travaux d'agrandissement de l'usine. D'ici un an, la laiterie Jobin crèmes glacées allait doubler sa superficie. L'investissement était colossal. M. Jobin jouait quitte ou double, et espérait ne pas perdre son short dans le détour.

Marquant la fin du silence, le responsable des pompes funèbres a fait une dernière annonce :

— En souvenir de Jacques, la famille convie les proches à un goûter qui sera servi dans la salle des familles.

En voyant tous ces gens se diriger vers l'entrée de la bâtisse principale, Louise n'avait jamais pensé qu'elle avait autant de proches, même en greffant quelques branches supplémentaires à son arbre généalogique. Malgré le raffinement de l'alimentation des Québécois depuis les dernières décennies, les petits sandwichs « pas de croûtes » restaient un favori.

Ceux qui digéraient difficilement la mayonnaise ont saisi l'occasion pour tirer leur révérence.

— Prenez le temps qu'il vous faut avant de revenir au bureau, Louise, a dit son patron en toute sincérité, en se dirigeant vers le stationnement.

Dans le complexe funéraire adjacent au cimetière, la ruée vers le buffet s'est faite relativement sans anicroche. Même s'il fallait jouer des coudes dans la file et bousculer quelques personnes au passage, la famille du défunt se considérait comme prioritaire quant au plateau de sandwichs aux œufs et au jambon.

Mohammed et Denise, des collègues de l'usine, avaient évité la cohue en commençant le repas par la fin. C'est-à-dire le dessert. Dépendants du sucre un jour, dépendants du sucre toujours. À chacun son mantra!

— Ce devait être épouvantable de trouver Jacques comme tu l'as fait…, a déclaré, la bouche pleine, une vieille cousine éloignée, qui s'était sûrement déplacée pour piger dans le buffet froid dans l'espoir de rapporter un peu de restants chez elle.

À cette question, Louise a seulement approuvé en hochant la tête. Si seulement sa parente savait. Si seulement le monde entier savait comment les choses s'étaient réellement déroulées.

— On est là, si tu as besoin, a entendu Louise de la bouche d'une pure inconnue.

Vers quinze heures, il ne restait que quelques petits groupes de gens. Les rires qui résonnaient dans le sous-sol du salon funéraire ne semblaient plus être liés à la remémoration d'anecdotes touchant le mort.

Voyant que le goûter s'étirait inutilement, Louise a prononcé la phrase magique :

— Ceux qui veulent se faire une assiette pour la ramener à la maison, servez-vous. De toute façon, Kevin et moi ne pourrons jamais manger tout ça.

Elle aurait pu dire « abracadabra » que le buffet et les derniers convives n'auraient pas disparu de son champ de vision plus rapidement.

— Maman, peux-tu me donner un vingt pour que je prenne le taxi jusqu'à chez moi ? a quémandé Kevin.

— Je vais aller te reconduire, a-t-elle répondu, en voyant là une occasion de découvrir enfin le lieu où vivait son fils. Après tout, si une mère ne peut pas faire un peu de taxi pour la personne qui compte le plus…

Elle aurait poursuivi son témoignage d'amour si le soupir de Kevin ne l'avait pas interrompue. Visiblement, le décès de son père ne l'avait pas attendri.

— Penses-tu que tu pourrais me donner un vingt ou deux quand même ?

* * *

À l'exception des vieux succès disco d'une station de radio de matantes qui jouaient en sourdine dans la voiture, le trajet vers Montréal avait été des plus silencieux. Louise avait essayé de faire quelques commentaires en voyant la température affichée en rouge sur le tableau numérique du toit de la brasserie Molson Coors. Avec son assiette de restants sur les genoux, Kevin lui avait répondu par des monosyllabes. Puis devant un appartement au coin de l'avenue des Érables et de la rue Gauthier, il a ouvert la bouche :

— C'est ici.

Elle a attendu une invitation pendant quelques secondes. Rien.

De toute façon, une mère ne devrait pas en avoir besoin pour monter chez son enfant. Elle s'est stationnée et s'apprêtait à sortir lorsque son garçon a freiné son élan.

— J'aimerais mieux pas. Je n'ai pas eu le temps de faire le ménage. Et je n'ai pas tout à fait envie que ma mère s'incruste dans mon intimité, a-t-il fini par dire, avant de refermer la portière.

La dernière phrase a eu l'effet d'un couteau dans le cœur de sa mère. Kevin avait toujours été un peu farouche, mais là…

Pour ne pas être sans nouvelles de lui pendant six mois, elle n'a pas insisté. Il aurait peut-être fallu qu'elle sorte quelques billets de banque additionnels de son portefeuille pour avoir droit à une accolade et à un bec sur la joue. Malheureusement, elle n'avait pas eu le temps de passer au guichet automatique depuis les derniers événements.

Le cœur gros, elle a repris le chemin de la maison en faisant un arrêt à la quincaillerie.

Dans l'allée du Rona, elle a hésité un court instant entre la boîte de sacs poubelles traditionnelle de quarante unités et celle de soixante. Puis elle a saisi la plus grosse.

Après tout, elle se sentait prête pour faire un gros ménage dans sa vie.

24 juin

— Est-ce qu'on peut aller se baigner, là? a demandé Édouard, avec sa serviette autour du cou.

Juste derrière lui, ses deux frères attendaient avec impatience la permission de courir vers la piscine.

Dominique était découragée par l'heure qu'indiquait sa montre. N'était-il pas possible, pour une mère de famille, de siroter un café tranquillement, autour de la table, un dimanche matin? Du moins jusqu'à huit heures?

— Est-ce qu'il va falloir que je le répète tous les jours? Vous ne pouvez pas vous baigner avant dix heures.

— C'est parce qu'on vient de déjeuner ou parce que le chlore de l'eau va nous rendre aveugles? a demandé Édouard, une lueur d'espoir dans les yeux.

Rapidement, Dominique a réfléchi. Elle connaissait son garçon. C'était un ratoureux.

De toute évidence, la première raison suggérée était un piège. Comme ils s'étaient levés aux aurores, il y avait un bon moment que leur déjeuner avait quitté leur estomac pour entamer la grande descente.

— Bien entendu, c'est pour laisser le temps au chlore de s'évaporer un peu. Vous ne voudriez pas avoir à marcher avec une canne blanche en sortant de l'eau, non ?

Sans attendre plus d'explications, Maxence et Simon sont retournés s'asseoir devant la télévision. Édouard avait, quant à lui, une envie de rouspéter.

— Tu nous fais le même coup toutes les fins de semaine. Tu ne pourrais pas le mettre plus tôt, le chlore !

Un jour, peut-être, elle allait leur avouer que l'eau de la piscine était purifiée au sel, mais pas avant qu'ils aient, eux-mêmes, des enfants et fantasment, tout comme elle, sur quelques heures de sainte paix.

— Il faudrait qu'on parle, a annoncé Patrick en volant une gorgée de café de sa tasse, avant de s'asseoir devant elle à la table.

Le ton que son mari avait emprunté n'avait rien de rassurant. À coup sûr, il allait lui annoncer une mauvaise nouvelle.

La dernière fois qu'il avait prononcé ces mots, c'était pour la préparer à une mutation à Toronto. Heureusement, le projet était tombé à l'eau. Malgré tout, elle ne se sentait pas d'attaque pour supporter le poids d'un stress supplémentaire. Les enfants étaient en vacances, et, par expérience, elle savait que le camp de jour ne suffirait pas à brûler leur excédent d'énergie.

Elle a pris une inspiration étonnamment profonde avant de répondre :

— Vas-y, *shoot* !

— Voyons, Dominique, on n'est pas dans une partie de hockey…

— Lance-moi ta mauvaise nouvelle, je suis prête.

La bouche en coin, Patrick était surpris de voir à quel point sa femme le devinait. En jouant avec le couvercle collant du pot de marmelade, il s'est mis à louvoyer :

— Je ne pourrai pas prendre mes vacances comme prévu.

S'il pensait la laisser seule pour gérer quatre enfants pendant les vacances familiales, il se mettait le doigt dans l'œil. C'était bien beau, jouer les femmes modèles et conjuguer famille et travail sans jamais perdre le contrôle, mais elle aussi avait besoin d'une pause de temps à autre. Voyant que le cerveau de Dominique s'était mis à rouler à une vitesse dangereuse pour les accidents verbaux, Patrick a poursuivi sans même lui donner la chance de prononcer une syllabe de frustration.

— Je sais que j'ai reporté le voyage au moins deux fois à cause du travail…

Dominique n'a pas eu besoin qu'il finisse sa phrase pour comprendre ce qu'il essayait de lui dire. Encore une fois, leur voyage à Paris allait être remis à une date ultérieure.

Alléluia !

Enfin, ses prières avaient été exaucées ! Et plus encore, puisque les vacances familiales étaient épargnées.

Amen !

Aussi mauvaise que la nouvelle aurait pu paraître pour certaines, pour Dominique, elle représentait une grande libération. Elle allait pouvoir s'épargner ce voyage en avion qui la terrorisait et qui l'empêchait de dormir depuis des mois. Rêver, de façon récurrente, de courir dans l'allée d'un avion vêtue seulement d'une veste de flottaison faite de macarons à la framboise avant que l'engin fasse un amerrissage dans l'océan ne lui permettait pas tout à fait d'atteindre un sommeil réparateur.

Elle n'avait pas besoin d'analyser ses cauchemars pour comprendre que son subconscient était complètement au diapason de son conscient : elle n'avait aucune envie de découvrir les vieux pays. De toute façon, elle connaissait Paris pour l'avoir visité maintes et maintes fois en regardant, avec les enfants, le Blu-ray de *Ratatouille*. C'était bien assez !

Pour éviter de laisser croire à Patrick qu'il pouvait remettre leurs vacances sans jamais créer de déception, elle avait compris qu'il était préférable de cacher son enthousiasme.

— Je suis déçue, mais je vais survivre.

— Dodo, fais-moi pas ça. Je me sens déjà assez coupable. En même temps, je n'ai pas le choix. C'est un gros client…

— On établit tous nos priorités, a-t-elle notifié, pour que son homme ressente un peu de culpabilité.

La pointe de Dominique l'a incité à lui retourner la balle :

— OK. Je vais dire à mes associés que je dois prendre des vacances avec ma femme. Au pire, je n'aurai peut-être plus d'emploi en revenant. Avec la conjoncture économique, je ne suis pas certain de retrouver un poste aussi payant en claquant des doigts. Mais ce n'est pas grave, on coupera dans les dépenses. De toute façon, Lili n'aura plus besoin d'aller à la garderie et les gars, au service de garde. Je serai là pour m'en occuper, a renchéri Patrick, bien à l'aise avec les techniques manipulatrices qu'il puisait dans son coffre à outils pour bâtir un plaidoyer convaincant.

En réponse à son argumentaire, Dominique lui a fait les gros yeux. Elle savait très bien que la décision de Patrick était déjà prise. Et, au fond, c'était très bien ainsi. Puisque sa belle-mère projetait déjà de venir passer la semaine à la maison pour surveiller les enfants, elle pourrait prendre quelques jours au Spa Eastman, histoire de se faire dorloter et de découvrir jusqu'à quelle limite elle pouvait endurer la faim en effectuant une cure de raisin.

Alors que sa douce se détendait à l'idée de vivre des vacances créées sur mesure pour elle, Patrick a mis un frein à son élan :

— Ce n'est pas parce que mon voyage est à l'eau que le tien l'est pour autant. Le bureau s'est offert pour me rembourser mon billet, *upgrader* le tien et en payer un à la personne de ton choix. Je ne veux surtout pas te priver. Paris, je l'ai vu au moins dix fois, mais pas toi.

Dominique a figé. Aussitôt, sa lèvre inférieure s'est mise à trembler :

— Tu sais que je ne tiens pas tant à ces vacances…

Et ça, c'était un euphémisme pour ne pas dire qu'elle aimait mieux passer une semaine au motel Coconut de Trois-Rivières, ou dans un campement de chasse au Témiscamingue, ou même simplement dans un sac de couchage sous le pont Champlain, plutôt que dans l'une des adresses mythiques de la Ville lumière.

— Voyons, Dodo ! Je ne t'offre pas de prendre un vol intérieur sur Sudan Airways. Tu vas voyager en classe affaires sur les ailes d'Air Canada. Tu serais folle de dire non à ça !

La peur est une émotion irrationnelle qui ne se soigne pas seulement en ignorant son existence.

— Tu ne peux pas comprendre. Tu n'as jamais eu peur de mourir en avion, a-t-elle répliqué, en contenant très mal ses sanglots. La dernière fois…

— Franchement, j'étais avec toi, et ce qu'on a traversé était à peine une petite poche d'air. Tu ne peux pas t'empêcher de vivre des expériences extraordinaires à cause d'un peu de turbulences sur un vol Montréal-Cancún !

— Et pourquoi pas ? a-t-elle pleurniché.

— Parce que j'ai fait des pieds et des mains au bureau pour que tu puisses partir avec une amie. Il est hors de question que je retourne voir le président pour lui dire de laisser tomber ! Je n'ai pas envie de passer pour un con !

— Et si je ne trouve personne pour m'accompagner, tu ne me demanderas quand même pas de partir toute seule à l'autre bout du monde…? a gémi Dominique, telle une accusée au criminel plaidant pour sa liberté.

Les pleurs émanant de la cuisine ont vite fait de se rendre jusqu'aux oreilles des enfants :

— Papa, qu'est-ce qu'elle a, maman ? Vous avez décidé de vous séparer ? a demandé Maxence.

— Maman a de la peine, car papa lui offre de partir faire un super beau voyage, a ironisé Patrick.

— Est-ce que c'est une façon détournée pour dire que maman va mourir ? a renchéri Édouard.

Dominique s'est mise à sangloter de plus belle.

— Ça suffit ! Tu as plus de chances de mourir d'un accident de moto que d'un accident d'avion !

— Je ne suis jamais montée sur une moto, a-t-elle raisonné.

— C'est exactement ce que je dis !

* * *

Avant d'offrir à une amie de l'accompagner dans son «dernier voyage», Dominique a essuyé ses yeux et a visité ses sites Internet préférés à la recherche de quelques bons de réduction à imprimer. À chacun ses passe-temps! Alors que son imprimante crachait les bons de cinquante cents sur l'achat de boîtes de pâtes alimentaires Barilla, elle a décroché son téléphone.

— Est-ce que je peux passer chez vous? J'ai quelque chose à te proposer, a-t-elle dit, sans fournir plus de précisions.

— Non! a répondu du tac au tac Yolanda. Donne-moi quinze minutes, j'attrape ma sacoche et je suis devant ta porte. J'ai besoin de prendre l'air.

— Tu t'es acheté une voiture? a demandé Dominique, surprise par le délai aussi court que sa collègue s'accordait pour effectuer deux correspondances d'autobus.

— Si je n'attrape pas la correspondance, je vais jogger!

Pour Yolanda, l'appel de Dominique était tombé à point nommé. Elle avait enfin une excuse pour s'évader de l'appartement. Voir Jean-François en bobettes, suer sa vie sur le sofa malgré le ventilateur qui soufflait à ses pieds, n'était pas ce qu'elle appelait un dimanche inspirant. À force de passer ses journées dans l'entrepôt de la laiterie à une température oscillant entre moins dix et moins trente degrés Celsius, été comme hiver, Jean-François transpirait à s'en déshydrater lorsque le mercure extérieur dépassait quinze degrés au-dessus de zéro.

Dans l'immédiat, Yolanda ne demandait pas mieux que d'avoir chaud ailleurs.

— Pourquoi tu ne te rases pas ? Il me semble que ça te rafraîchirait, lui a-t-elle suggéré.

Toutes les occasions étaient bonnes pour essayer de convaincre Jean-François de couper son horrible barbe de bûcheron. Contrairement à ce que veut la mode, le poil ne fait pas bien à tout le monde !

— Elle fait un mur de protection entre la chaleur et mon visage.

Yolanda : 0, Barbe : 1.

— Je vais acheter un climatiseur à la prochaine paye, a-t-il dit, en écartant davantage les jambes pour laisser la brise chasser l'humidité de son scrotum.

— N'oublie pas que la mère de Renaud attend encore son chèque, a tenu à préciser Yolanda. Les camps de vacances, ça coûte cher.

Avec son commentaire, elle marquait un point, ce qui compensait un peu son combat sans fin avec la pilosité faciale de son amoureux.

Bien qu'elle n'ait jamais eu d'enfants, elle ne souhaitait pour rien au monde que le petit Renaud manque de quoi que ce soit. Même si sa présence changeait sa vie une semaine sur deux, elle n'avait aucune raison de lui en vouloir. D'autant plus qu'il était la seule personne à louanger sa recette de macaroni au fromage. Pourtant, elle n'avait rien inventé. Elle suivait les instructions derrière la boîte de Kraft Dinner, et ajoutait une bonne cuillérée de Cheez Whiz avant de faire gratiner le tout au four.

En marchant vers l'arrêt d'autobus, Yolanda a essayé de deviner en quoi pouvait bien consister l'offre de son amie. D'une façon ou d'une autre, elle comptait bien sauter sur l'occasion. L'occasion de quoi ? Elle ne le savait pas, mais elle allait en profiter pour changer d'air.

Depuis les derniers mois, les changements s'étaient enchaînés beaucoup trop rapidement dans sa vie pour qu'elle ait le temps de s'adapter. Son désir le plus fort des dernières années s'était enfin exaucé. Elle avait rencontré un homme qui l'aimait. Par contre, elle ne parvenait pas à déterminer si le sentiment était réciproque. Elle avait beau avoir trente-six ans, Jean-François était son premier « vrai » *chum*. Avec lui, elle découvrait le partage des biens, qu'il s'agisse du tube de dentifrice, des tiroirs de la commode ou du pain de savon.

Elle savait que la vie à deux demandait des adaptations. À ce sujet, elle avait l'impression que son couple les collectionnait. Elle aurait tellement aimé avoir plus d'expérience en la matière. Et si Jean-François n'était pas le bon ? De peur d'être étiquetée comme une éternelle insatisfaite, Yolanda préférait ne pas aborder le sujet avec ses amies. Étant donné son historique amoureux, personne ne lui ferait miroiter le vieux dicton « un de perdu, dix de retrouvés ».

Après tout, si elle ne voulait pas laisser le curateur public gérer ses avoirs après sa mort, elle devait apprendre à mettre de l'eau dans son vin.

Le circuit préétabli par le Réseau de transport de Longueuil avait obligé Yolanda à descendre à deux rues de sa destination finale. Même en sandales, elle sentait la chaleur de l'asphalte lui chauffer la plante des pieds.

En marchant, elle a admiré les parterres verdoyants des maisons. Dans les quartiers moins aisés, tout ce qui était vert avait depuis plus d'une semaine pris une teinte de jaune brûlé. C'est à croire que le soleil choisissait volontairement de frapper plus fort dans les secteurs où les habitations sont, pour la plupart, dépourvues d'air conditionné.

À force d'avoir l'impression de marcher sur une grille de barbecue, elle a choisi de faire le reste du chemin sur les terrains gazonnés pour ne pas abîmer la semelle de ses sandales.

Il n'y a pas d'âge pour apprécier les gazons bien fournis.

Si elle ne s'était pas accroché le gros orteil sur le gicleur d'un système d'arrosage automatique mal enfoncé, elle aurait continué à croire que le Parcours du Cerf de Longueuil avait des privilèges que Dame Nature n'octroyait pas à tous les quartiers. En découvrant le secret derrière un gazon vert, elle était presque rassurée de savoir que l'effet de serre ne faisait pas de discrimination entre les riches et les pauvres.

Son esprit a rapidement abandonné le sujet en arrivant à destination.

— Maman, ton amie est là! a crié Simon, en ouvrant la porte d'entrée et en laissant son maillot de bain s'égoutter sur le plancher. As-tu amené ton costume?

Évidemment, Yolanda n'allait pas manquer l'occasion de se rafraîchir. D'autant plus qu'avec son nouveau maillot une pièce noir il était impossible de deviner que sa peau abdominale avait ramolli à la suite de sa perte de poids.

— Tu es venue toute seule? a remarqué Dominique, avant de voir la flaque d'eau sur le plancher. Simon, combien de fois est-ce qu'il va falloir que je te dise de te faire sécher dehors avant d'entrer dans la maison?

Son rôle de mère ne lui donnait jamais de répit.

Quant à Yolanda, elle avait omis, volontairement, d'offrir à Jean-François de l'accompagner. Il n'avait pas besoin de se refroidir dans une piscine ou même juste à l'air climatisé. Il avait un ventilateur! S'il activait la puissance quatre de l'appareil et s'il s'en approchait suffisamment, sans toutefois frôler les hélices pour éviter de se faire couper le poil des jambes, il était très bien sur son sofa. Enfin, autant qu'on pouvait l'être dans un appartement où il faisait au moins cinq degrés de plus que la température extérieure déjà suffocante.

Yolanda n'a pas eu besoin de lui expliquer son raisonnement. L'attention de Dominique était déjà occupée ailleurs. Elle avait un plancher mouillé à gérer.

Yolanda était toujours frappée par la simplicité que dégageait son amie, malgré le luxe dans lequel elle vivait. Évidemment, avec quatre enfants, il y avait peu d'espace sur les comptoirs de granite pour en admirer le grain. C'était la même chose avec le plancher de lattes arborant la couleur du chocolat. Et l'histoire se répétait avec les électroménagers. L'acier inoxydable perd de son lustre et de son attrait une fois couvert de traces de petits doigts sales. Malgré tout, Yolanda pouvait voir que son amie vivait dans un « sapré » bel environnement.

Au fond, Louise n'avait pas tout à fait tort lorsqu'elle insinuait, au grand désespoir de Dominique, que son salaire d'agente en relation commerciale devait seulement servir à payer l'épicerie, les activités parascolaires de ses enfants et les frais bancaires de leur compte courant. Malgré tout, autant sa collègue pouvait être à l'aise financièrement, autant elle était modeste. Et c'est tout ce qui devait importer !

Dominique a attendu que Yolanda ait fait quelques longueurs de piscine en prenant soin de ne pas mouiller ses cheveux et qu'elle soit ressortie de l'eau avant d'aborder le sujet motivant son invitation improvisée.

— As-tu déjà fait un séjour au Spa Eastman ? Je regardais leur forfait sur Internet. On devrait y aller quatre ou cinq jours la semaine prochaine. J'ai vérifié, il reste de la place! a débité Dominique, sans même reprendre son souffle. En plus, les prix sont super abordables.

Les enfants jouant bruyamment à Marco Polo, Yolanda éprouvait un peu de difficulté à s'entendre penser. Elle ne s'opposait pas à quelques jours passés entre amies, même si elle se doutait que toutes deux ne partageaient pas la même définition du mot «abordable». Par contre, les plans de Dominique lui semblaient un peu irréalistes. Ce n'est pas qu'elle se considérait très à jour dans le développement de la science entourant la téléportation, mais elle l'était suffisamment pour savoir que le principe souffrait de quelques problèmes d'application.

— Tu n'es pas censée être à Paris, la semaine prochaine?

Alors même que Dominique s'apprêtait à répondre et à partager la détresse qui la consumait depuis l'achat des billets d'avion pour la Ville lumière, Patrick est arrivé avec des verres de sangria à la main.

— Es-tu déjà allée en France, Yolanda? a-t-il demandé, sans savoir que sa femme essayait encore de détourner la destination de ses vacances pour aller plutôt vers l'Estrie.

— Si je suis déjà allée en France? a-t-elle répété, avant de répondre avec un petit sourire en coin et des étoiles plein les yeux. Au moins une dizaine de fois avec Amélie Poulain, et trois ou quatre avec le *Da Vinci Code*! C'est sans compter tous les voyages que j'y ai faits avec Joe Dassin et toutes les fois que lui et moi avons marché, main dans la main, sur les Champs-Élysées. Et Paris, c'est comme La Mecque de…

Sur ce dernier mot, elle a hésité à poursuivre. En réalité, elle connaissait un Paris musical très précis. Celui que son père lui avait maintes et maintes fois raconté, puisque c'était là que son idole, Dalida, avait vécu. Pour un passionné, Paris représente en quelque sorte la Terre sainte.

— La musique française des années 1960 et 1970, a-t-elle repris, en calmant son élan. Mon père en a écouté pendant toute mon enfance. À la maison, c'était à peu près juste ça qui jouait sur le tourne-disque, et après dans le lecteur CD.

— Je suis prêt à parier que tes oreilles ont été épargnées à côté des miennes. Ma mère était une fan finie du Big Bazar, et mon père, de Jacques Brel. L'après-midi, on dansait dans le salon, et le soir, on pleurait notre vie !

Yolanda n'a pas cherché à s'obstiner. Si elle avait voulu jouer au jeu de la comparaison, elle aurait pu sortir la grande artillerie. En dévoilant que son père entrait dans la peau de Dalida tous les soirs sur la scène du plus célèbre cabaret de *drag-queens* de Montréal, elle aurait certainement mérité la palme. D'autant plus que, sur scène comme en coulisse, le père de Yolanda se faisait appeler Dadalida.

Sans l'ombre d'un doute, la nouvelle aurait créé son effet autour de la table.

Cependant, elle s'est abstenue de partager ce segment de sa vie. Même si les gens se disent ouverts, il y a toujours un fossé entre les paroles et la réalité. Il n'en demeure pas moins qu'avoir un parent travesti n'est pas encore aussi banal qu'avoir un enfant aux dents croches ou un père avec un moignon.

— Vois-tu, je ne pourrai pas partir en voyage la semaine prochaine, a annoncé Patrick.

— Vous n'allez pas devoir annuler votre séjour encore une fois! a rétorqué Yolanda.

— Le boulot, tu comprends?

— Je comprends, a-t-elle répondu, alors qu'en vérité aucun gallon de crème glacée au monde ne la ferait repousser ses vacances, même d'une demi-journée.

— C'est pour cette raison qu'on n'y ira pas finalement, a laissé entendre Dominique.

— Dommage…, a-t-elle lancé.

Bien qu'elle éprouvât une certaine compassion pour son amie, Yolanda a préféré ne pas trop en mettre. Après tout, même si Dominique n'allait pas à Paris cet été, elle pourrait passer du bon temps dans sa cour digne d'un aménagement paysager tel qu'on en voit dans les magazines. Si elle avait été à sa place, elle en aurait profité. Enfin, la partie de Marco Polo en moins.

— Si tu acceptais d'accompagner Dominique en Europe, c'est certain que je me sentirais moins coupable de lui faire faux bond, a aussitôt souligné Patrick.

— J'aimerais bien, mais le budget est un peu serré. On a réaménagé l'appartement…

Sans prendre le temps de terminer sa phrase, Yolanda a avalé une énorme gorgée de sangria. Elle n'allait tout de même pas énumérer tous les petits imprévus financiers qui s'étaient présentés depuis le dernier mois : les deux gallons de peinture, les pinceaux, le rouleau, le plateau et les nouveaux coussins de leur sofa à agencer avec la couleur des murs.

— C'est mon bureau qui paierait ton billet d'avion.

Yolanda aurait aimé retenir un peu mieux la surprise. Faire gicler le liquide rouge de ses trous de nez directement dans la platebande d'hémérocalles n'était pas tout à fait ce qu'on appelle une réaction discrète.

Difficile de faire autrement. Elle avait l'impression d'avoir tiré le billet gagnant à la Loto pompier.

— Ne te sens pas mal de refuser. On te propose cette histoire de voyage à la dernière minute. On te demande de bousculer tes plans, a avancé maladroitement Dominique, pour la dissuader d'accepter. Et ce serait normal que tu préfères passer tes vacances avec ton *chum*.

Où est-ce que Dominique croyait s'en aller avec ses palmes? C'était le genre de proposition qui se présentait une fois… toutes les neuf vies! Alors il valait mieux que ce soit elle qui en profite plutôt que ses réincarnations.

— J'accepte à une condition, a souligné Yolanda.

Sans faire de calcul précis, elle avait dégelé un budget pour les vacances.

— Je suis certain qu'on pourra s'arranger, hein, Dodo? a répondu Patrick, sans même savoir de quoi il s'agissait.

— Je veux contribuer concernant la facture de l'hôtel.

S'il avait déjà retenu une chambre hors de prix au Plaza Athénée, il avait toujours l'option d'annuler sa réservation sans trop de frais. Il comprenait que Yolanda avait, elle aussi, sa fierté.

— Ça tombe bien, on n'avait rien réservé, a-t-il menti, en se relevant de sa chaise pour retourner travailler sur quelques dossiers. Je suis certain que vous allez faire un très beau voyage!

En réponse à son affirmation, Dominique a seulement émis un petit rire angoissé avant de se tourner vers la piscine et lancer:

— Si j'en entends un autre crier «Marco Polo», je le sors de l'eau!

Elle avait raison. Depuis l'ouverture de la piscine, rares étaient les saucettes où les enfants avaient laissé l'âme de l'explorateur dormir en paix. Tout comme lui, elle avait grandement besoin de vacances sans les enfants!

25 juin

En temps normal, Louise aurait profité de son congé pour passer un peu plus de temps sous la couette.

En pause pour vivre son deuil, elle s'était levée tôt pour tourner le fer dans la plaie et s'autoflageller l'esprit. Il n'était pas encore six heures du matin que, déjà, elle avait avalé son quatrième café. La boîte de sacs poubelles, achetée deux jours plus tôt, traînait toujours au milieu de la table. À part y jeter un coup d'œil de temps à autre, elle n'y avait pas encore touché.

Il lui fallait d'abord trouver le courage avant d'entreprendre le grand ménage.

Et, pour le moment, elle se sentait lessivée.

Depuis les événements, elle avait à peine fermé l'œil. Elle ruminait sa vie monotone, son mariage, et les horribles rides que le temps avait laissées au milieu de son front. En se regardant dans le miroir, elle voyait une femme d'au moins quatre-vingt-quatorze ans. Sur ce point, Jean Airoldi n'aurait pas eu besoin de l'opinion de cent personnes pour lui dire qu'avec un peu de cache-cernes son visage faisait ses cinquante-quatre ans et même un peu moins. Comme tous les individus munis d'un vagin, Louise était dure envers elle-même.

Les sept derniers jours représentaient, à eux seuls, les pires moments de sa vie. Le jour du décès de Jacques lui a été plus éprouvant que la fois où elle avait contracté l'influenza, un muguet buccal et une conjonctivite. Pour un enfant de six ans, c'était beaucoup de bobos pour une même visite chez le docteur.

Le lendemain aurait été moins douloureux si, au lieu de passer sa journée au téléphone à annoncer la mauvaise nouvelle à ses proches, elle s'était amusée à se cogner frénétiquement le nerf ulnaire du coude. Mentir sur les causes entourant un décès peut devenir vraiment pénible.

Finalement, le reste de sa semaine s'était déroulé aussi délicatement qu'une déchirure vaginale causée par l'accouchement d'un bébé de dix-huit livres. La même intensité de douleur, sauf à un détail près : elle s'était prolongée sur plusieurs jours.

Si Jacques était mort à l'image de sa vie, il était carrément un imbécile de premier ordre. Et Louise se sentait tout aussi innocente d'avoir volontairement passé autant d'années à ses côtés et de l'avoir choisi pour être le père de son fils.

À six heures et cinq minutes, il était encore trop tôt pour sortir la bouteille de brandy et en prendre une bonne lampée à même le goulot, afin de faire passer son désarroi. Par contre, aucune convention sociale ne régissait l'heure de la première bouchée de crème glacée.

Sans attendre d'avoir faim, Louise a ouvert le congélateur, en a sorti un contenant de napolitaine et s'est roulée une bonne grosse boule, en appuyant plus fort sur le côté à la fraise, avant de laisser la sphère glisser dans sa tasse de café.

Sans le savoir, elle venait de créer un flotteur nouveau genre.

Malgré le réconfort que lui procurait l'amas de gras et de sucre, elle avait l'esprit encore et toujours occupé par deux mots : Alexis et Texas, ceux prononcés par Jacques avant d'être mis dans l'ambulance et de se taire à jamais.

Est-ce qu'en tombant sur la tête il avait cru atterrir dans un film de James Bond ou dans le cinquième volet de la série Jason Bourne ? Difficile à dire. Louise n'avait jamais été douée pour les mots croisés et encore moins pour les devinettes.

C'est certain qu'elle aurait apprécié un petit «je t'aimais, je t'aime et je t'aimerai». C'était sûrement trop demander vu les circonstances, d'autant plus que Jacques n'avait jamais été un grand romantique et encore moins un fan de Francis Cabrel.

Là encore, Louise se serait contentée d'un « n'oublie pas de sortir les poubelles le mardi» ou même d'un «j'ai mangé la dernière tranche de mortadelle ».

Son mari aurait pu lui murmurer tellement de choses plus délicates que le prénom d'un inconnu et le nom d'un État américain. Il aurait dû faire un petit effort pour rentabiliser son dernier souffle. Ainsi, sa femme aurait vécu son deuil de façon normale et aurait raconté une belle histoire au salon funéraire. À la place, elle vivait dans l'ignorance la plus complète.

Qui était Alexis?

Un enfant illégitime? Un *shylock* à qui il devait de l'argent? Un amoureux secret?

Sûrement pas! Si Jacques avait eu des tendances homos, c'était assurément homophobes.

En engloutissant une trop grosse bouchée de sa tasse glacée, Louise s'est refroidi le cerveau.

Pas frigorifié, mais assez pour penser, pendant qu'il reprenait une température normale, à amorcer ses recherches dans l'ordinateur de Jacques. Puisqu'il n'y avait pas de mot de passe pour en protéger l'accès, fouiller son contenu était un jeu d'enfant.

Comme elle s'y attendait, sa boîte de courriel comprenait au moins une demi-douzaine de publicités de Best Buy, les plus récentes nouvelles sur le sport de RDS et une demande d'une certaine Natasha qui aimerait bien lui montrer ses atouts depuis la Russie en échange d'un numéro de carte de crédit. Rien de bien compromettant à ce chapitre. D'autant plus que, même sans l'intervention de Louise, le message de la belle Russe avait déjà migré vers la boîte de pourriel.

En deuxième recours, elle a ouvert le navigateur Internet à la recherche de l'historique de ses visites. À l'exception des consultations fréquentes sur les sites du *Journal de Montréal* et de Météo Média, le fichier était vide d'hyperliens. Soulagée, ou peut-être pas tant que ça, Louise était rassurée d'apprendre que Jacques se servait d'Internet de façon noble, à moins qu'il ait prévu sa chute et effacé au préalable toutes ses visites sur des sites compromettants. Le connaissant, cette avenue n'était pas à négliger.

Puis, en femme moderne, elle a ouvert une page Google et a entamé sa fouille, en inscrivant les mots « Alexis + Texas » dans la barre de recherche. Les images que son fureteur lui a dénichées n'étaient pas faites « pour tous ». Bref, elle pouvait mettre un visage et surtout une vulve sur un nom.

Ça y était, elle en avait vraiment la preuve.

Jacques était un vrai obsédé !

Alexis Texas n'était pas un fils illégitime, mais plutôt une vedette porno à la tête décolorée. Et c'est à elle que Jacques avait offert ses dernières pensées.

Une chose au moins était claire : elle n'allait pas avoir besoin de partager son patrimoine avec une autre. Pour une femme nouvellement veuve, ce genre de découverte aurait été le bout de la merde.

Même si Paul Houde, qui était lui-même passé sur la table d'opération, l'avait sensibilisée aux effets qu'une opération cardiaque pouvait avoir sur une libido, elle éprouvait encore de la difficulté à le digérer.

Depuis son intervention au cœur, Jacques s'imposait une hygiène de vie rigoureuse qui agaçait profondément Louise. Dans le contexte, elle se sentait coupable d'éprouver une telle irritation. Après tout, le cardiologue avait été clair au sujet de l'exercice physique :

« Pratiquer une activité sportive de manière épisodique multiplie les risques d'infarctus. À l'inverse, faire le même exercice régulièrement les diminue et est recommandé pour protéger votre cœur. »

Puisque Jacques s'était montré réticent à l'idée d'enfourcher un vélo stationnaire, le spécialiste avait cru bon d'ajouter :

« Le sexe est aussi une activité physique non négligeable. »

L'homme n'avait certainement pas pensé que son patient suivrait à la lettre sa recommandation.

Au début de son mariage, Louise aurait été ravie d'accomplir son devoir conjugal et de servir d'aidante naturelle sur une base très régulière.

Après quelques décennies de vie commune, elle avait accepté l'aide extérieure sans hésitation. À l'exception de quelques désagréments bruyants, la chaîne Playboy s'était avérée un outil non négligeable dans la remise et le maintien en forme de son conjoint malade. À tel point que l'abonnement aurait dû leur être remboursé par le Régime d'assurance maladie du Québec.

Toutefois, il y avait des limites à sentir le besoin de se jouer après le moineau, et ce, même au nom de sa santé cardiaque! Un adolescent de seize ans avait une vie sexuelle moins active que celle de Jacques.

Si Louise s'était montrée discrète sur la façon dont son mari était passé de vie à trépas, il y avait une raison claire.

Elle était honteuse!

Bien calé dans son La-Z-Boy à pratiquer «son» sport, Jacques avait été incommodé par le manque de jus de la télécommande. Plutôt que d'aller dans le garage pour dénicher de nouvelles piles, il avait préféré récupérer celles se trouvant dans la télécommande de la télévision de la chambre à coucher. Les culottes baissées jusqu'aux genoux, le pénis à l'air et un kleenex souillé collé sous la plante du pied, il avait entrepris la montée vers le deuxième étage. Toutefois, la descente s'était moins bien déroulée. La façon dont Louise avait trouvé son mari aux pieds de l'escalier indiquait nettement qu'il l'avait dégringolé. Et plutôt que de se protéger la tête à l'aide de ses mains pour amortir sa chute, il les avait posées sur son sexe pour le mettre à l'abri.

À chacun ses priorités!

Le plus frustrant restait que cet accident aurait pu être évité. Si Jacques avait effectué les réparations à la rampe comme Louise le lui demandait depuis des années, la chute aurait pu être ralentie. En tombant, tête première, d'une hauteur de douze marches, il avait subi un choc brutal.

La découverte faite à l'ordinateur était venue piquer Louise directement au cœur, transperçant du même coup son orgueil. Non seulement les dernières paroles, mais également les ultimes pensées de son homme avaient été pour une *porn star*!

Manifestement, son cerveau avait migré vers son pénis en vieillissant. Cet affront a eu un effet explosif sur l'amour-propre de Louise. Conséquemment, son cœur s'est mis à battre assez fort pour faire vibrer les pattes de la chaise sur laquelle elle avait posé son derrière.

Son sang s'étant mis à circuler dans ses veines avec le même débit que les chutes Montmorency au printemps, elle a soudainement senti un regain d'énergie suffisant pour commencer une chose : le ménage.

Sans laisser à sa pression sanguine le temps de revenir à la normale, Louise a saisi la boîte de sacs poubelles et s'est aussitôt dirigée vers la chambre à coucher. Elle avait besoin de faire de la place dans la commode. Beaucoup de place !

Sans même prendre la peine de faire un tri, elle a vidé l'intégralité du contenu des tiroirs de Jacques dans un premier sac plastique. Et dans un deuxième. Puis elle s'est lancée vers la garde-robe. Gris pâle, gris foncé, bleu marine et noir, son mari accumulait le mou. La collection complète de pantalons de jogging de l'Équipeur s'est retrouvée dans un troisième sac plastique.

Manquant de dextérité fine, elle n'a pas cédé au caprice dudit sac. Elle l'a refermé en baluchon, en agrippant les quatre coins.

Pour se débarrasser des possessions de Jacques, elle aurait pu faire un don à l'Armée du Salut. Lors de périodes de rénovation, certaines personnes préfèrent utiliser le laid d'autrui plutôt que de gâcher le leur avec du plâtre frais ou des coulures de peinture. Pour le moment, elle n'avait pas envie de partager.

Dans un second élan, Louise a saisi les sacs un par un et les a lancés dans la cage d'escalier. Ce petit exercice l'avait soulagée, mais pas encore assez.

Avec la conviction d'une personne qui agit pour le bien d'autrui, elle a attrapé un premier sac et a ouvert la moustiquaire de la porte-fenêtre à l'aide de son pied. Sous le regard surpris de son voisin, elle en a vidé le contenu pour en faire un monticule. Puis elle a craqué une allumette, telle une pyromane, avant de la laisser tomber sur la pile de guenilles.

Le feu manquait un peu de joie.

En laissant la flamme faire son travail, Louise a jeté un œil au cabanon.

Comme une personne normale, elle s'y est dirigée et a fait ce qu'il fallait faire. C'est-à-dire prendre la canisse d'essence et en vider le contenu sur le feu qui brûlait lentement.

— Tout va bien, madame Tétreault? a demandé son jeune voisin, en s'approchant de la clôture les séparant.

Ce n'est pas qu'il voulait se montrer indiscret, mais il n'avait pas envie qu'un feu digne de la Saint-Jean s'invite jusque dans sa cuisine nouvellement rénovée.

— Je n'ai jamais été mieux, a-t-elle répondu, en fixant les flammes.

— Si vous avez besoin de quoi que ce soit, on est là, a-t-il tenu à ajouter, avant de rentrer à l'intérieur de sa maison.

Même si la chaleur du feu lui picotait les yeux et lui faisait transpirer sa vie, voir brûler les culottes de Jacques lui procurait le plus grand des plaisirs.

Par contre, le sentiment n'était pas partagé.

Son voisin a cru bon d'appeler au bureau pour annoncer son absence. Il allait suivre, à partir de la fenêtre de sa cuisine, l'évolution du feu de camp, un extincteur à la main, au cas où.

Au bout du troisième sac, Louise a senti qu'elle retrouvait son aplomb.

Bien décidée à ne pas pleurer son mari très longtemps, elle a pris la décision de profiter de la vie.

Et pour commencer, elle sentait le besoin de faire une sieste.

* * *

Dans toute l'existence de Yolanda, c'était peut-être la première et la dernière fois qu'elle voyagerait en classe affaires. Pour l'occasion, elle comptait bien être à la hauteur de ses attentes.

Depuis le lever, elle entamait une cure de jus. Son plan : rien de solide, juste du liquide d'ici le départ. C'était certainement peu nuisible à la santé, puisque toutes les vedettes hollywoodiennes le faisaient de temps à autre avant un tournage ou une soirée de gala. À son tour, elle voulait être fabuleuse pour la Ville lumière.

Après sa journée de travail, elle n'a pas attendu Jean-François pour prendre la direction du centre commercial. Elle n'avait pas de temps à perdre si elle voulait arriver aux Promenades Saint-Bruno avant la fermeture des magasins.

Si elle avait passé une grande partie de sa journée à prétendre travailler, elle avait fait, en réalité, de la planification de bagage en épluchant mentalement le contenu de sa garde-robe. Pour entreprendre ce beau voyage, elle allait avoir besoin d'une valise. Une grosse valise !

En arrivant aux Promenades, elle s'est dirigée, sans traîner, vers le rayon bagages du magasin La Baie. Elle aurait bien voulu se présenter à l'aéroport avec un ensemble de valises Louis Vuitton. Puisque son budget ne lui permettait pas de payer son billet d'avion de ses propres moyens, elle était encore moins disposée à dépenser l'équivalent d'une année de loyer pour des valises. Réaliste, elle s'est rabattue sur un modèle rigide noir, tout ce qu'il y a de plus classique pour passer inaperçue.

En faisant un arrêt au rayon des accessoires, elle s'est rattrapée. Elle a mis la main sur un chapeau à large bord, digne de ce que Kate Middleton porterait pour une sortie mondaine, et une paire de grosses lunettes noires couvrant, au passage, ses yeux et ses pommettes. En se contemplant dans la glace, elle se sentait distinguée.

Impossible de faire plus glamour, à moins d'être Audrey Hepburn et de s'apprêter à tourner une scène pour le film *Breakfast at Tiffany's*! Parfois, il devient facile de mêler l'élégance anglaise et le chic d'un vieux film américain!

26 juin

Depuis les quarante-huit dernières heures, Yolanda flottait.

Littéralement.

Jean-François, beaucoup moins.

— Je ne sais pas ce que je vais faire sans toi pendant une semaine. Je vais m'ennuyer, a-t-il répété pour la huitième fois depuis leur réveil, avant d'essayer un petit rapprochement.

Dans une autre vie, Yolanda aurait tué pour avoir droit à de telles déclarations d'amour et aux étreintes qui les accompagnaient. Dans celle-ci, elle commençait déjà à en avoir marre. Elle percevait la dépendance affective de son compagnon comme un tue-l'amour. Au fond, elle ne demandait pas mieux qu'un peu d'air pour respirer. C'est surtout pour cela qu'elle avait aussi hâte d'entrer à l'usine. Pour la paix, et aussi pour l'air conditionné.

«Ressaisis-toi un peu. De toute façon, ce sera ta semaine avec Renaud. Tu ne te rendras même pas compte que je suis partie», a-t-elle seulement pensé, en se délivrant de ses bras et en laissant son amoureux bredouille devant la porte menant à l'entrepôt.

— On dîne ensemble? lui a-t-il demandé, avec le regard d'un pauvre chien abandonné un 1er juillet.

— Je ne peux pas. Je dois passer au bureau des passeports.

Il y avait certainement des avantages à travailler avec son conjoint. Pour l'heure, Yolanda y voyait surtout les inconvénients, dont celui de voir sa vie personnelle exposée au grand jour, l'obligeant à se retenir constamment devant ses collègues pour ne pas montrer son petit côté sanguin.

— Ce n'est pas en agissant comme tu le fais que tu vas le garder longtemps, ton *chum*. Si tu n'en veux plus, laisse la chance à d'autres, lui a reproché Geneviève, la nouvelle réceptionniste, tout en se limant les ongles.

Yolanda n'a pas commenté. Elle est montée à son bureau, pour profiter de quelques heures de répit, en omettant de mentionner à Geneviève qu'elle avait autant de rouge à lèvres sur les dents que sur les lèvres. Il y avait tout de même des limites à se mêler des affaires des autres.

Avant de partir pour les vacances, Yolanda avait beaucoup de pain sur la planche. Juillet était l'un des mois, sinon le mois le plus occupé pour l'entreprise. Car ce n'est pas quand il fait froid que le monde a envie de lécher de la glace.

En plus de ses tâches habituelles reliées à son poste de commis comptable, elle vaquait, pendant l'absence de Louise, à la planification du « bar ouvert » que Jobin crèmes glacées tenait annuellement sur son terrain, afin de faire goûter ses nouvelles saveurs au grand public. Même si c'était à peu près la même chose année après année, M. Jobin organisait une petite rencontre, tous les matins, pour voir où les choses en étaient dans la préparation de l'activité. Nul besoin de partager ses reflux gastriques pour reconnaître que le patron était plus stressé qu'à l'habitude.

— Je veux que les gens ressentent un sentiment d'appartenance et de fierté envers l'entreprise. Une fois devant les présentoirs de desserts congelés à l'épicerie, le client ne doit pas voir de substitut possible à notre produit. Mon but est que, dans un avenir rapproché, Longueuil soit reconnu comme étant une ville de crème glacée. Rien de moins.

Ce n'était pas seulement à propos des plans d'agrandissement que M. Jobin voyait grand. Sans attendre la fin des travaux, il était pressé de faire de la journée « bar ouvert » un événement plus gros et plus grand. Évidemment, il ne pouvait pas forcer ses employés, pour qui l'activité tombait pendant leurs vacances, à modifier leurs projets pour y être. Par contre, la présence de tous les autres était exigée.

— Je ne sais bien pas ce que je vais faire avec mes enfants cette journée-là, avait déclaré Dominique.

— Vous les emmenez! avait proposé M. Jobin pour se déculpabiliser avant de déléguer une nouvelle tâche à la réceptionniste. Geneviève, tu es responsable de réserver des jeux gonflables pour les plus petits.

— Est-ce qu'il faut vraiment se compliquer la vie pour une poignée d'enfants? avait argumenté cette dernière, en oubliant l'aspect familial de la journée et de l'entreprise tout entière.

Par choix, le patron avait ignoré son commentaire. Même si Annabelle avait connu quelques écarts de conduite pendant sa période en poste, on regrettait son dynamisme, son sourire et surtout son départ. Les bonnes réceptionnistes ne courent pas les rues.

Toute cette discussion avait eu lieu au printemps. À moins de trois semaines de la fête, Geneviève était encore au même point. C'est-à-dire que rien n'avait encore été réservé.

— Laisse-moi faire, fille. Je vais m'en occuper, a annoncé Yolanda, en prenant en charge le dossier.

Depuis qu'elle palliait l'absence de Louise, Yolanda avait l'impression d'avoir emprunté le langage et l'attitude de sa collègue. Elle se rendait bien compte que son approche auprès de Geneviève n'était pas des plus délicates. Il faut dire que Jean-François grugeait une partie de son indulgence, depuis qu'il était déménagé dans son appartement, et en laissait très peu pour les autres !

Sans vouloir passer pour une sans-cœur, elle avait hâte que Louise reprenne les commandes.

En une demi-heure, Yolanda avait réservé une glissade et un circuit d'obstacles gonflables sur le thème de l'hiver polaire. Les deux modules étaient assez impressionnants visuellement pour plaire autant aux enfants qu'aux adultes. Le dossier était donc classé !

Pas le temps de niaiser !

Avec tout ça, l'heure du dîner était déjà arrivée.

Sans perdre de temps, elle a ramassé son formulaire de demande de passeport et sa photo digne d'une voleuse de dépanneur, et est allée passer son heure de repas, une bouteille de jus à la main, dans la file d'attente du bureau gouvernemental le plus près.

* * *

« Kevin, c'est maman. J'aimerais beaucoup que tu me rappelles. »

Ce message, Louise l'avait laissé plusieurs fois dans la boîte vocale de son fils.

Depuis l'enterrement, elle n'avait pas eu de ses nouvelles. Même pas un petit appel ou un message texte. Même si elle n'était pas très habituée avec le concept, c'était une option qui demeurait ouverte.

Le gros du ménage avait été fait. À la première heure, elle avait appelé Vidéotron pour mettre fin à l'abonnement à la chaîne Playboy de Jacques. C'était tout de même un gros quatorze dollars d'économie mensuelle. Enfin, ç'aurait pu être le cas si le préposé au service à la clientèle ne l'avait pas convaincue d'adhérer à Super Écran :

« Pour seulement quatre-vingt-dix-huit sous de plus, vous allez pouvoir écouter des films, des séries et des documentaires à volonté. »

Pour une femme nouvellement veuve, cela semblait être une bonne façon de combler ses soirées en solitaire. Et ça, le préposé l'avait compris en écoutant sa cliente avec autant d'empathie que pouvait en témoigner un vendeur à la commission flairant les bonnes affaires.

« Et pour neuf dollars quatre-vingt-dix-neuf, vous pourriez également faire partie du Club illico. En devenant l'une de nos clientes VIP, vous auriez accès à des films et à des séries télé en français à volonté. »

Sur ce dernier point, Louise avait repris sur elle.

« À vous écouter, il ne me reste plus qu'à enfiler mon pyjama et à passer le reste de ma vie devant la télévision ! »

L'appel s'était conclu sur cette formule de politesse. Elle était prête à faire augmenter sa facture de l'équivalent d'une gorgée de café, mais pas de douze tasses de Nespresso !

Depuis qu'elle avait raccroché, Louise avait l'impression de tourner en rond. Après avoir passé autant d'années à vivre à deux, elle devait se réhabituer à être seule avec elle-même. En regardant par la fenêtre de la cuisine, elle pouvait voir que son feu de camp de la veille n'avait pas trop fait de dégâts à son aménagement paysager, si ce n'est un cercle de gazon brûlé et un amas de cendres. Par contre, des dommages collatéraux s'étaient développés ailleurs. Le jeune couple d'à côté, resté très préoccupé par la santé mentale de sa voisine, ne quittait plus son balcon.

et dépaysement

Ne sachant plus trop quoi faire de sa peau et sentant le besoin de voir du monde, Louise a agrippé son sac à main. Kevin ne répondait pas à ses appels, soit. Si elle se déplaçait directement à sa porte, il n'allait pas pouvoir l'ignorer encore très longtemps.

Maintenant qu'elle connaissait son adresse, elle ne voyait pas de raison valable pour s'abstenir d'y aller. Si voir sa mère débarquer dans son appartement était une violation de son intimité, selon ses dires, il allait devoir raconter ses sottises à une autre qu'à sa génitrice.

Le trajet en lui-même s'est fait en quinze minutes. Louise aurait été à peine plus vite rendue si elle avait fait la route en ambulance. Au milieu de la journée, la circulation sur le pont Jacques-Cartier était fluide, et Louise n'avait qu'un court segment à faire sur la piste cyclable improvisée qu'est l'intégralité du territoire du Plateau-Mont-Royal. Par contre, trouver un stationnement s'avérait un véritable défi.

En tournant en rond dans les rues Gauthier, Rachel, Parthenais et l'avenue des Érables, Louise a vu sa patience se muter en une irritation croissante, avant de devenir une frustration exacerbée, puis un découragement absolu. Tellement qu'elle a fini par garer sa fourgonnette en double file, devant une station de vélos BIXI.

De toute façon, elle n'allait pas rester très longtemps. Il était très peu probable que Kevin ait un après-midi ou même une heure complète à consacrer à sa vieille mère.

Chose certaine, sa visite-surprise aurait été plus simple si elle avait su à quelle porte sonner.

Devant le quintuplex où elle s'était arrêtée quelques jours plus tôt, Louise ignorait totalement quel appartement occupait Kevin. En venant le déposer, elle aurait mieux fait de le regarder regagner son nid. À la place, elle avait filé. Disons que, vu la froideur avec laquelle il lui avait refusé l'accès à son logis, elle n'avait pas eu envie de s'éterniser.

Louise a grimpé l'intégralité du long escalier pour commencer sa recherche, en cognant simultanément aux portes des deux appartements du haut de l'immeuble. Elle avait beau être en congé pour une période indéterminée, elle n'avait pas de temps à perdre.

Alors qu'elle s'apprêtait à descendre vers le premier étage, une vieille dame a ouvert sa porte. Habillée beaucoup trop chaudement pour le temps suffocant qu'il faisait à l'extérieur, elle a rajusté sa veste avant d'ouvrir la bouche :

— J'espère que vous avez une bonne raison de me déranger en plein milieu de mon programme.

Louise n'avait pas besoin d'entrer pour savoir que le téléroman *Cormoran* était diffusé en reprise dans le salon. En forçant un petit sourire par courtoisie, elle a articulé :

— Est-ce que vous pouvez me dire qui demeure à la porte d'à côté ?

— Oui, a simplement répondu la dame, sans ajouter plus de détails, avant de retourner son attention en direction de son téléviseur.

— Son nom ? a simplement demandé Louise, en réalisant que son interlocutrice ne se montrait pas très coopérative.

— Comment vous voulez que je suive mon émission si vous passez votre temps à me déranger ? Et à part de ça, qu'est-ce que vous lui voulez, à mon garçon ?

Louise avait eu sa réponse. Elle s'était excusée avant de se réengager dans l'escalier.

Avec le regard suspicieux d'une fervente lectrice de la section Insolite du *Journal de Montréal*, la vieille dame analysait l'indésirable de la tête aux pieds :

— Bon, j'ai le temps de vous parler, là. C'est les annonces. Vous n'êtes pas à la recherche d'une personne vulnérable pour lui voler son climatiseur, toujours ? Si vous le voulez, il va falloir me passer sur le corps pour mettre la main sur ce petit bijou-là, a-t-elle clamé, en pointant son appareil bas de gamme d'à peine cinq mille BTU. Vous savez que, par les temps qui courent, il n'en reste plus un dans les quincailleries des environs.

Prise de court par l'invraisemblance de la conversation, Louise n'a pas su quoi répondre. Pendant quelques secondes, les deux femmes se sont regardées. Le malaise qui s'était installé s'est prolongé jusqu'à la fin de la pause publicitaire.

— Je ne vous retiendrai pas plus longtemps. Votre téléroman recommence. Je ne pense pas vous avoir fait manquer grand-chose. Si ma mémoire est bonne, le conseil municipal de Baie-d'Esprit essaie de convaincre Clément Veilleux et les Chemises bleues de se tenir tranquilles.

— Vous ne pensez pas être la seule à avoir vu ce programme-là en 1993, toujours ? Et vous saurez que je ne suis pas à ma première reprise ! a annoncé la vieille mégère, avant de refermer sa porte.

Rarement Louise avait l'occasion de rencontrer des êtres plus acariâtres et plus déplaisants qu'elle-même. Vraiment, son fils était gâté côté voisine.

En descendant l'escalier, elle ne savait plus trop si elle devait rire ou pleurer. Puis elle s'est ressaisie. Sans même réciter la comptine de l'indécis, c'est-à-dire : «Am stram gram / Pic et pic et colégram / Bour et bour et ratatam / Am stram gram», elle a frappé à la porte centrale du premier étage.

Après tout, le jeu «deviner derrière quelle porte se cache mon fils» tirait à sa fin. Il ne lui restait plus que deux possibilités de se ridiculiser avant de trouver, enfin, la bonne.

Visiblement, la chance ne lui souriait pas !

Une jeune femme, le bébé branché sur le mamelon, est venue ouvrir. Manque de veine, si Louise souhaitait recevoir un peu plus de sympathie qu'au deuxième étage. Elle aurait sans doute moins dérangé si elle s'était présentée en pleine heure du souper.

Sans perdre de temps, elle est immédiatement entrée dans le vif du sujet :

— Je me présente, mon nom est Louise Tétreault. Je suis…

— On n'a pas besoin de faire nettoyer nos conduits de ventilation, ni de produits Mary Kay, ni de crevettes congelées, a annoncé d'emblée la jeune maman, qui se déshydratait un peu plus d'une tétée à l'autre et qui s'apprêtait à refermer la porte.

— Je n'ai rien à vendre…, a annoncé Louise, en risquant l'avenir de ses jointures en plaçant sa main sur le cadre de la porte. Je cherche mon fils…

Évidemment, la dernière phrase est venue frapper l'imaginaire de son interlocutrice.

Elle pouvait très bien ressentir la détresse de la dame devant elle. L'idée de perdre un jour son enfant lui a donné des sueurs froides.

— Avez-vous appelé la police ?

Le bébé s'est brusquement arrêté de téter et s'est mis à hurler. Dans l'énervement, le lait de la maman avait dû cesser de couler.

Rapidement, Louise a constaté qu'elle s'était mal exprimée. Une fois rassurée que personne n'était à la recherche d'un gamin de sept ans ou d'un adolescent en fugue, la jeune femme a réorienté la bouche de son enfant vers son autre sein.

— Je ne veux pas être impolie, mais il me semblait aussi que vous étiez plutôt âgée pour avoir un enfant en bas âge, a-t-elle avoué, sans une once de méchanceté.

Consciente de l'évidence, Louise a tout de même eu un petit pincement.

— Je suis venue voir mon fils Kevin. Je sais qu'il reste dans l'immeuble, mais je ne connais pas le numéro de l'appartement.

Voyant que la fille ne semblait pas savoir de qui il était question, elle y est allée d'une petite description :

— C'est un grand brun, fin vingtaine.

— Je ne vois vraiment pas. Êtes-vous sa mère biologique ?

— Évidemment ! a-t-elle répondu, avant de poursuivre sa description. Il est beau bonhomme. Il a une petite cicatrice…

— Écoutez, madame, vous devez vous tromper d'adresse. Il n'y a pas de grand brun ici. Le fils de la propriétaire, qui reste au deuxième, mesure à peu près quatre pieds dix et, côté beauté, on repassera. À droite, c'est deux filles. Et ça me surprendrait que vous soyez la mère de mon voisin de gauche.

— Et pourquoi pas ?

— Il est africain.

Devant l'étrangère, Louise est restée de marbre. Elle s'est excusée pour le dérangement et a regagné sa voiture le plus vite possible. Une fois derrière le volant, elle n'avait déjà plus souvenir d'avoir descendu l'escalier.

Elle était chamboulée. Au fond, elle aurait mieux aimé que Kevin l'accuse de tous les maux plutôt que de l'ignorer.

Qu'est-ce qu'elle avait bien pu faire à la terre entière pour que son garçon ait aussi peu d'intérêt pour elle et s'invente volontairement une adresse ? Il y avait tout de même une limite à l'indépendance. Après tout, c'était elle qui l'avait mis au monde, qui lui avait acheté ses céréales préférées et qui avait même ramassé son vomi après ses beuveries d'adolescent.

Au risque de se négliger, elle avait toujours fait passer les besoins de ses deux hommes en premier. Malgré son dévouement, ils ne semblaient pas avoir développé la moindre reconnaissance envers elle.

Avant de démarrer sa voiture, Louise s'est longuement regardée dans le rétroviseur. Le niveau d'exposition à la lumière ne lui renvoyait pas un reflet très flatteur. Dans sa détresse émotionnelle, deux options s'offraient à elle : soit elle se mettait à pleurer sa vie et à s'apitoyer sur son sort, soit elle s'investissait à fond pour rattraper le temps perdu.

Elle s'était dit la même chose la veille. Aujourd'hui, c'était différent. Elle allait passer à l'action.

Crème glacée

Elle a foncé à la succursale Jean Coutu la plus près. Elle était rendue à l'âge de chercher les miracles dans les petits pots : soin de jour, soin de nuit, crème liftante et raffermissante, sérum antirides, embellisseur pour la peau, soin pour les lèvres, crème pour le contour des lèvres, crème légère, crème riche, sérum puissant, baume minéral, soin profond pour peau sèche, eau tonique, réparateur épidermique, soin de comblement anti-âge, sérum resurfaçant, soin restructurant, concentré anti-âge et préparation H.

Après qu'elle a payé une facture de trois cent dix-huit dollars en cosmétiques, Louise s'était dit que les petites crèmes avaient affaire à montrer des résultats… rapidement !

27 juin

Comme tous les mardis, Annabelle a profité de sa journée de congé hebdomadaire pour fixer longuement son plafond, avant même de songer à s'extirper du lit. Elle n'avait pas besoin de se presser, puisque personne ne l'attendait. Elle aurait très bien pu sortir courir et ensuite se vanter d'avoir parcouru plus de cinq kilomètres en moins de vingt-quatre minutes sur sa page Facebook. À la place, elle s'est retournée pour dormir encore quelques minutes, laissant sa vanité de côté. Après tout, elle avait dansé toute la semaine. Ses muscles méritaient un repos !

En une demi-année, il s'en était passé, des choses dans la vie d'Annabelle.

Dans son pays d'adoption, elle s'efforçait de se créer une nouvelle vie.

Afin d'entreprendre ses trois mois de formation imposés par son nouvel employeur, elle avait quitté l'hiver glacial de Montréal pour en retrouver un plus humide et pluvieux à Paris.

Ce n'est pas qu'elle détestait son boulot chez Jobin crèmes glacées, mais à vingt ans elle avait encore des rêves et des aspirations plus grands que travailler comme réceptionniste dans une laiterie du parc industriel de Longueuil. Malgré son échec pour être admise aux cours préparatoires du Conservatoire de danse de

Montréal à l'automne précédent, elle n'avait pas abandonné son rêve de gagner sa vie en dansant. C'est donc sans hésitation qu'elle s'était présentée aux auditions que le Crazy Horse avait tenues dans la métropole.

Cette fois, les juges avaient été séduits par sa fraîcheur et sa personnalité pétillante. En ce qui concerne les autres critères de beauté requis pour devenir une *crazy girl*, la directrice de tournée les avait validés avec son ruban à mesurer. Quoiqu'en la voyant elle savait que ce n'était qu'une formalité. Avec l'expérience, elle reconnaissait, à l'œil nu, une beauté naturelle. À ce point de vue, Annabelle avait toujours été plus que choyée. Autant les hommes que les femmes et les pigeons se retournaient à son passage.

À son arrivée dans la Ville lumière, elle ne savait pas combien de temps allait durer son séjour. Après sa formation, deux options s'offraient à elle. Soit elle intégrait la troupe et partait en tournée internationale, soit elle restait en résidence à la maison mère. Sans trop savoir ce que l'avenir lui réservait, elle s'était installée dans un petit studio meublé du seizième arrondissement, et s'était donné corps et âme à la maîtrise des chorégraphies du cabaret. Sur la scène, elle s'était démarquée des autres filles par son élégance et son aisance. C'était sans surprise qu'on lui avait offert un contrat de deux ans pour joindre la troupe à Paris.

Contrairement à ses attentes initiales, sa nouvelle vie se résumait à boulot-dodo-pesée. La troupe étant reconnue mondialement pour les silhouettes légendaires de ses danseuses, la direction s'assurait que les filles restent toujours aussi fines qu'un pédoncule.

Annabelle avait l'avantage de ne pas avoir à se soucier de son poids. Jusqu'à maintenant, elle pouvait se vanter d'être l'une des rares chanceuses à pouvoir manger n'importe quoi sans prendre une once de gras dans les fesses, sur les hanches ou sous le menton. L'inverse aurait été néfaste, surtout lorsque gastronomie rime avec Paris. À son plus grand bonheur, elle ne se contentait donc pas de faire du lèche-vitrine devant les étals de pâtisseries des boulange-ries. Elle pouvait engloutir tout ce qu'elle voulait.

Malheureusement, toutes les sphères de sa vie ne se portaient pas aussi bien que son estomac. Bien qu'elle ait réussi à créer de bons liens avec ses compagnes de scène, une fois qu'Annabelle était sortie de la loge, sa vie sociale tombait à plat.

Si elle voulait croiser un regard familier durant son jour de congé, elle empruntait le boulevard de l'Amiral-Bruix pour faire ses emplettes au marché Poncelet, dans l'arrondissement voisin du sien. En route, elle saluait les trois ou quatre prostituées, toujours les mêmes, qui attendaient les clients dans leurs camionnettes respectives décorées de foulards, de parapluies et de cerceaux multicolores. Contrairement à la vieille dame au petit chien du premier étage de son immeuble, ces professionnelles au moins lui renvoyaient son salut lorsqu'elle les rencontrait.

La veille encore, Annabelle avait tenté d'aborder sa voisine en tombant sur elle, dans le portail de l'immeuble. La femme âgée l'avait vertement rabrouée. Et c'était sans appel :

— Arrêtez de m'adresser la parole. Combien de fois je vais devoir vous répéter que je ne parle pas aux inconnus ? Allez, viens Godefroy de Bouillon ! a répondu la vieille dame, en tirant sur la laisse de son chien pour ne pas lui donner la chance de sentir les chaussures de la jeune Québécoise.

Sur le plan relationnel, Annabelle se trouvait pathétique.

Grâce aux diverses applications sur son téléphone cellulaire, elle pouvait, malgré tout, continuer d'entretenir et de suivre son réseau social comme si elle n'avait jamais quitté Montréal. Et pour ne pas décevoir tous ceux qui l'enviaient d'être payée pour danser dans l'une des plus belles villes d'Europe, elle s'assurait de les nourrir en commentaires et en autoportraits laissant croire à une vie toujours plus belle et plus dynamique que la réalité.

Quelques fois, elle avait considéré la possibilité d'installer Tinder sur son téléphone.

En principe, l'application sert à réunir des célibataires de même quartier partageant les mêmes intérêts. En réalité, c'est un joli catalogue pour les paresseux et paresseuses qui cherchent une aventure avec un pur inconnu, sans devoir parcourir des kilomètres et des kilomètres pour le trouver.

Par contre, si Annabelle pensait se créer un profil, c'était surtout pour rencontrer des gens de son âge avec qui elle pourrait passer de bons moments.

Pour développer des amitiés fondées sur des valeurs profondes, elle avait possiblement plus à gagner en s'inscrivant à un cours de bienséance ou d'histoire de l'art. Encore là, elle n'était pas tout à fait prête à fermer la porte à une relation d'un soir, si l'occasion se présentait. D'autant plus que sa vie amoureuse, tout comme sexuelle, n'avait pas connu de rebondissements depuis son déménagement.

Par conséquent, Annabelle allait avoir amplement de temps pour réfléchir à ses options. Pour le moment, si elle ne voulait pas passer sa journée à se morfondre en solitaire, elle devait prendre les choses en main.

En un clic, elle a vérifié les événements prévus à Paris en cette journée de repos. Au pays de la grève et des manifestations, elle allait bien pouvoir découvrir un quartier qu'elle n'avait pas encore eu la chance de visiter en se joignant à l'une d'elles.

Elle s'intégrait comme elle le pouvait!

Après avoir revêtu un jeans, elle s'est dirigée jusqu'à la bouche de métro la plus proche, en fredonnant de façon décousue un tube de Christine and the Queens:

Here's my station
ouhhh ouhhh
But if you say just one word I'll stay with you
ouhhh ouhhhhh …
We are so lonely…

Manifestement, Annabelle était plus douée en danse qu'en chant!

28 juin

Pour Yolanda, la préparation avant le départ était presque aussi excitante que le voyage en tant que tel. Dans ses temps libres comme durant ses heures de travail, elle était à la recherche de l'hôtel parfait. Elle aurait bien aimé poursuivre son périple dans le grand luxe, car voyager en classe affaires était tout de même un privilège. Malheureusement, la capacité de sa carte de crédit ne lui permettait pas de s'offrir la première nuitée dans une enseigne de première catégorie.

Malgré les rabais offerts sur les sites Expédia et Trivago, le défi de trouver un hébergement en plein centre de Paris avec le budget voyage qu'elle avait débloqué à la dernière minute semblait difficile, mais pas impossible. Après une première sélection d'hôtels, elle a fait venir sa compagne de voyage à son bureau pour en discuter :

— Je pense que j'ai découvert un des secrets les mieux gardés de Paris.

D'un petit sourire forcé, Dominique a feint un enthousiasme certain. En réalité, elle essayait surtout de contrôler son degré d'anxiété. Elle avait la nausée juste à penser au départ qui approchait.

Quant à Yolanda, elle inventait mille et une excuses pour justifier ses recherches dans les quartiers qui se trouvaient loin des attractions principales, en évitant de mentionner que le prix était son unique critère de sélection :

— On va pouvoir découvrir le Paris des Parisiens, pas celui des touristes ! En plus, un peu de marche va être parfait pour nous faire perdre les calories englouties dans la journée. Je te le dis : dès que je mets le pied dans l'avion, bye-bye régime.

— Je pensais que tu avais mis une croix sur les diètes minceur, maintenant que tu as un *chum,* a lancé Dominique.

— Je fais juste un peu attention, a-t-elle menti, avant d'avaler une énorme gorgée de son jus vert.

Un jus de brocoli, d'asperge et de rutabaga, il n'y avait rien de mieux que cela pour couper l'appétit.

Concentrée à retenir sa respiration pour faire disparaître son hoquet, Dominique aurait bien aimé que sa collègue ajoute quelques étoiles à sa recherche. Ce n'est pas qu'elle voulait avoir des airs de princesse, mais en voyant les photos défiler à l'écran elle espérait seulement que Paris n'avait pas été touché par les épidémies de punaises de lit, comme la plupart des grandes villes, au cours des dernières années. Même si aucune petite bestiole n'apparaissait sur les images, elle avait des doutes. Sans vouloir jouer au prophète de malheur, elle se disait que c'était sûrement l'œuvre du diable ou de Photoshop. Côté souvenir, elle souhaitait rapporter autre chose dans ses valises.

— On pourrait utiliser les points accumulés sur ma carte de crédit. Un hôtel quatre étoiles ne nous reviendrait à presque rien, a suggéré Dominique, pour s'assurer un voyage sans courbatures, des nuits sans ressorts plantés au milieu du dos et sans démangeaisons-surprises.

— Si vous m'offrez l'hébergement en plus, ton mari et toi, je vais me sentir gênée.

«Le secret le mieux gardé» étant complet, Dominique n'était pas déçue de laisser la chance à d'autres de découvrir ce joyau caché.

— Bingo! a déclaré Yolanda, en tombant sur un petit hôtel du dix-huitième arrondissement de prime abord «sympathique», selon la majorité des commentaires de voyageurs y ayant séjourné.

Pour éviter de passer pour une bourgeoise, Dominique a retenu ses appréhensions et a laissé son amie effectuer la réservation.

— On part dans cinq dodos, a fait remarquer Yolanda, en tapant frénétiquement dans ses mains dans un élan d'enthousiasme.

Dominique ne le savait que trop bien. Par contre, elle ne partageait pas du tout son euphorie. Afin d'hyperventiler en paix, elle n'a pas hésité à regagner son bureau.

Bien qu'elle ait interdit aux enfants de syntoniser la chaîne Canal D pour éviter de tomber sur un épisode de *Mayday*, elle n'avait pas besoin de voir de nouvelles images d'accidents d'avion pour que son imagination en fasse tourner, en boucle, dans sa tête. Elle détestait tout des avions : la perte de contrôle une fois les portes fermées, l'air recyclé, les déplacements sur le tarmac, les consignes lumineuses, la voix blasée du pilote au décollage, le bruit des moteurs, les périodes de turbulences, les périodes entre les turbulences, la préparation à l'atterrissage et les roues touchant la piste. Pour les quatre pour cent restants du vol, elle pouvait supporter la stratosphère.

Ce n'était pas la seule chose qui la grugeait. Même si elle ressentait un grand besoin de prendre des vacances loin de ses enfants, elle culpabilisait à l'idée de les laisser. Faudrait-il qu'une maman passe l'intégralité de ses temps libres auprès d'eux pour être un bon parent ? Elle n'avait pas envie d'entendre les opinions favorables à la question !

À part lui donner envie d'uriner toute la journée, la tisane à la camomille ne lui procurait aucun effet calmant. Quoiqu'en mâchant la pochette plutôt qu'en l'infusant dans l'eau chaude…

Elle avait essayé l'homéopathie. Même en avalant le tube complet de petites granules sucrées, elle n'avait noté aucune amélioration de son état. Elle peinait à se contrôler, malgré l'ingestion de la triple dose recommandée.

Si Dominique n'avait pas eu d'intolérance au lactose, les choses auraient été beaucoup plus simples : elle serait rentrée tête première dans le congélateur de la salle des employés et se serait goinfrée des échantillons de crème glacée. Saveur de réglisse noire ou de lait de poule, peu lui aurait importé, pourvu que l'une ou l'autre lui procure un certain soulagement. À moins d'accepter de passer les deux prochains jours plier au-dessus de la cuvette d'une toilette, rien de tout cela n'était possible.

Pour l'instant, rien n'apaisait son anxiété autant que le magasinage en ligne.

Heureusement, IGA et Loblaws publient leur cahier publicitaire, version électronique, au milieu de la semaine. Avant de rentrer à la maison, elle allait faire le plein de boîtes de soupe au poulet St-Hubert et de cerises à un dollar quatre-vingt-dix-neuf la livre.

* * *

— Utilise le robinet de la salle de bain du rez-de-chaussée, a calmement suggéré Étienne à son interlocutrice au bout du fil.

— ...

— Je sais que la salle de bain de la chambre principale n'est pas une parure, mais je n'ai pas eu le temps de raccorder les tuyaux.

— ...

— En plus, je te ferai remarquer que ce n'est pas le choix qui manque. Tu peux encore te décrotter dans celles de tes enfants ou de ta mère.

— ...

— Si tu avais attendu que je sois rentré du travail pour me faire des reproches, je serais peut-être de moins mauvais poil, a-t-il conclu, avant de raccrocher.

Malgré le mur de tissu qui la séparait de son collègue, Yolanda n'avait aucun problème à suivre les discussions entre Étienne et sa conjointe.

Disons seulement que la situation semblait aussi corsée entre eux qu'un ristretto.

Si, après le *party* de Noël, Yolanda s'était sentie responsable d'avoir généré, en raison de sa trop grande complicité avec Étienne, une crise de couple aiguë, elle avait depuis réalisé que ces deux-là n'avaient pas besoin d'autrui pour partir en guerre.

Une fois de plus, l'histoire d'amour entre Étienne et Virginie confirmait la véracité du célèbre dicton : « Un *chum* du secondaire devrait rester un souvenir dans le livre des finissants, et non une réalité dans le présent. »

Tout de même beau bonhomme, en excluant son nez cassé à trois endroits, Étienne était, de dos, le sosie d'un jeune Tom Hanks. Attentionné, drôle et allumé, il aurait très bien pu faire le bonheur d'une de ses collègues. Dommage qu'il se soit marié avec son amour de jeunesse.

Depuis que Virginie avait eu la bonne idée d'acheter un grand bungalow dans le vieux Saint-Hubert en vue d'en faire une maison multigénérationnelle pour sa famille et sa mère, la joie de vivre d'Étienne avait quelque peu pris le bord. Pour tout dire, il avait l'air d'un homme qui passait ses soirées et ses fins de semaine en enfer, pris en plein délire de rénovations. De son double hollywoodien, il avait emprunté ses mésaventures de *La foire aux malheurs* et son *look* de *Seul au monde*. Heureusement pour lui, la mode de la barbe était de retour. Sinon, en plus de tous ces désagréments, la réceptionniste lui aurait, depuis longtemps, interdit l'accès à l'usine.

En sentant le découragement dans les longs soupirs de son collègue, Yolanda a voulu se montrer réconfortante :

— Ça va, Étienne ? a-t-elle osé, en passant la tête par-dessus le mur de son cubicule. Si tu as envie de parler, tu sais où me trouver.

— Si un jour un homme essaie de te convaincre de mettre toutes tes économies dans l'achat d'une maison assez grande pour accueillir l'intégralité de son arbre généalogique, sauve-toi en courant. Crois-en mon expérience, il faut que les Chinois soient des saints pour être capables de vivre sous le même toit que leur mère, leur père, leur belle-mère, leur beau-père, leur grand-mère, leur grand-père, leur belle-grand-mère, leur arrière-grand-mère, leur arrière-arrière-grand-mère…

À entendre cette exhaustive énumération, on pouvait deviner que l'homme surestimait un peu l'espérance de vie des habitants de l'empire du Milieu.

Yolanda n'a pas pu saisir la fin du recensement d'Étienne. À peine venait-elle de refermer la page de son comparateur d'hôtels que Geneviève apparaissait, lime à ongles dans les mains, pour la mettre au parfum des dernières nouvelles :

— Je voulais te dire qu'il est possible qu'on ne reçoive pas les *napkins* promotionnelles à temps pour la journée « bar ouvert ». C'est tellement niaiseux, ce nom-là !

— Euh… je ne suis pas certaine de comprendre ce que tu me dis, a fait savoir Yolanda, dépassée.

— À ce que je sache, ce ne sera pas un « bar » à proprement parler. On va servir des cornets de crème glacée, pas des *shooters* de téquila.

Son opinion lui passait six pieds par-dessus la tête.

— Je veux dire par rapport aux serviettes de table…

— Ah, ça ! La représentante de la compagnie m'a dit qu'on les aurait sûrement à temps, mais elle ne pouvait pas le garantir.

En respirant par le nez, Yolanda a essayé de contrôler son exaspération. Comme elle avait déjà entendu Louise répéter que la réussite d'un événement passait par les détails, elle avait fini par y croire. Elle n'avait qu'une envie : sermonner Geneviève pour lui faire réaliser le ridicule de la chose. La gestion de personnel n'étant pas sa tasse de thé, elle s'ennuyait de Louise et de son franc-parler. Si son amie s'était trouvée sur place, elle aurait déjà reproché à la réceptionniste de ne pas avoir organisé la livraison pour la veille. Ayant assuré à Louise de superviser les derniers préparatifs pendant son absence, Yolanda se devait absolument de tenir ses engagements.

Il était hors de question qu'on lui impute la responsabilité d'un quelconque échec. Advenant les reproches, Geneviève ne serait certainement plus là pour les récolter. En raison de son attitude hautaine et blasée, Yolanda lui prédisait une courte carrière chez Jobin crèmes glacées.

— Donne-moi les coordonnées de la compagnie, je vais m'en occuper, a-t-elle conclu, pour éviter de dire le fond de sa pensée.

Ne sachant pas à quel moment Louise serait de retour, elle n'avait pas de temps à perdre. Elle avait un avion à prendre dans quelques jours, et il était hors de question qu'elle rate l'embarquement pour finaliser une livraison de *napkins*.

* * *

Pour la première fois de sa vie, Louise s'était levée à midi.

Pendant ces quelques heures de sommeil supplémentaires, elle avait sauté de la phase trois du deuil, reconnue comme étant une période de révolte et de colère, à la phase sept, la reconstruction. Durant trop d'années, elle avait fait passer ses besoins après ceux de son mari et de son fils. Dorénavant, les choses allaient changer.

Avant de se mettre au lit, elle s'était badigeonnée de la tête aux pieds avec une crème d'argile destinée normalement à la peau du visage. Si c'était bon pour la face, alors pourquoi pas pour les cuisses, les genoux et les omoplates! Somme toute, les résultats semblaient surprenants, autant sur sa peau que sur ses draps. Afin de poursuivre sa cure de rajeunissement, elle a ressorti des boules à mites son vieux léotard distendu datant de la fin des années 1990, et a forcé ses quelques livres en trop à rentrer dans le justaucorps en spandex. Ensuite, elle a essuyé avec un torchon un vieux disque compact, en espérant que la poussière ne s'était pas incrustée entre les sillons. Si elle avait voulu être à la mode, elle se serait initiée à la Zumba. À l'image de sa garde-robe, elle était beaucoup plus à l'aise avec les tendances archaïques. C'est pourquoi elle a repris la technique Nadeau.

Au son d'un métronome rythmant chaque pulsation, Louise a enchaîné les mouvements de rotation du bassin, de vague – étirant tous les muscles compris entre le tronc et la nuque – et de natation stationnaire. Et tout cela, en bougeant ses yeux dans des directions opposées. La technique Nadeau lui donnait l'impression de rajeunir un peu plus à chaque minute d'entraînement.

Puisque les rideaux dans le salon de Louise étaient relevés, son voisin pouvait suivre la chorégraphie, bien appuyé sur son extincteur d'incendie, qu'il gardait constamment sur son balcon, à la portée de la main. À voir les mimiques qu'elle enchaînait suivant les mouvements qu'elle amorçait, il se préoccupait de sa santé autant que lors des jours précédents, sinon davantage.

Après avoir suffisamment « massé » ses organes intérieurs comme le veut la technique, Louise a éteint la musique. Sans même prendre la peine d'enlever son collant, elle s'est installée devant la télévision. Elle se devait de rentabiliser son nouveau forfait.

29 juin

— Je ne peux pas venir vérifier la plomberie maintenant, Carmen. J'ai du travail.

— …

— Belle-maman, je comprends qu'il n'y a pas d'eau pour le café. Si vous avez peur d'être déshydratée, prenez-vous un petit jus ! Il y en a plein le frigo !

Depuis le début de l'aventure dans leur maison multigénération-nelle, les journées d'Étienne se ressemblaient beaucoup trop à son goût. Il avait à peine le temps de poser ses fesses sur sa chaise de travail que le téléphone sonnait comme un cri. Chaque fois, on lui rajoutait une tâche sur sa liste exhaustive de menus et gros travaux à effectuer afin de rendre la résidence un peu plus habitable.

Lors de la recherche de la maison parfaite, sa femme et sa belle-mère avaient eu un coup de cœur pour une maison digne d'un magazine de décoration ; lui, beaucoup moins pour le prix. Déjà qu'il n'était pas des plus emballés à l'idée de vivre sous le même toit que belle-maman, il acceptait difficilement l'idée qu'un tel projet vienne gonfler son versement hypothécaire. L'autre option qui s'offrait à eux était de faire l'acquisition d'une vieille demeure qui manquait peut-être un peu d'amour, mais qui était à prix abordable.

En analysant son budget, Étienne avait trouvé les bons mots pour faire pencher Virginie et Carmen de son côté :

— Les taux d'intérêt sont encore bas. Par contre, on ne peut pas se fier aux économistes pour nous dire combien de temps ça va durer. Ils sont pires que les météorologues pour faire des prédictions !

Les fluctuations inattendues dans le prix du pétrole ces dernières années ont convaincu les deux femmes qu'Étienne n'avait pas tout à fait tort.

— Si on achète la maison neuve, vous allez devoir vous exercer à répéter devant le miroir « Bienvenue chez Walmart », belle-maman. Mal de hanche ou pas, il va falloir que tout le monde mette la main à la pâte pour payer l'hypothèque quand les taux d'intérêt vont remonter.

Son scénario d'apocalypse avait donné beaucoup de points positifs à la vieille propriété.

Aveuglé par l'idée d'économiser de l'argent, il avait été le seul à remettre en doute l'utilité de dépenser plusieurs centaines de dollars pour qu'un inspecteur accrédité fasse une vérification selon les règles de l'art.

— Si la maison avait eu des défauts, on l'aurait su tout de suite en entrant, avait-il dit lors de la seconde visite. Il n'y a pas de fissure ni d'infiltration. Et en plus, ça sent bon !

La technique des biscuits Pillsbury fraîchement sortis du four avait fait une nouvelle victime.

Maintenant, Étienne devait assumer son achat.

Il venait tout juste de mettre fin à sa conversation avec sa belle-mère que le téléphone sonnait de nouveau.

Pas besoin d'afficheur pour savoir qui se trouvait au bout du fil.

En décrochant, Étienne a expiré bruyamment :

— Je n'ai en aucun temps manqué de respect envers ta mère, Virginie.

— …

— Promis, je vais réparer la plomberie ce soir.

— …

— Tu n'es pas tannée de me répéter qu'on a acheté une chiotte ?

En réponse à sa dernière question, Étienne a entendu le bruit de la tonalité signifiant que Virginie avait raccroché.

Il n'y avait pas une heure qui s'écoulait sans qu'on lui remette cette erreur sur le dos.

Mais possédait-il les capacités nécessaires pour rendre fonctionnelle une maison décrépite ? La question se posait. Certes, Étienne était habile pour la peinture, le remplacement de prises électriques et le montage de meubles IKEA, mais ses connaissances manuelles se limitaient… à ça.

En quête d'un peu de réconfort, il est allé se réfugier dans le cubicule de Yolanda. C'était la personne avec qui il partageait le plus d'affinités, en plus des chiffres, dans toute la laiterie.

— Je n'en peux plus ! Des fois, je rêve que le toit leur tombe sur la tête pendant que je suis au travail.

— Ben là, Étienne ! Tu ne peux pas dire ça !

— Je te le dis, et ce n'est même pas un euphémisme ! Je ne sais pas ce que je donnerais pour que ma femme ait une poussière de ta personnalité. Tu es plaisante, discrète, accueillante, débrouillarde, dynamique…

— Extraordinaire, a ajouté à la blague Yolanda.

— En plus, tu es drôle…

— Et je fais le meilleur sucre à la crème !

— Ça, par contre, il faut que je le laisse à ma belle-mère. Elle a presque tous les défauts, sauf celui-là !

À cette affirmation, Yolanda a fait une fausse moue vexée.

— De toutes les femmes que je connais, tu es la plus facile à vivre.

— Est-ce que je dérange ? a lancé Jean-François, qui avait profité de sa pause pour sortir des congélateurs et venir saluer sa blonde au deuxième étage.

En plus de partager les tâches reliées à la comptabilité de l'entreprise, Yolanda et Étienne avaient développé une réelle amitié au fil des ans. Ils se soutenaient dans les bons et les moins bons jours, dans la santé comme dans la maladie… Dans le fond, ils étaient presque un couple marié de neuf à cinq !

Par le passé, Yolanda n'avait pas hésité à faire appel à son voisin de bureau pour l'aider dans sa quête d'un amoureux. Même si, *a priori*, Étienne n'y était pour rien dans son changement d'état civil, ses encouragements et son soutien l'avaient aidée à prendre les choses en main. Et, grâce à lui, elle s'était limitée à l'adoption d'un seul chat, plutôt que d'une portée entière et trois ou quatre errants leucémiques ayant déjà eu recours à leurs huit premières vies.

La complicité entre eux n'était plus à remettre en question. Toutefois, cette réalité irritait grandement Jean-François. Les bribes de la conversation entendues venaient confirmer son doute quant au platonisme de leur camaraderie.

Pour lui, Étienne n'était rien d'autre qu'un rival.

Pour l'heure, Jean-François n'a pas hésité à se redresser bien droit et à exhiber les muscles de ses bras et de sa mâchoire, pour témoigner de sa puissance à l'intrus.

— Voyons, Jean-François, arrête de jouer au lion. On niaisait, a dit Yolanda pour le calmer.

Son apparition avait créé un froid sur l'étage.

Pour la première fois depuis très longtemps, Étienne était content d'entendre la sonnerie de son téléphone retentir. Un peu maladroitement, il s'est levé et a regagné son bureau en vitesse.

— Je t'ai dit que j'allais le faire en revenant du travail! a-t-il répondu à son interlocutrice.

— …

— L'avant de la maison ne peut pas avoir l'air d'un champ de foin. À la chaleur qu'il fait, le gazon ne pousse pas, il brûle! Et si on reçoit une amende de la ville, je vais la payer avec mes REER pour être certain de ne pas toucher à l'argent du compte conjoint!

De l'autre côté de la cloison grise poussiéreuse, Jean-François avait vu sa température corporelle monter en flèche.

Reconnu pour être un homme de peu de mots, il lui arrivait, dans certaines situations, d'en dire trop :

— Si lui t'attire, je me demande ce que tu fais avec moi.

À dix heures trente du matin, les employés du département administratif n'espéraient rien de mieux que de laisser de côté leur occupation pour tendre l'oreille et prendre connaissance d'une bonne chicane de couple entre leur collègue Yolanda et le gars au bec-de-lièvre de l'entrepôt.

Malheureusement pour eux, sa phrase à peine terminée, Jean-François est retourné se refroidir les esprits derrière le volant de son chariot élévateur, au milieu des gallons de crème glacée.

À l'évidence, il ne s'attendait pas à une réponse. Au fond, qu'est-ce que Yolanda aurait bien pu lui répliquer ?

Après avoir perdu ses illusions dans les petites annonces, elle en était venue à croire que le concept de l'âme sœur existait pour tout le monde, sauf pour elle. Jean-François était apparu dans sa vie dans un moment de désespoir. Sa personnalité, tout comme sa beauté, ne l'avait pas accrochée. Contrairement au prince charmant, il était réel et voulait prendre soin d'elle. Elle croyait que ses sentiments se développeraient avec le temps. Les mois avaient passé et elle se questionnait toujours sur ce qu'elle ressentait pour lui.

Alors que Yolanda s'était replongée dans son chiffrier, la voix de M. Jobin s'est fait entendre assez fort pour attirer l'attention de l'intégralité des employés de l'usine :

— Qu'est-ce que vous faites ici ? Je vous avais pourtant dit de prendre du temps pour vous !

— Il faut croire que je sentais qu'on avait besoin de moi, a rétorqué Louise, pour ne pas avouer que la solitude et le silence usaient ses nerfs.

Louise avait à peine déposé son sac et rempli sa tasse de café que la moitié du personnel faisait la file devant son bureau pour la saluer et lui offrir, une seconde fois, leurs condoléances. Craignant de ne pas lui avoir témoigné suffisamment d'empathie la première fois, on préférait se répéter. En plus d'être le chien de garde du patron, elle avait la responsabilité de faire circuler la feuille de vacances. Il valait mieux l'avoir de son côté pour ne pas être obligé de choisir ses dates en dernier.

Quant à Geneviève, elle aurait gagné à attendre un peu avant de se pointer.

— Tout est prêt pour le « bar ouvert », fille ?

— Vous ne prenez pas le temps de respirer par le nez quand vous débarquez quelque part ! Pour le « bar ouvert », a-t-elle dit en mimant les guillemets, il reste les confettis en sucre à choisir et…

La réceptionniste n'a pas eu le temps de terminer sa phrase que Louise reprenait la situation en main :

— Il me semble que le choix n'est pas difficile à faire, fille !

— Je me donnais encore une journée pour choisir entre les bleus, les roses, les verts ou les jaunes.

— Des multicolores. Ils doivent bien encore vendre des confettis multicolores, non ?

Au ton qu'avait la question, Geneviève a eu assez de jugeote pour comprendre que Louise ne s'attendait pas à une réponse, mais à une action.

90

Heureusement pour la réceptionniste, Louise n'avait pas encore abordé le sujet de la publicité. La journaliste de l'hebdo régional ne semblait pas pressée de retourner son appel à ce sujet.

* * *

Sur le chemin du retour, la tension était à couper au couteau dans la voiture. Malgré tout, Yolanda préférait faire le trajet jusqu'à la maison dans le confort de la Honda d'un Jean-François bougonneux plutôt que dans un autobus bondé de passagers transpirant à grosses gouttes par tous les pores de la peau.

Pour alléger l'atmosphère, elle a cru bon d'ouvrir la radio. Puis, après une petite chanson de la Compagnie créole, elle a essayé de faire la conversation :

— Qu'est-ce que tu veux manger pour souper ?

— Je n'ai pas faim…, a-t-il seulement marmonné.

Pendant les trois kilomètres qu'il lui restait à rouler sur le boulevard Roland-Therrien, Jean-François a fixé son pare-brise en maintenant les lèvres scellées. Assise dans le siège du passager, Yolanda en a profité pour repasser, dans sa tête, la liste des effets personnels à mettre dans son bagage à main avant le voyage.

Ils n'étaient pas encore garés qu'elle paniquait déjà à l'idée de manquer de place dans son plus gros fourre-tout.

Quand ils ont ouvert la porte de l'appartement, ils ont été accueillis par une bouffée de chaleur humide.

— Minou, tu dois avoir eu chaud à trente-deux degrés, a lancé Yolanda, en jetant un œil sur le thermomètre à l'entrée.

Après avoir passé une journée couché sur le prélart de la cuisine en quête de fraîcheur, Sébastien s'était précipité sur la jambe de Jean-François et miaulait son bonheur de le retrouver en s'y frottant. Devant cette démonstration d'affection, Jean-François lui a rendu la pareille.

Blessée dans son cœur de maîtresse, Yolanda a brandi le drapeau blanc.

— Tout pour les autres et rien pour moi ?

— Ton collègue te fait des avances et je ne devrais pas m'inquiéter, a-t-il dit, en haussant le ton.

Même si sa question semblait s'adresser au chat, Yolanda venait de tendre une perche à son copain.

— Voyons, tu sais bien qu'il est marié ! a-t-elle simplement répondu, comme si d'emblée un état civil devait éliminer tout soupçon.

Chez la plupart des hommes, ce commentaire aurait certainement amené une cascade de questions. Jean-François s'en contentait, au plus grand soulagement de Yolanda. Même si elle avait eu des sentiments pour l'homme marié, sa conscience lui dictait de ne pas y toucher.

Pour tenter une réconciliation, elle a grimpé sur la pointe des pieds et a déposé ses lèvres sur celles de son compagnon.

Devant ce signe d'affection, il n'a pas hésité et a glissé sa langue dans sa bouche. L'atmosphère lourde avait fait place à une tension sexuelle palpable. La suite s'est donc faite naturellement.

Puisque ce n'est pas en soulevant des palettes à l'aide d'un chariot élévateur qu'il allait pouvoir continuer d'attacher sa ceinture en utilisant le même trou, Jean-François n'a pas hésité à soulever son amoureuse pour l'emmener jusqu'à la chambre à coucher.

Bien que Yolanda n'ait pas du tout apprécié la crise de jalousie de son partenaire, elle n'allait pas dire non à du sexe. Après en avoir été privée pendant aussi longtemps dans sa vie de célibataire, elle n'avait pas envie de laisser passer une occasion comme celle-là. Telle une survivante de la grande famine qui demanderait un *doggy bag* dans un buffet chinois, elle avait toujours faim pour une partie de fesses. Et celle des réconciliations était toujours plus tendue, plus agressive, bref, plus mémorable que les autres.

Le sexe de réconciliation faisait ressortir leur côté animal. Ils ne s'effleuraient plus, ils se poussaient. Ils ne se caressaient plus, ils se palpaient. Dans l'action, la chaleur ne les dérangeait guère. Yolanda avait pour son dire que, si le sexe tranquille faisait perdre deux cents calories, le sexe post-conflit devait en faire fondre au moins le double, et le sexe post-querelle en période de canicule devait sans nul doute en consommer mille.

Crème glacée

Si, dans les films d'amour, l'orage éclatait toujours en plein orgasme simultané, la réalité était bien différente.

Après la relation, il faisait maintenant trente-quatre degrés dans la pièce sans l'ombre d'une petite brise.

30 juin

Autour de la machine à café, les lève-tôt bavardaient avant de commencer leur journée de travail. Ce n'est pas que leur vie était monotone au point de n'avoir qu'un seul sujet de conversation, mais le célèbre « Il fait-tu assez chaud à ton goût ? » était sur toutes les lèvres.

La température extérieure étant le thème préféré de tous les habitants des pays nordiques, les Québécois ne faisaient pas exception. Comme dans tout groupe d'individus, de Stockholm à Val-d'Or, on trouve toujours un emmerdeur qui se fait un devoir de refroidir les ronchonneurs avec un : « Il ne faut pas trop se plaindre. Dans six mois, on va avoir des bottes dans les pieds et une pelle dans la main ».

Il y avait tout de même des limites à devoir saluer le climat chaud et humide qui rendait les gens, même les plus forts et en bonne santé, molasses à un niveau atteignant la « chute de pression ». Par contre, lorsque le philosophe s'appelait Pierre Jobin et qu'il signait les chèques de paye, ses subalternes ne faisaient qu'acquiescer devant l'incontestable.

— Ce n'est pas la chaleur que je ne peux plus supporter, c'est le jus de céleri, a annoncé Yolanda, en enlevant un filament d'entre ses dents. Gwyneth Paltrow dira ce qu'elle voudra. Les jus verts ont peut-être des pouvoirs désintoxiquants, il reste que ça ressemble à de l'eau de marais et le goût est pire qu'une gorgée de *swamp*.

— Un régime hollywoodien ! Je me disais aussi que ce n'était pas le régime minceur le plus équilibré, a fait remarquer Mohammed, en attendant qu'infuse son café.

— C'est juste pour la semaine. La première chose que je fais en débarquant à Paris, c'est de trouver une petite boulangerie et de manger assez de croissants au beurre pour en vomir.

— Dans ce cas, n'oublie pas ton agrafeuse. Les croissants, c'est aussi vicieux qu'un repas pain-pâtes-patate, a blagué celui qui l'avait, jadis, aidée à maintenir en place la fermeture éclair d'une robe devenue trop serrée par des excès de PPP.

Au bureau, les hommes ne pouvaient s'abstenir de remarquer les robes d'été portées par leurs collègues. Contrairement à la croyance populaire, l'envie supplantait parfois le désir.

Les hommes aussi souffraient de discrimination quant à leur sexe.

Saison après saison, ils se voyaient restreints au port du pantalon. Lors de grandes chaleurs, leurs mollets ne demandaient pas mieux que de respirer un peu d'air frais. Par contre, ils préféraient avoir chaud dans leur Dockers en coton épais, plutôt que d'enfiler le sari.

La nouvelle routine du matin de Louise l'avait fait arriver à l'usine légèrement plus tard qu'à son habitude. Sans perdre de temps, elle était allée rejoindre Yolanda et Dominique pour s'offrir un petit cinq minutes de social avant de commencer sa journée de travail. Il y a des moments où on ressent un grand besoin d'être entouré de ses vraies amies.

— Ça va ? a demandé Yolanda, en frottant doucement le dos de sa collègue. Laisse-moi te préparer ton café noisette comme tu l'aimes.

Un petit avantage du deuil, Louise économisait sur le prix du café. Elle en profitait, sachant que ces petites attentions ne dureraient pas.

Dominique essayait aussi de partager son empathie en utilisant l'approche de la flatterie :

— Je n'en reviens pas comme tu as l'air reposé, malgré tout ce que tu as vécu dernièrement.

Louise était flattée, et ce, même si elle était consciente que Dominique exagérait un peu le compliment. Après tout, elle n'était pas dupe. Ses pattes d'oie n'étaient pas disparues, comme par miracle, sous les épaisses couches de crème de beauté en une nuit. Elle luttait contre le vieillissement avec l'aide de sérums rajeunissants, pas d'un bistouri.

— Asteure que je vis seule, je n'ai aucune raison de me coucher tard.

En vérité, Louise avait bien apprécié sa soirée à rentabiliser son nouveau forfait télé avec un sac de maïs soufflé Orville Redenbacher's.

Par contre, elle n'a pas cherché à préciser son nouveau passe-temps. Qu'est-ce que les gens penseraient en apprenant qu'elle s'était renforcé les abdominaux en pleurant de rire devant le film *Hot Dog*? Après tout, les goûts ne se discutaient pas!

À cette phrase d'une infinie tristesse, les filles ne savaient plus trop quoi répondre. Yolanda et Dominique se sont regardées un moment. Il aurait été un peu indélicat de retourner à leur bureau sans rien ajouter.

— Pourquoi tu ne viendrais pas à Paris avec nous? a proposé Yolanda, sans trop réfléchir ni même consulter sa partenaire de voyage pour connaître son opinion sur le sujet. C'est bon pour le moral, les vacances. Tu pourrais changer d'air. Et les trois ensemble, je suis certaine qu'on passerait une semaine mémorable.

— C'est une super bonne idée, un voyage entre filles. En plus, tu aurais la chance de voir ta nièce Annabelle, a répondu Dominique, sachant très bien que les vacances de Louise n'étaient prévues qu'à la fin du mois d'août.

En fait, ni Yolanda ni Dominique ne souhaitaient partir à Paris avec Louise. Endurer sa personnalité acerbe au bureau était une chose, mais étendre l'expérience en dehors des murs de l'usine en était une autre.

Sans trop lui laisser la chance de réfléchir, Dominique a cru bon de lui rappeler subtilement ses responsabilités familiales.

— Si tu préfères rester ici avec ton gars, on va comprendre. Vous avez sûrement besoin de vous soutenir mutuellement.

Et au tour de Yolanda d'en rajouter une petite couche :

— As-tu encore assez de jours de congé en banque pour partir ?

La première contrainte représentait depuis quelques jours le dernier des soucis de Louise. Quant à la seconde, si elle désirait réellement partir, il y avait moyen de s'arranger. Après tout, c'était elle qui possédait le plus d'ancienneté parmi tous les employés.

— Vous partez quand, déjà ? a-t-elle demandé.

— Dans trois jours, a précisé Dominique en hoquetant.

—Justement, il faut que je me mette au travail. J'ai plein de choses à terminer avant le départ, a menti Yolanda, en quête d'une porte de sortie.

Le retour de Louise au boulot avait grandement allégé son agenda.

Soudainement, Dominique a senti un immense besoin de magasiner. Sans ajouter un mot, elle a regagné son bureau. Le bavardage terminé, Louise n'a pas eu d'autre choix que de regagner le sien à son tour.

En triant ses courriels, Louise a réfléchi à la proposition qu'on venait de lui faire.

Ce voyage de dernière minute était une occasion en or de rendre visite à sa nièce. Ce n'était pas parce que Louise avait ressenti une certaine déception lorsque Annabelle avait démissionné de son poste de réceptionniste pour poursuivre son rêve de danser qu'elle ne s'ennuyait pas pour autant d'elle. Il y a parfois certaines occasions qu'on ne peut laisser passer. Le côté artistique d'Annabelle aurait certainement préféré montrer ses seins et ses joues de fesses dans une chorégraphie de Dave St-Pierre. Par contre, pour une jeune danseuse, être recrutée pour se produire avec la troupe du Crazy Horse de Paris était une chance inouïe. Enfin, c'était sa nièce qui le disait !

Avant le départ d'Annabelle, Louise avait réalisé le fossé qui s'était creusé entre les générations. Malgré les accrochages et les différends, leur lien était presque aussi fort que celui qu'entretient une mère avec sa fille. À ce sujet, Diane, la sœur de Louise, ne serait pas tout à fait d'accord. Après tout, sa fille n'avait pas besoin d'une deuxième maman.

— Louise, ma très chère Louise, a dit M. Jobin de façon emphatique, en la tirant de ses pensées et en l'invitant à venir s'asseoir dans son bureau. Je voulais vous dire que ma femme et moi partagions votre peine.

« Ah non, on ne va pas encore parler de Jacques », a-t-elle pensé.

Elle lui avait consacré plus de trente ans de sa vie. Il était hors de question qu'elle lui donne une minute de plus.

— Avec la détermination et les efforts que Jacques mettait pour reprendre le dessus sur sa maladie, il mérite toute notre admiration. C'est quelque chose, changer ses habitudes de vie à cinquante-quatre ans et se remettre à l'entraînement. Juste moi, par exemple, je me suis acheté un tapis roulant…

« Si seulement vous saviez », ruminait-elle, sans écouter la fin de l'anecdote de son patron.

— C'est pourquoi, avec votre accord bien sûr, j'ai pensé nommer un parfum de crème glacée en son honneur.

En vérité, l'idée venait de sa femme. Pour le moment, peu importait qui l'avait eue. Pour Louise, elle était simplement mauvaise.

Logiquement, la seule personne qui aurait dû rendre hommage à son mari, c'est Hugh Hefner. En tant que fondateur de *Playboy*, il avait une petite part de responsabilité dans son décès.

— Vous allez bien ? Vous voulez quelque chose à boire ?

Louise assimilait la nouvelle de cet hommage comme on avale une pelote à épingles. C'est-à-dire assez difficilement. L'offre venait de la faire reculer à la troisième phase psychologique du deuil. Puisqu'il aurait été inapproprié de détruire la réputation d'un mort, elle a fait un effort pour retenir sa colère. Cependant, elle ne pouvait empêcher les larmes de couler. Si Jacques méritait quelque chose, ce n'était certainement pas d'avoir autant d'attention.

Voyant l'émotion que sa proposition créait, M. Jobin s'est levé de sa chaise pour venir prendre la main de son employée. À son tour, quelques larmes ont coulé, mais pas pour les mêmes raisons.

— Je vous laisse le temps de réfléchir à la saveur qui le représenterait le mieux.

La nouvelle veuve n'a pas eu besoin de considérer la question très longtemps.

À ses yeux, il n'y avait qu'une chose qui le symbolisait :

— Bacon.

La réponse a surpris son patron :

— Bacon ce sera ! Je vais dire à l'équipe de recherche et développement de travailler sur une recette.

Et pour se rappeler le goût que Jacques avait développé pour les saveurs du sud des États-Unis et du Texas en particulier, Louise a ajouté :

— Et piment chipotle !

* * *

Par le passé, M. Jobin avait réfléchi à l'idée d'améliorer la qualité de vie de ses employés en proposant un horaire d'été. De la sorte, l'usine fermait ses portes plus tôt un vendredi après-midi sur deux pendant la belle saison.

Même si l'idée lui semblait bonne, une meilleure, à son opinion, lui était venue à l'esprit.

À la suite de l'écoute d'une vidéo de Steve Jobs, durant laquelle le créateur de la compagnie Apple abordait l'importance de créer un sentiment d'appartenance entre les employés et l'entreprise, les après-midi «petite cuillère et développement» étaient nés.

À treize heures tapant, les membres du personnel du service administratif ainsi que ceux de la chaîne de montage et de l'entrepôt enfilaient un sarrau et un filet à cheveux, et s'armaient de leur petite cuillère à dégustation pour un premier test de saveur à l'aveugle.

Pour terminer le plus tôt possible, la ponctualité était de mise.

À quelques exceptions près, les travailleurs s'étaient naturellement regroupés par services, comme dans la salle des employés à l'heure du dîner. Jean-François avait laissé Geneviève avec ses collègues de l'entrepôt afin de s'ériger en bouclier entre sa copine et Étienne.

Avant même que Pascal, le responsable de l'équipe de recherche et développement, ait déposé les premiers bols devant chacune des équipes, ses deux subalternes prenaient déjà des notes sur les réactions des participants.

Pour l'entreprise, les après-midi «petite cuillère et développement» frappaient deux mouches avec le même clap. En plus de renforcer le sentiment d'appartenance des employés, ils permettaient d'économiser les frais d'un banc d'essai.

Avant que s'amorce la dégustation, M. Jobin a pris la parole :

— C'est grâce au sérieux de chacun d'entre vous dans les exercices de création comme celui-ci que Jobin crèmes glacées parvient à présenter de nouveaux produits qui plaisent à la clientèle et qui poussent encore plus loin l'audace des saveurs. Nos succès de demain seront attribuables à vos papilles d'aujourd'hui.

Et de la biographie de Sam Walton, l'homme derrière Walmart, il avait retenu l'importance de maintenir ses troupes motivées.

En raison de son intolérance au lactose, Dominique était exemptée de goûter, mais pas dispensée pour autant de manquer cette activité. Dans la création d'un bon produit, il y avait plus d'un sens qui devait être mis à contribution.

Au premier regard, le mélange rouge qu'on venait de déposer devant les équipes a semblé passer haut la main le test de la vue. D'une couleur aussi vive qu'un sorbet aux fruits des champs, la matière possédait l'onctuosité de la crème glacée. Connaissant le patron, on ne pouvait douter de la présence de crème. Jamais, au grand jamais, M. Jobin ne laisserait sortir de son usine un produit fait de matières laitières modifiées.

En ce qui concerne l'odorat, là encore, on cumulait les points.

Cependant, lorsque venait le temps de goûter, Dominique déposait son contenant et laissait ses collègues se charger de la suite de l'analyse. Passer deux jours à se purger le côlon aurait été chèrement payé et aurait sans doute eu des répercussions mentales à l'opposé de celles recherchées par l'instauration des vendredis «petite cuillère et développement».

Pour des raisons complètement différentes, Yolanda avait subtilement refilé sa portion à Jean-François. Pas besoin de plusieurs bouchées de crème glacée pour faire sauter la limite de calories permises dans un régime liquide.

En ce qui concerne le goût, on pouvait facilement deviner, par l'expression des visages, que cette nouvelle saveur ne faisait pas l'unanimité.

— Ça goûte un mélange de Kool-Aid et de…, a hésité Richard, un employé de la chaîne de montage.

Même pour les papilles les moins exercées, il était difficile de passer à côté de la forte note de synthétique qui en ressortait.

— … sauce à dumpling, a-t-il fini par trouver.

À l'exception de Mohammed et de Denise, les dents sucrées de l'entreprise, la majorité approuvait son analyse.

— Je dois comprendre que le parfum général Tao n'est pas tout à fait au point, a répondu Pascal, un peu déçu des réactions.

Même si le responsable était convaincu du contraire, c'était sans doute mieux pour le consommateur que cet essai reste entre les quatre murs de son laboratoire.

Conceptuellement, le mélange était parfait. La mixture était à la fois sucrée et onctueuse, avec des morceaux de croquants. En conclusion, il demeure que, contrairement au sirop Buckley, une crème glacée qui goûte le jus de vidange, aussi belle soit-elle visuellement, n'a pas une grande espérance de vie sur les étagères des supermarchés.

Alors que l'équipe de Pascal préparait la deuxième et dernière saveur à analyser de la semaine, les autres employés contenaient difficilement leur impatience à terminer la semaine de travail plus tôt qu'à l'habitude.

— Vous irez profiter du soleil pour moi, a annoncé Louise. J'ai trop de travail pour fermer mon ordinateur avant l'heure. Ce n'est pas que je veuille être désagréable, Yolanda, mais je ne pense pas te redemander de superviser le travail de quelqu'un dans un avenir rapproché.

— Voyons, Louise, j'ai fait plus que mon possible. Je te rappelle que je n'avais pas juste Geneviève à m'occuper.

— En tout cas, tu aurais pu faire un plus grand effort. Je vous le dis, Geneviève, ce n'est pas Annabelle. Avec tout le retard qu'elle m'a fait prendre, le journal ne pourra pas faire paraître la publicité pour le «bar ouvert» plus de trois jours avant l'événement.

Louise avait le don d'exagérer une situation et de décourager l'appel à la coopération.

Sans ouvrir la bouche, Yolanda a échangé quelques pensées avec Dominique.

« Est-ce qu'on lui a vraiment proposé de venir en voyage avec nous ? » a demandé le sourcil droit de Yolanda, en s'étirant vers le haut.

« J'espère qu'elle va se trouver une bonne raison pour rester à la maison », a répondu de pair ceux de Dominique.

Louise avait beau vivre une période difficile, Étienne ne croyait pas qu'il était juste de tomber sur la tête de sa voisine de bureau :

— Louise, Louise, Louise, a-t-il annoncé en prenant la parole. Tout le monde sait que la meilleure publicité, c'est le bouche à oreille. S'il y a quelque chose de gratuit, pas besoin de le crier sur les toits pour que la nouvelle circule. Ça ne me surprendrait même pas qu'il y ait du monde de Laval qui se tape vingt-cinq kilomètres de voiture pour une boule de crème glacée à la vanille.

— Tu le diras à M. Jobin quand il n'y aura pas un chat dans le stationnement et qu'il devra distribuer son stock à ses employés.

Heureusement que, dans un groupe, certaines personnes voyaient du positif partout :

— *Shot-gun* sur les gallons à la pistache, a déclaré Mohammed.

— J'avoue que ça doit être bon avec des baklavas, a répondu Yolanda.

Surpris par le commentaire, il a ajouté :

— Est-ce que c'est des goûts de femme enceinte, ça ? Il me semble que tes yeux pétillent.

107

— N'y pense même pas, Mohammed. Mon bureau ne sera pas vacant dans neuf mois.

Ce n'était pas juste sur les contenants de crème glacée à la pistache que Mohammed avait un œil. Il n'attendait qu'une occasion pour pouvoir occuper un bureau près de la fenêtre, même si ce n'était que le temps d'un congé de maternité.

— Êtes-vous prêts pour le deuxième test ? a demandé Pascal, en approchant de nouveaux contenants.

Nul besoin de planter sa cuillère dans le mélange pour savoir que la saveur allait faire un malheur. De la glace au chocolat onctueuse, une spirale de guimauve et des pépites de pâte à biscuit. Qu'est-ce qu'un palais pouvait demander de plus ?

— Je vais devoir manger la cuillère, a déclaré Mohammed.

Quant à Yolanda, elle ne portait plus aucune attention à la crème glacée. Son esprit était occupé à essayer de se souvenir, avec précision, de la date de ses dernières menstruations.

Soudainement, elle avait très hâte de tacher sa culotte.

1er juillet

Ce n'est pas que la semaine avait été chargée au point où Dominique avait dû se contenter de faire son épicerie en pleine période de pointe. Seulement, un appel avait fait grimper son anxiété à un niveau sans précédent.

— Il reste soixante heures avant le décollage! lui avait rappelé Yolanda avant de raccrocher aussitôt.

Le départ approchait si vite qu'il était raisonnable de calculer le temps en heures et de laisser tomber le décompte des dodos.

À défaut de partager l'excitation de son amie, Dominique angoissait terriblement, de sorte que son cœur avait sauté un battement. Tremblements, bouffées de chaleur et respiration difficile; si Dominique n'avait pas reconnu là les signes d'une crise de panique, elle se serait sans doute ruée vers la salle d'urgence la plus proche, persuadée de faire un infarctus.

Plutôt que de mettre la gestion de son anxiété entre les mains de la médecine traditionnelle, douce ou même chinoise, elle a choisi une méthode holistique à portée de la main, qui avait depuis longtemps démontré ses bienfaits: vendre son âme à un gourou nommé Surconsommation. C'est ainsi qu'au lieu de céder à la montée d'anxiété qui s'emmagasinait dans sa poitrine depuis plusieurs jours, elle a volontairement choisi d'aller jouer des coudes devant l'étalage des promotions de la semaine, un samedi matin. Et ce, même si les multiples réfrigérateurs dans la maison fermaient à peine tellement ils débordaient.

Pour Dominique, travailleuse à temps plein et mère de quatre enfants d'âge préscolaire et primaire, préparer la liste d'épicerie constituait une détente qu'elle aimait étirer sur toute la semaine. Pour certaines, il n'y a rien de mieux pour évacuer le stress que de refaire ses ongles ou de se vider de ses électrolytes pendant une bonne séance de yoga chaud. Pour d'autres, l'harmonie est atteinte en tournant les pages d'un cahier publicitaire d'IGA, de Loblaws, de Metro ou même de Maxi.

Si la préparation hebdomadaire de la tournée des épiceries représentait un 4 sur l'échelle de la détente, le chiffre 1 étant l'équivalent d'une tasse de tisane à la camomille et le 10, une poignée de comprimés Cerax, déposer des aliments à prix réduit dans un panier représentait pour Dominique un gros 8 ou même 8,5. Ce n'est pas parce que le revenu familial lui permettait de nourrir sa famille au steak de Kobe matin, midi et soir qu'elle devait fermer les yeux sur le prix de son panier d'épicerie.

«Ça m'aide à organiser mes soupers» lui servait d'excuse pour passer autant de temps les yeux rivés sur les prospectus.

En vérité, son obsession pour les rabais de la semaine découlait d'une autre vérité. Dominique avait horreur de payer plus lorsqu'elle pouvait débourser moins. Si elle avait eu du cran, elle se serait fait faire une fausse carte d'identité pour profiter aussi des rabais offerts à divers endroits aux gens de l'âge d'or.

Une chose était certaine : en cas de catastrophe nucléaire, c'était dans son sous-sol qu'il ferait bon vivre. Pour éviter d'être à court d'un produit entre deux promotions, ou à la suite d'une grève illimitée des camionneurs spécialisés dans le transport de boîtes de conserve, elle en faisait une impressionnante provision.

Malgré les apparences, elle essayait de se montrer raisonnable. Ce n'est pas parce que le paquet de fromage cheddar marbré de quatre cent cinquante-quatre grammes était à moins de cinq dollars qu'il fallait vider l'étagère. Cependant, mettre une dizaine de briques dans son panier lui paraissait tout de même un geste modéré.

Aujourd'hui, elle n'allait pas pouvoir contenir son niveau d'anxiété en usant de retenue.

En période de crise, elle s'autorisait à passer en mode excès.

Pour cela, elle allait faire appel à un peu de renfort.

— Maxence, exceptionnellement aujourd'hui, maman va avoir besoin que tu pousses un deuxième panier.

— Est-ce que ça paie ? a demandé d'emblée le garçon, en quête d'une bonne affaire.

De tous ses enfants, l'aîné était celui avec lequel elle partageait le plus de traits de caractère. On ne pouvait pas encore dire avec certitude s'il possédait la fibre entrepreneuriale, mais il ne laissait jamais passer la chance de faire quelques dollars. Très tôt, il avait compris qu'avec une mère très occupée, il était possible de monnayer une panoplie de petits services.

Les livres sur l'éducation des enfants auraient sans l'ombre d'un doute donné tort à Dominique de céder au chantage aussi facilement. Puisqu'on choisit ses batailles, la mère de famille considérait qu'elle avait déjà assez de broue dans le toupet pour ne pas corriger la cupidité de son fils. Après tout, elle comptait bien se rembourser en lui réclamant une pension plus tôt que trop tard.

Même si Dominique était encore à des années-lumière de ces femmes intenses accros aux couponnages telles qu'elles étaient présentées dans les émissions de télévision, il n'en demeurait pas moins qu'elle n'éprouvait aucune gêne à se promener dans les allées avec son enveloppe de bouts de papier lui permettant d'épargner des cinquante cents par ici et des soixante-quinze cents par là.

Avec l'enthousiasme d'un innocent ignorant l'humiliation qui l'attendait au bout du circuit, Maxence a saisi son chariot. Les uns derrière les autres, les membres de la famille sont entrés dans le magasin avec Lili, deux ans et demi, poussant, à la tête du cortège, son petit panier pour enfant.

Premier arrêt, le rayon des fruits et légumes.

Avant de se diriger vers les points d'intérêt, Dominique s'est arrêtée devant le présentoir des cerises de l'Ontario. Une fois assurée qu'aucun regard indiscret ne la voyait, elle s'est permis d'en croquer quelques-unes au passage.

— Mais… maman !

Avant de laisser la possibilité à son fils de la dénoncer, elle lui a foutu un fruit dans la bouche.

— Elles goûtent la même chose que celles qu'on a à la maison, a affirmé Maxence.

Le dossier était clos.

Lorsqu'il était question de produits frais, Dominique ne lésinait pas.

Enfin, à peine.

— On ne prendra pas ces carottes-là, maman. Elles sont plus moches que si on les avait fait pousser dans notre jardin.

— Aimes-tu mieux les défraîchies ? lui a demandé Dominique, en montrant l'étalage de vieux légumes réduits.

Entre une carotte croche et une molle, la croquante l'emportait.

Par contre, ce n'était pas avec les économies faites en puisant dans les bacs de légumes ternes que Dominique allait atteindre son nirvana de consommatrice avertie.

Devant le présentoir de vinaigrettes, elle s'est laissée aller.

Le nombre de bons de réduction dans son enveloppe fera la limite !

— Mets-en vingt-quatre bouteilles dans ton panier, Maxence. Maman a un coupon de un dollar et demi par unité.

— Je ne pense pas qu'on va manger assez de salade dans l'été pour utiliser autant de vinaigrettes.

— Ce n'est pas grave. Ça se garde longtemps.

— Mais on ne l'aime même pas, cette sorte-là, a tenu à préciser le garçon, un peu dépassé.

— Dorénavant, elle sera votre préférée, mon cher !

Chaque fois qu'un nouveau produit trouvait refuge dans l'un des trois chariots mis à sa disposition, Dominique additionnait mentalement les économies réalisées.

Plus le chiffre montait, plus son niveau d'anxiété diminuait. La corrélation était parfaite.

La sérénité de Dominique a connu son apogée devant l'étagère de pâtes alimentaires.

— Est-ce que vous organisez un souper spaghetti pour une équipe de soccer ? s'est informée, par simple curiosité, une femme d'une vingtaine d'années qui venait d'attraper une boîte de pennes sans gluten.

Maxence a acquiescé à la question avec un petit sourire forcé.

Manifestement, il ne s'agissait pas d'une grande cuisinière. Avec cinquante boîtes, ce n'était pas douze jeunes joueurs de soccer qu'on pouvait nourrir, mais bien une équipe d'ogres affamés.

Voyant une occasion de convertir une néophyte à sa religion, Dominique s'est lancée. Elle avait pour son dire que plus il y avait de collectionneurs de bons-rabais et de coureurs de promotions, plus les compagnies avaient intérêt à distribuer des bons de réduction pour un plus grand nombre de produits.

— C'est vraiment simple. La boîte de pâtes est réduite à un dollar cette semaine, et avec mon coupon de cinquante sous, je la paie au final seulement quarante-neuf sous. Est-ce que ce n'est pas merveilleux ? a-t-elle commenté, fébrile.

— Si je comprends bien, ce n'est pas pour une collecte de fonds ou une œuvre de charité ?

— C'est tout pour mon usage personnel, a répondu fièrement Dominique.

Trop occupée à admirer son petit magot, elle n'a pas vu l'expression empreinte de mépris de son interlocutrice.

— Vous les trouvez où, vos coupons ? a demandé la jeune femme.

— Je navigue sur des sites Internet. Quand je trouve quelque chose qui m'intéresse, j'en imprime, imprime et imprime.

— Et vous trouvez ça payant ?

— Sur cinquante-deux boîtes, je paie seulement vingt-six dollars et j'en sauve tout autant. Vous devriez vous y mettre.

Dans l'emballement, Dominique avait mis un moment à déchiffrer le regard rempli d'incompréhension de la dame.

— En fin de compte, je ne vois pas où vous faites vos économies ! C'est sans compter tout le temps que vous passez à chercher des maudits spéciaux. Vous achetez dix fois plus que ce dont vous avez besoin, a répondu la femme, avant de reprendre son chemin. C'est ce que j'appelle du gaspillage !

Le commentaire n'a pas du tout plu à Dominique, au point où ce jugement presque gratuit lui a fait perdre ses bonnes manières. Dès que la trouble-fête a tourné le dos, elle lui a tiré la langue. Maxence suivait la scène sans dire un mot.

— Ça, mon gars, c'est des adeptes frustrés de la simplicité volontaire. Ils n'ont plus de place sur leur carte de crédit ou dans leur garde-manger pour faire des réserves, et ils jalousent ceux qui ont toujours tout sous la main pour confectionner une salade de macaroni, même à deux heures du matin.

À voir la fureur avec laquelle sa mère empilait les boîtes de pâtes dans son chariot, Maxence n'a pas voulu la contredire, même s'il trouvait que la logique de l'autre dame avait beaucoup de sens.

L'exercice s'est reproduit dans l'allée des céréales. Dominique avait décrété que ce serait un été sous le signe des Raisin Bran.

— Quand vous serez tannés de les manger avec du lait, maman en fera des muffins.

Il n'y avait rien à rajouter.

Pendant que Dominique terminait de remplir à ras bord son panier, Lili s'amusait à cacher des articles au prix courant dans le sien. Une petite boîte de barres tendres sous les pots de vinaigrette, quelques yogourts à boire entre les boîtes de linguinis.

Malgré son jeune âge, elle avait toutes les aptitudes pour devenir une grande joueuse à ni vu ni connu.

Pour Maxence, le plaisir d'accompagner sa mère à l'épicerie avait depuis un bon moment fait place à l'inquiétude. Il n'y avait à peu près rien de normal à l'enthousiasme avec laquelle elle empilait les cartons de Mr. Freeze dans son panier.

— Es-tu certaine que ça va, maman ? J'ai vu une émission sur les tumeurs au cerveau à la télé. Les gens qui en ont font des choses étranges.

— Maman n'a jamais été aussi bien, a clamé Dominique, en se dirigeant vers les caisses avec l'adrénaline d'une athlète qui s'apprête à récolter les honneurs pour les efforts investis.

Tous les coureurs de rabais et tous les adeptes des bons de réduction savent que certaines plages horaires sont à éviter s'ils ne veulent pas croiser une caissière exaspérée avant même d'avoir enregistré leur premier article. Cependant, la vie nous oblige parfois à devenir l'irritant d'un autre être humain le temps d'une interminable transaction.

Dominique n'avait pas vidé le contenu de son premier panier sur le tapis roulant que la caissière soupirait déjà sa vie.

— J'ai des coupons, a-t-elle tenu bon de souligner en guise de salutations.

Elle n'avait pas besoin de le mentionner. Françoise, tel qu'il était inscrit sur son épinglette, l'avait déjà deviné.

Les caissières peuvent reconnaître les accros du couponnage à des allées à la ronde.

Contrairement à ce que les émissions sur cette étrange tendance laissent croire, les clients ne regardent pas avec admiration les adeptes monopoliser les services des employés des caisses avec leurs piles de petits papiers et leurs deux cents articles. C'est plutôt avec des baïonnettes dans les yeux qu'ils attendent impatiemment leur tour.

S'il en avait eu la possibilité, Maxence se serait caché sous son panier pour ne pas sentir les regards rivés sur lui et sa famille. Malheureusement, trois caisses de *popsicles* avaient eu la même idée.

— Quand tu veux acheter en grande quantité, tu vas chez Costco ! a clamé un client, ennuyé par le ralentissement du service, un simple sac de pains hamburgers dans les mains.

Alors que Dominique avait terminé de vider son propre panier et qu'elle s'était installée devant le moniteur de la caisse pour contrôler toutes les erreurs qui pouvaient se produire à cette étape de la transaction, Maxence vidait le sien avant d'aider sa jeune sœur à faire de même.

— Le dernier coupon que vous avez passé n'a pas été lu par votre capteur, a fait remarquer la cliente plus qu'alerte.

Le soupir émis un peu plus tôt par Françoise n'était rien par rapport à celui qu'elle venait de pousser. Sans même prendre la peine de vérifier les dires de la cliente, elle a repassé le bon deux fois plutôt qu'une.

À voir sa mère s'acharner pour obtenir une réduction de un dollar sur un contenant de savon à lessive, Maxence commençait à croire qu'il avait eu tort de penser que sa famille était en moyens.

Soudainement, il a ressenti une petite gêne à l'idée d'avoir revendiqué cinq dollars pour pousser un panier. Et un malaise encore plus grand pour avoir exigé un dollar pour superviser le brossage de dents de ses deux frères pendant que sa mère bagarrait pour faire enfiler un chandail jaune à Lili.

— Qu'est-ce que ça fait là ? a demandé Dominique, en voyant apparaître un article au prix courant sur le moniteur.

Dans sa tête, deux fils se sont touchés. Aussitôt, ses yeux se sont tournés vers sa fille.

— Combien de fois maman va devoir te répéter, Lili, qu'on n'achète pas de produits à prix régulier ? Va le remettre dans les réfrigérateurs.

Même Lili, qui n'était pas en âge de saisir l'absurdité de la situation, éprouvait une grande frustration et de l'incompréhension devant la réaction de sa mère. Pour montrer son désaccord, elle y est allée d'une danse du bacon.

Si certaines personnes ne les avaient pas encore remarqués dans le supermarché, c'était maintenant chose faite.

— Si vous avez peur de manquer d'argent, vous pouvez enlever une bouteille de vinaigrette, ne s'est pas gênée de juger Françoise.

— C'est parce que…

— Votre fille ne vous demande pas de lui acheter un deux litres de Pepsi. Elle veut juste un yogourt à la pêche.

Les yeux de tous les clients du magasin fixés sur elle, Dominique n'a pas insisté. Après tout, elle n'allait pas laisser ce petit accroc ruiner le plaisir qu'elle éprouvait en saisissant sa longue, très longue facture et en découvrant le montant total d'argent épargné. Devant le chiffre d'économie, elle s'est sentie en pleine possession de ses moyens.

Malheureusement, cet apaisement ne lui serait que de courte durée.

En franchissant les portes de l'épicerie, elle a reçu un texto de Yolanda qui allait la ramener à la réalité.

« Je ne peux pas croire qu'on s'en va à Paris!!!! »

C'était suffisant pour faire redescendre Dominique de son *buzz*.

Dans la voiture, Maxence était soulagé d'être enfin sorti de cet endroit maudit.

— Est-ce qu'on peut rentrer à la maison, maintenant?

— Maman n'a pas fini de faire les courses. Elle doit encore remplir un ou deux paniers chez Metro, a annoncé la quadragénaire, en s'installant derrière le volant de son VUS.

* * *

Pendant que Dominique s'apprêtait à faire honte à son fils pour la deuxième fois dans la même journée, Yolanda jouait à la belle-mère gâteau en espérant faire passer les heures plus rapidement.

— Chez ma maman, je n'ai pas le droit de manger de la crème glacée pour déjeuner, a dit Renaud, en plongeant sa cuillère à soupe dans son assiette de gaufres garnies de glace à la vanille.

— Ici, c'est permis! a répliqué Yolanda, en surveillant l'enfant pendant que le papa faisait encore la grasse matinée dans la chambre à côté.

— Ma mère dit que les belles-mères sont souvent méchantes. Comment ça se fait que tu ne sois pas comme ça?

Autant Sébastien, le chat, s'était pris d'affection pour Jean-François, autant Yolanda éprouvait un réel attachement pour le petit Renaud. Contrairement à son père, il était plutôt divertissant et amusant à côtoyer. Il retenait sûrement ce trait de sa mère.

* * *

Louise avait décidé de consacrer son après-midi à Hugh Grant et planifiait écouter l'intégralité de sa filmographie disponible sur la chaîne Cinépop.

Alors que Julia Roberts venait à peine de débarquer à Notting Hill, la sonnette de la porte d'entrée a retenti.

Après avoir pris le temps de replacer ses cheveux dans le miroir, Louise a ouvert la porte :

— Bonjour, madame, je me présente : Jimmy Dupont. Je suis un ancien détenu. J'ai payé ma dette à la société pendant cinq ans. Vous comprendrez que se trouver un emploi après avoir fait autant d'années en prison, c'est *tough*. Pour m'aider à réintégrer le monde extérieur et à ne pas retomber dans mes vieilles habitudes, je vends des crayons. Voulez-vous m'en acheter ?

En dévisageant l'intrus de la tête aux pieds, Louise s'est dit que le prix d'un stylo était peu cher payé pour garder un ex-bandit dans le droit chemin. À un certain point, le petit geste devenait, en quelque sorte, un devoir de citoyen.

122

Comme elle avait laissé la porte entrouverte, le temps d'aller chercher son porte-monnaie dans la cuisine, Jimmy avait glissé la tête à l'intérieur de la maison.

Le long sifflement d'appréciation qu'il a émis ensuite a obligé Louise à accélérer le pas.

Elle ne lui avait pas encore donné son cinq dollars que, déjà, il se faisait plus familier :

— La déco est vraiment jolie chez toi.

Puis, en s'appuyant sur le cadre de la porte, il a ajouté, en lui faisant un clin d'œil :

— Des yeux comme les tiens, ça se fait plus. Est-ce que ç'a fait mal quand tu es tombée du ciel ?

Pour une femme qu'on n'avait pas séduite depuis trente ans, la remarque était flatteuse. Par contre, Louise avait pour son dire qu'elle n'allait pas succomber aux charmes du premier venu. Sans attendre, elle a refermé la porte et l'a verrouillée. Qui sait, peut-être que Jimmy aurait eu envie de revenir et de lui offrir une fleur de son propre jardin.

Contrairement à ce qu'insinuent certains magazines féminins, ce n'est pas toutes les femmes qui craquent pour les mauvais garçons.

2 juillet

Yolanda n'avait jamais été du type brunch. À onze heures le matin, c'était trop tôt pour voir des œufs, qu'ils soient en omelette, brouillés ou bénédictine. Encore davantage lorsque son estomac se voyait contraint à un régime liquide.

Là n'était pas la question.

Déjà qu'elle n'avait pas rendu visite à son paternel le dimanche de la fête des Pères, il aurait été indigne de remettre la rencontre à une quelconque date juste par caprice.

La saison des enterrements de vie de jeunes filles battant son plein, il était impossible d'espérer organiser un souper de famille avant la fête du Travail.

Dadalida, le nom d'artiste que son papa traînait même en dehors de la scène, était un irremplaçable sur les planches du cabaret Chez Mado les soirs de grand achalandage. Dans le milieu des *drag-queens*, il était, en quelque sorte, un monument.

Normalement, Yolanda aurait attendu le plus longtemps possible avant de présenter son amoureux à ses parents. Ce n'est pas qu'elle avait honte de son géniteur, selon la définition exacte du terme. Disons seulement que le mode de vie hors du commun et la personnalité dramatique de son père l'incitaient à attendre d'être certaine du sérieux de sa relation avant de le présenter à qui que ce soit.

Jusqu'à maintenant, Jean-François était le seul à avoir eu cet honneur.

En toute honnêteté, les présentations officielles s'étaient faites dans une perspective de sabotage relationnel détournée. Plus habituée à être laissée que l'inverse, Yolanda craignait de se faire jouer le sale coup encore une fois lorsque des sentiments plus profonds se seraient développés. En quelque sorte, elle préférait prévenir plutôt que guérir. Elle avait donc emmené son compagnon à l'une des représentations de son père, en espérant le voir prendre ses jambes à son cou lorsqu'il découvrirait le lien de famille entre sa blonde et la personne cachée sous les épaisses couches de fond de teint se déhanchant sur la scène.

Emballé par la présence de Yolanda, Dadalida n'avait pas cherché à faire dans la discrétion une fois sur les planches :

— Avant de commencer, chers amis, je voudrais saluer ma fille qui s'est déplacée pour venir me voir chanter, ce soir. Même derrière quatre pouces de maquillage et une robe à paillettes digne des plus grandes divas, un père reste toujours un père, avait-il annoncé en battant des cils frénétiquement, tout en feignant de sécher une larme.

Alors que l'artiste entamait les premières notes de *Il venait d'avoir 18 ans*, Jean-François, peu bavard, s'était permis un petit commentaire :

— Pas certain qu'il soit assez viril pour faire des enfants, lui.

Sur ces paroles pas très politiquement correctes, Yolanda avait lâché la bombe :

— Si tu veux des preuves, je peux te montrer les résultats du test de paternité. Je l'ai dans ma sacoche.

Même si elle éprouvait une certaine gêne à parler ouvertement des choix de vie de son père, une chose demeurait : qu'il soit habillé en femme ou en homme, elle l'aimait profondément.

Comme à son habitude, Jean-François n'avait rien ajouté. Il n'avait pas relevé un sourcil ni même pincé les lèvres. Il était prêt à prendre Yolanda avec tous les squelettes qui se cachaient dans son placard ou dans celui des autres membres de sa famille. À l'inverse, elle n'était pas certaine, dans son for intérieur, d'être prête à en faire autant pour lui.

« Mais peut-être qu'avec le temps… » pensait-elle.

* * *

En ce premier dimanche de juillet, Yolanda terminait d'emballer la quiche qu'elle avait faite pour le brunch chez ses parents tout en jouant à la Germaine.

— Tu ramasses tes jouets avant qu'on parte ? a-t-elle demandé à son beau-fils.

Sans broncher, Renaud s'est exécuté. Avant même qu'elle ait terminé de couvrir sa tarte aux œufs d'une pellicule plastique, le gamin attendait déjà le départ à côté de la porte. Difficile de ne pas sentir son cœur fondre devant un petit bonhomme aussi obéissant. Si les mamans pouvaient magasiner leur enfant par catalogue, le modèle Renaud serait continuellement en rupture de stock.

— Es-tu allé chercher un rosé à la SAQ, comme je te l'avais demandé ?

Contrairement à son garçon, Jean-François était moins prompt à accomplir les commandes dictées par sa copine.

— On va arrêter en passant, a-t-il annoncé, en chaussant ses gougounes. Ça va prendre deux minutes, le temps de rentrer et sortir.

Yolanda sentait que ce n'était qu'une question de temps avant d'avoir une nouvelle bonne raison de rouspéter.

En se garant dans le stationnement désert de la SAQ, Jean-François est sorti de la voiture sans même couper le moteur. En se heurtant à une porte verrouillée, il n'a eu d'autre choix que de revenir sur ses pas :

— Pas de panique, j'arrêterai au dépanneur en chemin.

S'il était trop tôt pour acheter de la boisson de qualité à la Société des alcools du Québec un dimanche matin, il ne l'était pas assez pour acheter du *stock cheap* dans un dépanneur de quartier.

En effet, Jean-François avait réglé le problème en ressortant d'Alimentation Couche-Tard les bras chargés d'une caisse de vingt-quatre de Labatt 50 et de deux boîtes de jus de tomate Heinz.

— Je ne savais pas qu'on allait bruncher chez les Lavigueur. Et là, je fais référence au film, pas à la télésérie, a seulement prononcé Yolanda.

— Aimerais-tu mieux que j'achète de la limonade pour faire des panachés ?

Elle n'a rien rajouté.

Ce n'était pas pour faire dans les généralités et les stéréotypes, mais rendu là Dadalida aurait certainement préféré un Shirley Temple qu'un *drink* de taverne.

En accueillant leurs invités, les parents de Yolanda n'ont pas fait d'histoire au sujet du manque de classe du cadeau d'hôte offert.

S'il avait été dans son costume de scène, Dadalida ne se serait pas retenu pour le souligner à son gendre. Les robes et la perruque étant restées dans la garde-robe, il se gardait une petite gêne et a même tenté sa chance avec un *bloody beer*.

— Juste un petit, a-t-il précisé.

De toute façon, il y avait un faux pas de sa fille qui l'indignait davantage.

— C'est quoi l'idée de faire un régime liquide? À ce que je sache, ton père et moi t'avons faite avec l'option dents dans la bouche! a reproché la mère à sa fille.

— Tu ne t'es pas encore embarquée dans un autre de ces régimes miracles, toujours? Tu sauras que les vrais hommes aiment les courbes, ma fille, a repris son père, en replaçant sa chemise marine à fins pois déboutonnée jusqu'au milieu du torse.

Elle reconnaissait qu'un régime de jus n'était pas envisageable à long terme. De toute façon, elle n'avait aucunement envie de prolonger l'expérience au-delà du nécessaire. Ce n'était pas avec un verre de jus de concombre, kale et asperge ou même de pomme, navet et betterave qu'elle allait avoir l'énergie pour courir le centième d'une distance de marathon, ou même pour faire le grand ménage de son appartement.

Il y avait tout de même des limites à encourager son estomac à rapetisser.

Après s'être laissé faire la leçon par ses parents, Yolanda leur a enfin expliqué la raison derrière cette cure express.

— À Paris? a répété sa mère. As-tu entendu, Dada? Notre fille s'en va à Paris!

130

Il avait compris. Il aurait sans doute ajouté quelque chose si la nouvelle ne l'avait pas laissé sans voix. Sa fille allait marcher là où la chanteuse Dalida, à qui Yolanda devait l'origine de son nom, avait vécu ses années actives et signé ses plus grands succès.

En d'autres mots, elle allait fouler le sol de la Terre sainte et découvrir les lieux cultes de son messie Yolanda Cristina Gigliotti, alias Dalida.

Sans attendre d'avoir recouvré la parole, il a quitté la table pour revenir quelques instants plus tard avec un livre sur l'artiste, usé dans les coins à force d'avoir été consulté. Avant d'ouvrir la bouche à nouveau, il a calé son verre de bière-jus de tomate. L'émotion lui avait donné soif :

— Il faut à tout prix que tu prennes une photo du 7 de la rue d'Ankara.

— Qu'est-ce qu'il y a là ? a demandé Jean-François, néophyte dans le domaine.

— C'est l'appartement que Dalida a occupé avec Lucien Morisse, son premier mari et l'homme qui l'a mise au monde, ont répété en chœur, mais pas avec le même enthousiasme, les Leblanc.

— C'était son René Angélil à elle, mais avec des rapports plus tourmentés, a tenu à préciser Yolanda. Sérieusement, papa, pourquoi tu veux ces photos-là ? Tu les as déjà dans ton livre.

À ces mots, Dadalida s'est pris la tête à deux mains.

— Je ne peux pas croire que tu vas aller à Paris sans même planifier du temps pour prendre quelques photos symboliques pour ton vieux père. On doit tout à cette femme-là. Grâce à elle, tu as toujours pu manger à ta faim.

Pour mettre un terme à la tragédie grecque qui se déroulait dans la salle à manger, Yolanda a fini par acquiescer.

— Il faut aussi que tu ailles voir l'Olympia, le 11, rue d'Orchampt, la place à son nom au coin des rues de l'Abreuvoir et Girardon, et tu ne peux pas sauter la visite du cimetière de Montmartre. Je veux au moins une photo de sa pierre tombale de face, de côté et de dos. Et si tu as un peu de temps, je voudrais que tu assistes à un spectacle chez Michou. Tu me diras s'il incarne Dalida mieux que ton père.

« Un croissant avec ça ? » aurait demandé Yolanda si elle avait souhaité qu'il la boude pendant plusieurs mois.

— Et tant qu'à être là, tu pourrais apporter à ton père un souvenir spécial, quelque chose de symbolique, plutôt qu'une tour Eiffel en plastique qui brille dans le noir ou un Arc de Triomphe en cure-dents, a suggéré sa mère. Je suis certaine qu'il aimerait mieux ça.

— C'est parce que je suis là juste une semaine…

— Pour une fois qu'on te demande quelque chose !

Dit comme ça, difficile de refuser. Tout comme son père, sa mère connaissait bien l'art de la culpabilité.

— Madame Leblanc, est-ce qu'il y a du dessert ? a demandé Renaud, qui fixait depuis son arrivée le gâteau sur le comptoir.

Enfin, quelqu'un avait trouvé une façon de clore cette discussion.

— Certainement, mon beau garçon. Si tu en as envie, je te donne la permission de m'appeler grand-maman, a annoncé Mme Leblanc, en ajoutant une double portion de crème fouettée à la part de *shortcake* aux fraises du gamin.

— Et si je vous appelle grand-maman, je l'appelle comment, lui ? Mamie ?

À la table, les regards se sont croisés. La question était franche et valait la peine d'être posée. Malgré tout, elle créait un léger malaise.

— C'est parce qu'il porte plus de maquillage que vous.

Ce n'était pas seulement sur scène que Dadalida soignait son teint.

— Exceptionnellement, je vais déroger à mon régime pour prendre un morceau, a annoncé Yolanda, en approchant son assiette du gâteau.

— Ah non ! Il faut que tu fasses honneur à ton nom chez nos cousins français, a conclu son père, en éloignant la tentation des yeux de sa fille.

Il n'y avait pas place à l'argumentation.

* * *

— Habituellement, nos clientes ressortent avec l'impression d'avoir rajeuni d'au moins cinq ans.

À l'autre bout de la ville, Louise avait pris rendez-vous chez l'esthéticienne pour une cure de beauté. N'étant pas habituée à payer pour se faire pomponner, elle avait opté pour le traitement-choc pour débutante.

— J'aurais aimé mieux dix ans, mais je te fais confiance, Cadie, a dit Louise, en essayant de lire le nom brodé sur la tunique de la jeune fille après avoir retiré ses lunettes.

— C'est Claudie, a précisé l'autre.

Pour commencer, l'esthéticienne, un peu serrée dans son uniforme blanc, a effectué une exfoliation légère afin de redonner au visage de Louise son éclat de jeunesse sans toutefois lui imposer les risques d'une approche plus vigoureuse.

Si elle voulait revoir sa cliente, elle avait intérêt à ne pas lui faire quitter le salon d'esthétique avec le visage d'une grande brûlée.

— Vous êtes mariée? a demandé la jeune femme pour faire la conversation.

— Veuve.

— J'espère que votre mari n'était pas jaloux, car je doute qu'une belle femme comme vous reste seule très longtemps.

À d'autres oreilles, le commentaire aurait sonné inapproprié. Dans celles de Louise, c'était tout le contraire.

—J'espère bien, fille!

Le premier soin terminé, Claudie a tendu un miroir à Louise pour lui laisser admirer les changements. L'exfoliation avait donné à la peau de son visage un léger teint rosé.

— Si vous croisiez l'amour en franchissant les portes du salon, est-ce que vous seriez prête? a demandé l'esthéticienne, en bougeant les mains autour de sa propre région pubienne. Le bikini est bien entretenu?

Telle la majorité des femmes nées dans les années 1950, Louise attaquait la repousse de ses poils de jambes et d'aisselles au rasoir. Pour le bikini, elle y passait le ciseau superficiellement lorsque les poils atteignaient une longueur leur permettant de se faufiler entre les fibres synthétiques de sa culotte. Elle était prête à se mettre au goût du jour dans cette région du corps également, et Claudie s'offrait de la guider dans les nouvelles tendances.

— Préférez-vous une épilation à la cire ou au sucre? a demandé la jeune femme.

Puisque Louise n'avait aucune envie d'attirer une cohorte de taons en marchant dans le stationnement après cette petite intervention, elle a opté pour la première suggestion.

— Et pour la coupe, on y va pour un régulier, un intégral, un brésilien ou une variation d'un des trois?

Louise ne pensait jamais avoir à poser la question, mais son manque de connaissances sur les tendances l'obligeait à le faire :

— Tu m'as perdue, fille. Tu n'aurais pas une revue ou des photos de modèles pour m'aider à choisir ?

De toute évidence, les revues présentant des coupes intimistes n'occupaient pas beaucoup de place dans les présentoirs de tabagie. Bien entendu, cela excluait les magazines pour hommes qui, par les temps qui courent, exhibaient seulement des femmes épilées intégralement.

Dans un instant d'illumination, Claudie est sortie de la salle de soins pour revenir aussitôt avec un exemplaire de la revue *7 Jours* qui traînait dans la salle d'attente.

— Je vais vous demander un peu d'imagination, a proposé l'esthéticienne, en tournant les pages de la publication à la recherche d'un modèle. Je l'ai ! Un régulier ressemble à la coupe de cheveux d'Éric Salvail, mais en version pubienne.

— C'est-à-dire ? a demandé Louise, en regardant la photo de l'animateur.

— C'est propre, classique et demande un peu d'entretien. Vous me suivez ?

Dans l'affirmative, Claudie a poursuivi le jeu des comparaisons. Amusée par cet exercice loufoque, Louise oubliait ses déboires pour la première fois depuis très longtemps.

Motivée comme elle l'était, l'esthéticienne mériterait un bon pourboire.

— L'intégrale, c'est comme le coco de Martin Matte. Elle demande plus d'entretien que les autres. Et je peux vous dire que ça a l'air fou quand les poils ne poussent pas à la même vitesse partout.

— Je vois...

Pour représenter le dernier style de coupe de poils pubiens, Claudie éprouvait davantage de difficulté. Depuis quelques saisons, le mohawk n'était plus tout à fait tendance.

— Disons que le brésilien, c'est comme un petit chemin de campagne étroit qui descend...

— Je vais y aller avec quelque chose de moins drastique et plus de mon âge.

Devant cette demande, la jeune femme a repris sa recherche.

— J'ai le modèle parfait pour vous, a-t-elle dit, en reprenant sa revue. Le Alex Nevsky, c'est une coupe bien contenue. On maintient légèrement frisé le poil sur le dessus et plus long dans la descente. Comme ça.

L'image du chanteur en complet-veston brandissant un trophée Félix ne l'a pas convaincue.

— Je pense que pour aujourd'hui le Éric Salvail va faire l'affaire, a gloussé Louise. Si c'est toujours aussi divertissant, venir chez l'esthéticienne, je vais prendre un abonnement!

— Attendez que je commence à arracher les poils, vous allez changer d'idée, a souri Claudie.

L'esthéticienne venait à peine de tirer sur une première bandelette quand le cellulaire de Louise a résonné.

Peu habituée à l'entendre sonner depuis la mort de son mari, elle ne s'est pas lancée sur son sac à main. Depuis qu'il était interdit aux compagnies de croisières de désillusionner les gens en leur faisant croire qu'il était encore possible de gagner un voyage sans avoir participé au moindre concours, la seule autre personne qui pouvait avoir composé son numéro l'avait certainement fait par erreur.

Louise a réussi à ignorer deux appels. Au troisième, ce devenait plus difficile.

— Vous êtes certaine que vous ne voulez pas répondre? C'est peut-être important, a insisté Claudie, qui voyait là une occasion de consulter le sien sans remords.

En regardant l'écran de son appareil, Louise n'a pu cacher sa surprise:

— Ah bien, il a trouvé le temps d'appeler sa vieille mère, lui.

À peine avait-elle décroché que les reproches ont commencé à fuser sur elle.

— T'es où ? Ça fait trois fois que j'appelle à la maison.

— Tu ne veux tout de même pas que j'attende à côté du téléphone que tu retournes mes appels ?

— Planifies-tu y être demain soir ? Je voudrais passer te voir, a annoncé Kevin, d'un ton beaucoup plus sérieux qu'à son habitude.

Devant une attitude qu'elle ne lui connaissait pas, Louise a presque oublié, l'espace d'un instant, sa déception du début de la semaine.

— Est-ce que tout va bien ? lui a-t-elle demandé, en s'assoyant bien droite sur la table de traitement, ignorant la couche de cire que Claudie venait d'enduire sur son entrejambe.

— Ça fait une semaine que papa est enterré. Il me semble que ce serait le temps de discuter d'héritage.

La réponse a fâché Louise à un niveau sans précédent. Si elle hésitait depuis plusieurs jours à reprendre véritablement sa vie en main, son fils venait de lui donner le petit coup de pied qu'il lui manquait pour passer une fois pour toutes à l'action.

— Tu n'auras pas besoin de te déplacer, mon gars. D'un, ton père et moi avions fait un testament qui stipule que l'intégralité du patrimoine me revient. Et de deux, je prends l'avion pour la France demain.

— Et tu ne m'en as pas parlé ? Il me semble que je devrais avoir mon mot à dire sur la façon dont tu dépenses l'argent. Ce n'est peut-être pas encore le mien, mais un jour ce le sera.

« S'il pense qu'il va en rester… » s'est dit Louise.

Kevin n'a même pas pris la peine de souhaiter un bon voyage à sa mère avant de raccrocher.

Aussitôt, Louise s'est ressaisie. Elle devait se préparer :

— Même si je crie, arrête-toi pas, Claudie. Il faut que tu finisses ma coupe au plus vite pour que je puisse appeler mon agent de voyages avant cinq heures.

Sur ce, l'esthéticienne a repris ses bandelettes après avoir rangé sa brochure sur le blanchiment anal et vaginal derrière son comptoir. De toute façon, elle convenait que sa cliente n'était sans doute pas encore rendue là dans sa démarche de rajeunissement.

3 juillet

— Je veux que vous ne doutiez jamais que maman vous aime, a larmoyé Dominique, en étreignant beaucoup trop fort ses enfants avant de les laisser partir au camp de jour.

Sous le regard de leurs amis collés aux fenêtres de la cafétéria de l'école, les garçons étaient plus gênés qu'attendris par la scène que jouait leur mère.

— Franchement, maman, tu t'en vas en vacances, pas passer un séjour intensif dans l'unité 9 de Lietteville, a dénoncé Maxence, exaspéré.

— Même si vous avez raison, vous pourriez malgré tout démontrer un peu d'émotion, a-t-elle dénoncé en essuyant une larme. Dans la vie, on ne sait jamais ce qui peut arriver…

Les voyant tous stoïques, Dominique n'allait pas leur décrocher une petite émotion aujourd'hui.

— Ce n'est pas pour être plate, mais pour nous aussi ce sera des vacances, a fait remarquer Édouard. Avec papa, on aura droit à du McDo, du Pizza Hut et du Burger King pour le souper. Et ça ne me surprendrait même pas qu'on déjeune tous les matins chez Tim Hortons ou Cora !

— Et n'oublie pas le Poulet Frit Kentucky ! a ajouté Simon, en sautant sur place.

Oh que les enfants pouvaient parfois être ingrats !

Avant de s'élancer pour rejoindre leurs camarades, les garçons ont donné à leur mère, à sa demande, une dernière accolade.

C'était sans doute tout ce que Dominique devait espérer en guise de signe d'affection. En voyant Édouard revenir sur ses pas, elle a commencé à croire qu'elle n'avait pas juste donné naissance à des sans-cœur.

— J'avais oublié de te dire : si tu ne trouves rien de beau à nous rapporter, quelques billets de vingt euros pourront faire l'affaire.

Ah oui ! Elle aussi était mûre pour des vacances sans les enfants ! Et elle pouvait s'envoler sans culpabilité !

Pour être certaines de ne pas perdre une journée de congé en déplacement, Yolanda et Dominique étaient rentrées au bureau, et ce, même si leur esprit n'était aucunement en mode travail.

Alors que Dominique révisait mentalement les techniques d'urgence en cas d'amerrissage en plein milieu de l'Atlantique, Yolanda se voyait déjà passer pour une Parisienne en déambulant sur les Champs-Élysées. Vêtue de son chapeau à large bord prêt à égratigner l'oreille ou le blanc d'œil de quiconque s'en approche- rait de trop près, elle se sentait prête à conquérir Paris.

Chacune tenait le décompte des heures avant le départ, mais pour des raisons différentes.

À cinq minutes d'intervalle, elles avaient fait rouler leur valise jusqu'à leurs bureaux respectifs. Contrairement à l'arsenal de Yolanda qui laissait croire à un déménagement dans les vieux pays, Dominique voyageait léger.

Très consciente des possibilités, qui demeuraient faibles mais tout de même réelles, que ses plus beaux vêtements finissent en lambeaux à dix mille pieds dans les airs, elle les avait laissés à la maison en espérant que Patrick pense à les remettre à l'organisme Renaissance, en cas de décès accidentel. Même si son *chum* était convaincu d'avoir éliminé ses peurs de voler en lui énumérant une série de statistiques sur le sujet, elle n'en était toujours pas guérie.

Cependant, ce n'était pas par nombrilisme que Yolanda avait évité d'aborder les craintes de voler de sa collègue au cours de la semaine précédente. Après tout, c'est connu : les phobies sont des maladies contagieuses !

Pour ne pas donner la chance à Dominique de lui fausser compagnie, Yolanda lui avait dit que Jean-François les reconduirait à l'aéroport immédiatement après leur journée de travail.

— Ça nous donnera le temps de prendre un verre ou deux avant d'embarquer, avait-elle dit pour se justifier.

Même si elle n'allait pas refuser quelques consommations avant le décollage, Yolanda voulait surtout s'assurer que Dominique ne manque pas le dernier appel pour l'embarquement en restant coincée dans un bouchon imaginaire, quelque part entre Longueuil et Dorval.

À son bureau, Louise surveillait sans aucune subtilité l'arrivée de ses collègues. La journée s'annonçait chargée et, jusqu'à maintenant, rien ne semblait vouloir rouler rondement. Alors qu'elle espérait rayer quelques tâches sur sa liste avant neuf heures, M. Jobin s'est accroché les pieds dans le cadre de la porte et s'est mis à papoter sur le temps. Encore lui ! D'humeur festive, le patron voyait en chaque nouveau record de température une hausse des ventes de crème glacée, donc une augmentation des profits. Bien que Louise comprenne la légitimité de sa joie, si elle avait voulu un compte rendu exact de l'indice humidex, de la pression atmosphérique et de l'indice UV, elle aurait jeté un œil au site de Météo Média. À l'heure actuelle, elle se foutait pas mal de la température qu'on prédisait dans la province pour les sept prochains jours.

Si une autre personne que son patron était venue se poster à côté de son bureau pour l'ennuyer de la sorte, elle ne se serait pas gênée pour lui dire : « Eille, à combien de décibels je vais devoir faire claquer les touches de mon clavier pour que tu réalises que je suis occupée ? »

C'était un peu plus gênant de se montrer à ce point odieuse envers son supérieur, surtout après qu'elle l'eut dérangé chez lui, un dimanche après-midi, pour lui demander une semaine de congé pour partir en voyage. Elle avait à peine eu besoin de lui rappeler les paroles qu'il avait dites en lui offrant ses condoléances lors de l'enterrement pour qu'il cède à sa demande.

Après tout, il avait raison. Elle méritait de penser un peu plus à elle.

S'il avait pu revenir en arrière, M. Jobin aurait certainement précisé qu'il aurait espéré qu'elle réussisse à caser cette pause à l'intérieur de son temps personnel et des congés fériés. Par contre, il savait qu'un homme d'honneur ne revenait jamais sur sa parole.

Du coin de l'œil, Louise avait remarqué l'arrivée de ses amies, sans toutefois pouvoir mettre fin à la conversation pour aller à leur rencontre.

— Avec l'orage prévu ce soir, on retourne aux normales de saison, a-t-il conclu, avant de prendre congé de sa secrétaire.

Alléluia !

D'un bond, Louise s'est levée et est allée voir Yolanda :

— C'est quoi l'idée d'arriver à cette heure-là ? Je vous attends depuis sept heures et quart. Il faut que je sache à quel hôtel on se rejoint.

— Quel hôtel on se rejoint ? a répété Yolanda, hébétée.

En entendant le mot « hôtel », Dominique s'est élancée jusqu'au cubicule de sa partenaire de voyage :

— Comment tu as fait pour dénicher un billet d'avion?

Pendant un instant, Louise a analysé les mines étonnées de ses deux collègues. Derrière l'excitation de l'une et l'anxiété visible de l'autre, elle a constaté que leur visage ne laissait pas beaucoup de place à l'interprétation.

— Eille, les filles, si vous ne vouliez pas passer vos vacances en ma compagnie, c'était à vous de ne pas m'inviter! Là, il est trop tard, a-t-elle critiqué.

Les deux femmes se sont regardées un moment avant que l'une d'elles ouvre la bouche pour atténuer le choc:

— Prends-le pas comme ça. On est juste un peu surprises, a dit Yolanda.

— Bien contente de l'apprendre. Par contre, comme la seule place abordable qui restait était sur un vol avec escales, je dois partir avant vous pour arriver après vous à Paris! Si je ne veux pas courir dans les rues en criant vos noms pour vous retrouver, j'aimerais avoir l'adresse complète de l'hôtel.

Et c'est ainsi que, quelques minutes plus tard, la réservation à l'hôtel Le Montmartre pour une modeste chambre pour deux devenait une réservation pour trois.

— Préparez-vous, les filles. Avec matante, vous allez vivre le voyage d'une vie, a annoncé Louise, avant de repartir vers son bureau.

La remarque a laissé les deux femmes stupéfaites.

Derrière leurs ordinateurs, Dominique et Yolanda s'imaginaient tous les scénarios possibles. Qu'est-ce qu'une nouvelle veuve pouvait bien vouloir dire par «le voyage d'une vie»? Elle envisageait d'écrire son nom au stylo sur l'une des poutres d'acier de la tour Eiffel? De marcher au point d'avoir des ampoules aux pieds et de poursuivre sa visite touristique jusqu'à les faire éclater? Ou encore de manger des croissants à en vomir? Ce dernier point était plutôt une supposition digne de Yolanda! Louise étant fidèle à elle-même, elle ne planifiait sûrement rien d'assez *wild* pour en faire un film!

Maintenant que Louise avait affiché ses couleurs, elle pouvait passer au quatrième point de sa liste.

C'est ainsi qu'elle a dégringolé presque les escaliers pour arriver plus rapidement des bureaux à la réception.

— Bon, Geneviève, qu'est-ce qu'il te reste à confirmer pour le «bar ouvert»?

— Je pense que tout est beau, a-t-elle dit, tout en se prenant en photo avec son téléphone, les lèvres en bec de canard.

Si Louise avait parfois dû composer avec des différences générationnelles avec la précédente réceptionniste, Geneviève n'avait pas d'excuses. La trentaine bien sonnée, elle ne pouvait plus justifier son attitude déplaisante et amateur par l'inexpérience et l'immaturité.

— Je ne veux pas que tu penses, je veux que tu sois sûre! a critiqué l'adjointe administrative.

— Les jeux sont réservés, la publicité est organisée et les cônes sont commandés, a énuméré Geneviève, croyant satisfaire celle qui se prenait pour sa supérieure.

— Est-ce que tu as pensé à commander des bols en carton pour les gens intolérants au gluten ?

— Des bols en carton ? a-t-elle répété, avec du mépris dans la voix et les yeux.

La réceptionniste n'avait pas besoin d'en dire plus. Louise avait déjà suffisamment de munitions pour lui exprimer quelques reproches.

— Tu te cachais où, les deux dernières années, fille ? Tout le monde sait qu'une personne sur cinq est maintenant intolérante au gluten. Comme on annonce notre journée portes ouvertes à la chaîne de radio CIBL 101.5, il y a de bonnes chances qu'un visiteur sur deux le soit. Et qu'un sur un viendra jusqu'ici en Communauto ! Il ne faut pas attendre qu'il y ait une microémeute dans le stationnement pour prévoir le coup !

Louise a marqué une pause avant de poursuivre :

— Sans vouloir être blessante, la dernière réceptionniste était pas mal plus à l'affût des tendances que toi, a-t-elle tenu à mentionner pour avoir gain de cause, avant de retourner vers les escaliers et de remonter sur son piédestal.

L'adjointe administrative étant hors de son champ de vision, Geneviève a repris son *shooting* photo là où elle l'avait laissé. Avant tout, elle avait été engagée pour saluer les visiteurs, classer le courrier, transférer les appels, et non pas faire le décompte des tendances *in* et *out* du *Elle Québec*.

Pendant qu'au deuxième étage Yolanda s'offrait une petite pause rêvasserie, Dominique essayait, de son côté, de contrôler son anxiété en effectuant quelques transactions à partir de son téléphone portable.

Depuis son arrivée au bureau, elle n'avait pas pris le temps d'ouvrir son ordinateur ni même d'écouter les messages engorgeant sa boîte vocale.

Par contre, elle avait déjà acheté un convertisseur de cassettes VHS en DVD à soixante-dix pour cent de rabais, un support à roulettes pour vêtements à cinquante-neuf pour cent de rabais et six flacons de vitamine C. Contrairement aux deux autres articles, qui risquaient de ne pas sortir de leur emballage, la vitamine C était indispensable. Du moins, c'est ce que disait la publicité du site Web d'achats groupés Tuango.

— As-tu une ordonnance de calmants pour le décollage? Ou une boîte de Gravol? a demandé Yolanda, en voulant détourner l'attention de Dominique de son iPhone. À part le petit catalogue de produits hors taxes, tu ne pourras pas magasiner pour te calmer en plein vol.

Son regard pétrifié indiquait à Yolanda qu'elle n'avait rien planifié.

Vu l'état dans lequel elle se trouvait, ses nerfs nécessitaient non pas de l'homéopathie ou un verre de vin, mais bien un puissant cocktail pharmaceutique.

— Je m'en occupe.

Le sac de Yolanda comprenait tout pour faire face aux aléas du voyage, sauf peut-être un petit quelque chose pour empêcher quelqu'un de péter les plombs en plein vol.

Ce n'était pas un problème. Elle avait la personne-ressource qu'il lui fallait.

Elle a entendu la sonnerie retentir trois fois avant que quelqu'un décroche :

— C'est moi, a-t-elle seulement répondu, après que deux personnes au bout du fil se sont fait entendre presque simultanément.

— Est-ce que tu vas bien ? Tu ne nous appelles jamais du bureau. Dis-moi juste que tu n'as pas raté ton vol !

— Est-ce que, par hasard, vous n'auriez pas dans votre pharmacie des pilules pour calmer les nerfs ?

Par politesse, Yolanda a formulé sa demande telle une question. En toute connaissance de cause, elle savait que la pharmacie de son père en contenait un bel éventail.

Lorsque le temps manque pour faire la file à la clinique lors de situations d'urgence, il fait toujours bon connaître un médecin, mais encore davantage un patient.

Quelques minutes avant midi, Louise a modifié son message d'accueil sur sa boîte vocale et a attrapé sa clé. Elle était prête pour commencer son voyage de filles « mémorable ».

Avant de quitter le bureau, elle a bifurqué vers celui de Yolanda :

— On se revoit demain à l'hôtel. Arrangez-vous pour être là, a-t-elle précisé, en faisant un signe dans la direction du poste de Dominique.

— Tu as intérêt à ne pas trop traîner, si tu veux aller chercher tes bagages et arriver à l'aéroport avant le décollage, a jugé Yolanda en regardant sa montre.

— Arrêter chez moi ? Tout est là, a répondu Louise, en tapotant son petit fourre-tout, qui aurait très bien pu passer pour un simple sac à main de tous les jours.

Une brosse à dents, deux paires de bobettes, les essentiels d'une garde-robe en slinky et le numéro de téléphone d'Annabelle, Louise pouvait maintenant s'envoler pour Paris. Pour le reste, elle croiserait bien un Jean Coutu, ou son équivalent, sur son chemin.

Aussitôt Louise hors de son champ de vision, Yolanda est retournée voir Dominique. Tout semblait bien se passer, aucune panique en vue. Elle pouvait aller faire sa commission.

Puis, avant de sortir, elle s'est arrêtée au bureau d'Étienne pour lui donner une mission.

— Peux-tu t'assurer que Dominique ne disparaisse pas pendant mon absence?

— Vous pouvez compter sur moi, mon colonel. Je sais comment m'y prendre avec les femmes!

À entendre les conversations qu'il avait avec sa belle-mère, Yolanda n'en était pas tout à fait certaine. Par contre, elle n'avait pas d'autre choix que de lui faire confiance.

— Si tu la sens s'affoler soudainement, emmène-la s'aérer dans l'entrepôt. Elle devrait retrouver ses sens à moins trente degrés!

* * *

Heureusement pour Dominique, son téléphone n'a pas dérougi de l'après-midi.

Ainsi, son crescendo d'anxiété a ralenti sa montée, au grand soulagement de Yolanda, qui avait réussi à mettre la main sur seulement cinq cachets d'anxiolytique.

Elle avait essayé d'en obtenir davantage, mais sa mère lui avait bien fait comprendre qu'elle n'était pas une pharmacie.

—Je ne peux pas me permettre d'en manquer. J'ai une star à gérer!

À chacun ses problèmes!

Un peu avant l'heure du départ, c'était au tour d'Étienne de se glisser dans le cubicule de sa voisine de bureau:

— Ça y est. Tu vas m'abandonner pour la semaine, a-t-il dit, tout en faisant semblant de pleurnicher.

— Et à mon retour, c'est toi qui vas m'abandonner pour faire trempette sur une plage d'Ogunquit, lui a fait remarquer Yolanda.

— La seule chose qui fait trempette, là, ce sont les queues de homard dans le beurre à l'ail.

— J'espère que tu ne penses pas faire pitié ?

— Vu comme ça ! Tu mangeras un ou deux croissants au chocolat par jour à ma santé ! a suggéré Étienne avant d'ajouter, en montrant du doigt le fond de jus contenu dans une bouteille sur le bureau : sauf s'ils sont liquides eux aussi.

— Après cette gorgée, c'est bye-bye régime et bonjour croissants feuilletés, charcuterie et fromage ! a-t-elle tenu à préciser.

— Et bonjour pantalon à taille élastique pour le retour ?

Puisqu'elle savait que le sous-entendu n'était pas malveillant, Yolanda a hoché la tête.

En faisant un pas en avant, Étienne a ouvert les bras pour donner une accolade à sa collègue. Yolanda l'a laissé faire.

— Je pense bien que je vais m'ennuyer de toi, a-t-il seulement murmuré.

Yolanda a figé. Est-ce qu'elle avait bien entendu ?

Elle espérait que Jean-François n'était pas dans les parages et n'avait pas capté cette bribe de conversation. Assurément, il aurait pété un plomb !

Puis le téléphone d'Étienne l'a rappelé à son poste. Il a défait son étreinte.

Pas besoin d'être devin pour deviner qui était au bout du fil :

— Comment ça, le bain coule dans la salle à manger ? Il n'y a même pas de salle de bain au-dessus !

— …

— Arrête l'eau, je m'en viens !

* * *

Paralysée en plein trafic sur l'autoroute 20 à la hauteur de Lachine, Yolanda commençait à être drôlement tentée par les petites pilules que sa mère lui avait remises. Sa tension nerveuse augmentait.

Devant eux, la voiture d'auto-école, ralentissant de quelques kilomètres supplémentaires la vitesse de la circulation, n'aidait en rien la cause.

— Ça ne vous tenterait pas de leur montrer à conduire dans des stationnements de centres commerciaux, à la place ? a-t-elle crié, après s'être sorti la tête par la vitre.

— C'est l'heure de pointe, mon amour, a seulement trouvé à répondre Jean-François.

Étrangement, la possibilité d'arriver en retard pour l'embarquement semblait calmer Dominique.

— Il était temps, a déclaré Yolanda, en voyant la Civic ornée d'une enseigne « élève au volant » emprunter la sortie 60, amenant avec elle une bonne partie du trafic routier.

Malheureusement pour Dominique, le répit avait été de courte durée.

— Es-tu certaine que ça va ? a demandé Yolanda, en effectuant un cent quatre-vingts degrés sur son siège pour mieux voir la passagère sur la banquette arrière.

Un petit gémissement, en guise de réponse, n'a pas réussi à la convaincre. Dominique montrait de réels signes d'hyperventilation.

— Tu vas avaler ça, a-t-elle décidé, en lui tendant sa bouteille de jus et une petite pilule rose.

— C'est quoi ? s'est enquise Dominique.

— Kale, asperge, chou-fleur et ananas. C'est l'équivalent d'une poignée de vitamines par gorgée.

Ce n'était pas tant le liquide vert qui intriguait Dominique que le cachet que Yolanda tenait dans le creux de sa main. À force de répéter à ses enfants de ne pas avaler n'importe quoi venant d'un ami ou d'un inconnu, elle avait fini par intégrer cette règle à son tour. Pour le jus, juste à l'odeur, elle savait que c'était santé.

— Tu vas voir, ça te calmera les nerfs. Mon père en prend toujours avant de monter sur scène.

Dans l'excitation, Yolanda avait parlé un peu trop. Elle s'en mordait la langue.

— Ton père fait du spectacle ? a demandé, surprise, Dominique, qui ne connaissait pratiquement rien au sujet de la famille de son amie.

Pour ne pas répondre, Yolanda a ouvert la radio afin de détendre l'atmosphère.

En chantant « un petit colimaçon t'a pris pour sa maison », Ariane Moffatt lui a rappelé qu'elle n'avait pas encore eu ses règles.

Pour éviter de se torturer, elle a changé de poste.

Pendant le reste du trajet vers l'aéroport, Jean-François a conduit en silence, une main sur le volant, l'autre sur la cuisse de sa copine. Ce n'était pas à cause d'allergies qu'il reniflait à chaque panneau annonçant l'aéroport Pierre-Elliott-Trudeau. Pour la première fois depuis le début de leur vie de couple, il allait devoir se coucher sans elle à ses côtés. En six mois, Yolanda était devenue en quelque sorte son toutou. Il craignait de ne plus pouvoir s'endormir en tenant son sein gauche dans sa main.

En empruntant la bretelle menant au débarcadère, il s'est décidé à ouvrir la bouche :

— Je pourrais aller prendre un verre avec vous autres en attendant l'embarquement.

— Ne perds pas ta soirée, a débité Yolanda, en enfilant son chapeau hors dimensions. On ne prendra pas de risques. On va se dépêcher à passer la douane.

La voiture était à peine immobilisée que Yolanda était déjà prête à sauter à l'extérieur. Ses vacances débutaient ici, et elle tenait à en profiter au maximum. Et ça commençait avec le statut spécial que lui octroyait son billet en classe affaires. C'est-à-dire le bar ouvert et le traiteur gratuit du salon VIP d'Air Canada.

En l'aidant à sortir ses valises du coffre, Jean-François a déposé sa main sur la sienne :

— Je vais m'ennuyer de toi, a-t-il dit, en espérant un signe d'affection en retour.

Il était la deuxième personne à le lui avouer dans la même journée.

Après avoir échangé un petit bec sec avec son *chum*, Yolanda a poussé Dominique, dont la pilule n'avait pas encore fait effet, vers les portes menant au hall des départs.

— Après la douane, tu vas avoir un peu de temps pour magasiner à la boutique hors taxes, a-t-elle cru bon de dire pour lui faire accélérer le pas.

Vêtue de son chapeau digne d'une Grace Kelly en route pour une balade dominicale dans les jardins exotiques de Monaco, elle se prémunissait, avec grand plaisir, de son droit de sauter les files d'attente. Rapidement, elle a senti qu'elle était faite pour ce type de vie, celle des gens riches, mais pas toujours célèbres.

— Vous allez bien, madame? a insisté l'agente en contrôlant Dominique qui camouflait difficilement son énervement.

— Elle a peur de voler, a tenu à préciser Yolanda, qui craignait que les tremblements de son amie éveillent des soupçons d'activités illégales.

Aussitôt la sécurité traversée, Yolanda a ressorti son petit pot regroupant les quatre Ativan restants.

— Je pense que tu ferais mieux d'en prendre un deuxième.

Presque par magie, l'état de Dominique s'est amélioré devant l'étalage de chapeaux en poil de raton laveur qui attendaient les touristes à l'entrée de la boutique hors taxes.

— As-tu vu? a-t-elle dit, en flattant la bête et en retrouvant un peu de son état normal. En plus, ils sont en spécial!

4 juillet

Par le passé, les voyages que Yolanda pouvait se permettre se déroulaient immanquablement en classe économique, à bord d'appareils de compagnies à rabais. Bien assise dans la section offrant des fauteuils-lits, elle se faisait un plaisir d'observer les regards angoissés des derniers passagers procédant à l'embarquement. Elle devinait exactement ce à quoi il pensait. Contrairement à elle, ils craignaient de ne pas avoir d'espace pour leur bagage à main dans les compartiments de rangement supérieur et espéraient avoir pigé un numéro chanceux à la loterie du voisin de siège. Voyager en classe économique, c'est tellement plus stressant qu'en classe affaires !

Avant même de découvrir les fonctions massage et inclinaison complète de son fauteuil, Yolanda pouvait déclarer, en toute connaissance de cause, qu'elle s'adaptait très bien au luxe. C'était à croire qu'elle était née pour la grande classe.

Enfin, presque.

— Pourriez-vous mettre un peu de 7up dans mon verre ? Je trouve le champagne trop sec, a-t-elle gentiment demandé à l'agente de bord.

À peine les filles venaient-elles de s'asseoir que Dominique piquait déjà du nez et s'endormait, assise à quatre-vingt-dix degrés.

Le problème réglé, Yolanda pouvait savourer son verre de champagne avec, comme seul bruit de fond, le vrombissement des moteurs.

En s'endormant aussi rapidement, Dominique n'avait pas eu connaissance de la présentation des mesures de sécurité. De toute façon, pour l'avoir effectuée à répétition lors des derniers jours, elle était assurément la passagère maîtrisant le mieux la position d'urgence.

Yolanda était soulagée de voir que les calmants faisaient enfin leur effet. Déjà que Dominique avait un peu altéré son expérience en classe affaires en gaspillant presque l'intégralité de leur temps d'attente dans la boutique hors taxes. Les minutes passées à magasiner avaient été des collations et des consommations gratuites perdues dans le salon VIP. Cependant, il aurait été tout de même maladroit de la part de Yolanda d'émettre un quelconque commentaire. Après tout, sans Dominique, jamais elle ne se serait retrouvée avec un billet gratuit en classe affaires entre les mains ni même avec un billet en soute.

Ce n'est pas qu'elle voulait faire la chiche, mais elle n'avait pas assez de liquidités pour vivre la grosse vie pendant une semaine entière.

Avoir eu un peu plus de temps pour planifier le voyage, elle aurait certainement réussi à partir avec un coussin plus épais. À une semaine de préavis, elle avait raclé les fonds de tiroir, trouvé un peu de liquidités et vendu en douce la collection de bouteilles vides de bière importée de Jean-François. Pauvre lui, il pensait sûrement les avoir perdues dans le déménagement.

Alors que l'avion commençait à peine à atteindre sa vitesse de croisière et que les consignes de sécurité venaient de s'éteindre, Yolanda a dû faire un autre choix difficile.

— Madame Leblanc, avant de commencer le service du souper, j'aimerais vous inviter à remplir la carte de commande pour le petit-déjeuner, a dit l'agente, en lui tendant un bout de carton digne d'une invitation à une grande soirée.

Déjeuner chaud ou froid? Croissant ou danoise? Jus d'orange fraîchement pressé, avec ou sans petit café?

Est-ce que cocher toutes les cases aurait été inapproprié? Dans l'incertitude, elle s'est imposé une légère retenue.

— Et on vous réveille si vous dormez? a voulu connaître la dame, en reprenant la commande.

— Certainement! a déclaré, avec un peu trop d'enthousiasme, Yolanda. Et vous pouvez me donner la carte de Mme Chartier. Je vais la remplir.

Difficile de dire quand Dominique allait se réveiller. Si la situation ne revenait pas naturellement avant l'atterrissage, Yolanda allait se sacrifier et manger un deuxième petit-déjeuner. Après tout, c'est aussi à cela que servent les amies!

* * *

Alors que l'avion transportant Dominique et Yolanda survolait la Gaspésie, Louise usait sa patience à l'aéroport JFK de New York, devant la porte d'embarquement, en attente de son deuxième vol. Elle regrettait amèrement d'avoir eu strictement le prix comme critères de sélection. Deux escales étaient chèrement payées pour économiser cent dollars.

De plus, elle allait devoir déduire au moins quinze dollars de cette économie pour le café et le biscuit achetés au Starbucks du terminal. Heureusement qu'elle n'avait pas opté pour un sandwich et un dessert !

— *Is the seat taken?* a demandé un homme d'une soixantaine d'années, en s'approchant du siège vacant à ses côtés.

En réponse, Louise a serré son sac à main un peu plus fort sur sa poitrine. Ce n'est pas qu'elle voulait se montrer blessante, mais disons que l'indésirable n'avait pas tout à fait la tête d'un champion. Si son anglais avait été plus fluide, elle lui aurait fait remarquer que la section était presque vide et qu'il n'y avait pas lieu de venir empiéter sur l'espace physique d'autrui avant même d'y être contraint une fois dans l'appareil.

— *Is it your first visit to London?* a demandé l'intrus, en essayant d'entamer la discussion.

— Euh… *me going to Paris.*

— Vous êtes française ? *By the way, I'm Colin,* a dit celui qui avait gardé le *look* de ses années hippies en incluant les bas dans les sandales et la légère odeur de patchouli.

— *Me,* Louise.

Étrangement, la barrière de la langue lui donnait un tact jusqu'alors inconnu.

En repoussant les doigts de Louise qui cachaient le numéro de siège sur sa carte d'embarquement, il a conclu :

— *It seems like we're travel partners !*

Ce à quoi Louise a feint un sourire, après avoir réalisé qu'elle venait de rencontrer son voisin de cabine une heure et demie avant le temps. Puis, en tournant son regard, elle a murmuré :

— Calvince…

Le bon côté des choses : elle aurait seulement à l'endurer jusqu'à Londres. C'était près d'une heure de moins qu'aurait duré un vol direct.

* * *

En survolant les côtes de Terre-Neuve, Yolanda savourait la pièce de bœuf et la salade de fèves de Lima qu'on venait de déposer devant elle. Alors qu'elle s'apprêtait à demander un peu plus de pain chaud et un nouveau verre de vin rouge, elle a sursauté quand Dominique s'est réveillée brusquement :

— Qu'est-ce que tu fais avec un gars de même ? a-t-elle dit, avant de se rendormir aussitôt.

Les propos de sa voisine ont surpris Yolanda. Cependant, craignant de laisser échapper son plateau, elle n'a pas pris la peine de se soulever de son siège pour découvrir dans quelle circonstance ce jugement était sorti de la bouche de son amie.

Yolanda a poussé un soupir de soulagement. Enfin, quelqu'un réalisait, consciemment ou pas, que, malgré presque une décennie de célibat, elle n'était pas obligée d'accepter tous les travers du premier venu. Et encore moins de s'abstenir d'émettre le moindre commentaire négatif, sous peine de se faire dire : « Coudonc, t'es jamais contente ? »

Elle ne savait pas si c'était l'altitude, les cocktails avant l'embarquement, le vin ou son champagne-7up, mais chose certaine, elle sentait le besoin de se confier :

— Ça ne fait pas un mois qu'on est déménagés ensemble et, déjà, je ne suis plus capable. Il n'a pas besoin de parler pour m'irriter. Toute sa personne me tape sur les nerfs : sa façon de mettre du lait en poudre dans son café instantané, son obsession de la cuisson au micro-ondes, sa manie de ne jamais refermer les portes d'armoires après avoir saisi une assiette ou un verre. Est-ce que c'est vraiment ça l'amour, essayer constamment de fermer les yeux sur les défauts de l'autre ?

Sans même savoir si Dominique l'écoutait encore, Yolanda a effectué une pause dans son monologue pour avaler une bonne gorgée de vin et engloutir une énorme bouchée de bœuf. La bouche pleine, elle a repris :

— Je sais que je ne suis pas la personne qui a les meilleures manières à table, mais lui tient son couteau comme un enfant soldat tient une machette. Il tue carrément sa viande deux fois avant de la manger. Pauvre bête ! Et c'est sans parler de sa mâchoire. Il ne peut pas manger une rôtie sans qu'elle craque. Juste le fait de l'entendre mâcher au déjeuner me lève le cœur !

Il était impossible de savoir si son attitude était entièrement attribuable à son taux d'alcoolémie ou à un trop-plein de frustrations emmagasinées. Cependant, elle vidait son sac assez fort pour être entendue, malgré le bruit des moteurs, aux quatre coins de la section affaires. Et elle ne semblait pas près de s'arrêter :

— Depuis que je le connais, je ne pense pas qu'il se soit coupé une seule fois les ongles. Quand il se promène pieds nus dans le salon, on croirait entendre marcher un reptile sur la marqueterie. Je sais, ce n'est pas très ragoûtant, a-t-elle ajouté en croisant le regard exaspéré d'un autre passager. Ce n'est rien à côté du grain de beauté poilu qu'il a sur la fesse droite. Ça m'arrive encore de le toucher par accident pendant qu'on fait l'amour. Chaque fois, j'ai l'impression de mettre la main sur une araignée.

Alors que la narratrice marquait une nouvelle pause, trois des passagers de sa section qui n'avaient pas encore mis leurs bouchons ou leurs écouteurs ont émis un soupir de soulagement.

La torture était terminée.

C'est ce qu'ils croyaient.

— Avec la déclaration que m'a faite Étienne, a avoué Yolanda, en levant son verre dans l'espoir que l'agente le remplisse de nouveau, je ne sais plus quoi penser. J'ai ressenti des papillons. Je minimise. J'ai eu l'impression d'avoir une envolée de mouches dans le ventre. Je capote. J'ai les hormones au plafond.

— Madame Leblanc, au nom du pilote et de tous les passagers jusqu'à la deuxième rangée de la classe économique, il serait préférable pour vous de passer au café. D'ici l'atterrissage, ventilez vos problèmes matrimoniaux sur papier, a dit l'agente de bord, en déposant devant sa passagère trop bavarde une tasse de café bien fumante, un bloc-notes et un crayon. Contrairement à nous, votre amie à la chance de dormir profondément.

Soudainement, Yolanda a eu la désagréable impression d'avoir oublié quelque chose d'important à Montréal. Elle a cherché pendant un petit moment sans parvenir à mettre la main dessus. Puis, finalement, elle l'a trouvé. Ah oui, c'était sa classe et sa dignité !

Même en état d'ébriété, elle comprenait clairement que l'agente avait mis plus que des gants blancs pour lui dire de se fermer le clapet. Cette attitude était certainement une gracieuseté d'un billet d'avion à prix élevé. En classe économique, il y aurait un bon moment qu'elle se serait fait enfermer dans une toilette ou même jeter par-dessus bord sans se voir offrir un parachute.

Pour le restant du vol, Yolanda s'est faite discrète. Au point de retenir sa vessie pour ne pas occuper la toilette. Lorsque sa salade de fèves de Lima a commencé à lui donner des ballonnements à trente mille pieds dans les airs, elle a subtilement laissé passer l'excédent de gaz en faisant vibrer ses grandes lèvres. Au fond, il n'y a rien de plus discret qu'un *pet de noune* bien maîtrisé.

Le petit-déjeuner venu, elle n'a même pas osé prendre le croissant qui séchait sur le plateau de Dominique.

Puis, à l'atterrissage, elle s'est dépêchée de coiffer son chapeau à large bord, croyant, à tort, passer inaperçue. Malheureusement pour elle, des douanes au carrousel à bagages, on pouvait facilement la suivre avec son simili sombrero.

* * *

Ne possédant pas suffisamment de notions en langue anglaise, Louise agonisait aux côtés d'un homme qui, vraisemblablement, ne savait pas qu'il fallait se taire de temps à autre pour respirer. Elle espérait seulement qu'une agente nomme son nom au micro et lui annonce que son numéro de siège avait changé.

Le timbre sonore précédant une annonce importante lui a fait reprendre foi en l'humanité durant une seconde :

Crème glacée

Passengers traveling on British Airways flight 455, please note that the flight will be delayed due to maintenance.

En voyant la réaction des gens autour, Louise a rapidement compris que son vol était retardé... pour une période indéterminée.

Avec un certain délai, elle a soupiré, jusqu'au dernier centilitre, l'air dans ses poumons.

La nouvelle ne semblait pas affecter le moins du monde Colin, qui poursuivait son monologue.

Puis, en désespoir de cause, elle a fermé les yeux et murmuré :

— Jacques, obsédé comme tu l'étais, tu ne dois pas avoir changé. Je suis certaine que tu t'es déjà fait ami avec un martyr taliban dans l'espoir qu'il partage avec toi ses soixante-douze vierges au paradis. Je t'ai assez servi de ton vivant. Là, donne un *break* à ton pénis et fais quelque chose pour mettre fin, le plus vite possible, à mon enfer.

Comme par magie, le timbre sonore s'est fait entendre une fois de plus, et l'agente a formulé de nouvelles directives :

We will now proceed to the boarding of family traveling with young children and disables.

Malgré l'efficacité de Jacques, Louise s'est abstenue de le remercier.

* * *

Quand Dominique a quitté l'aéroport, une chose l'a frappé comme une bouffée d'air chaud sortant d'un four à pizza : elle avait laissé Montréal aux dernières heures de la canicule pour replonger dans une vague de chaleur accablante à Paris. Chose certaine, le smog n'aidait en rien la qualité de l'air, et l'odeur du diesel encore moins.

Assise dans le taxi qui les amenaient vers le centre-ville, Dominique se demandait encore ce qui s'était passé durant les huit dernières heures et remerciait le ciel d'être encore en vie.

— Peux-tu croire que je ne me suis jamais rendu compte qu'on avait décollé ? a-t-elle confessé, encore sous l'effet des somnifères avalés la veille.

— Je savais que ça prenait juste un bon vol pour affronter ta peur, a répondu Yolanda, qui luttait contre les contrecoups de sa nuit d'ébriété.

Dominique n'a pas cherché à la contredire. En vérité, elle n'avait qu'un désir : arriver à l'hôtel le plus tôt possible et se recoucher.

— Combien de temps ça dure, ces petites pilules-là ? Je te jure, j'ai juste envie de me coucher sur un tas de mar…

Dans le rétroviseur, le chauffeur prêtait beaucoup d'attention à la conversation de ses passagères. C'est pourquoi Dominique a légèrement retenu ses propos. Tout de même, elle ne voulait pas nuire à la réputation des Québécois.

— … je veux dire que j'ai juste envie de m'étendre sur l'asphalte, en boule, pour dormir.

— Qu'est-ce que vous avez pris ? a demandé le chauffeur, indiscret.

Devant leurs hésitations, il a affiché ses couleurs :

— Il n'y a pas que chez vous que les médecins étrangers jouent au conducteur de taxi pour arriver à manger.

— Vous êtes médecin ?

— Pas tout à fait, mais c'est tout comme. J'ai écouté l'intégralité des onze premières saisons de *À cœur ouvert,* ou plutôt *Grey's Anatomy,* comme vous dites chez vous, a-t-il précisé avant d'ajouter : et le chapeau, il faut m'expliquer. Vous pensez que le trou dans la couche d'ozone est au-dessus de Paris ou vous projetez de prendre le goûter sur l'herbe, dans le bois de Boulogne ?

Yolanda n'a pas voulu savoir d'où il prenait son sens de l'humour. Chose certaine, son inspiration devait dater de l'époque de Molière. D'une façon ou d'une autre, le regard de la jeune femme était concentré sur l'architecture majestueuse des immeubles qui défilaient depuis qu'ils avaient quitté le périphérique.

Alors que le taxi venait d'emprunter la rue Lepic, l'imposant monument de la basilique du Sacré-Cœur se dessinant au loin, Yolanda s'était mise à examiner les vitrines des boutiques.

— Est-ce que tu veux qu'on arrête pour s'acheter quelque chose à manger avant de rentrer à l'hôtel ? a-t-elle demandé, alors que le taxi venait de passer devant une boulangerie.

— Ce n'est pas toi qui me disais, il y a à peine une heure, que tu avais mangé comme une cochonne pendant le vol ? a répliqué Dominique.

— Est-ce qu'on est ici pour faire le plein de croissants ou pas ?

— Pour l'instant, je digère encore mon cocktail de pilules.

Même si, une fois débarquée de l'avion, Yolanda s'était promis de ralentir la cadence sur la fourchette, elle ne demandait pas mieux que de céder à la tentation. Et c'est connu qu'il est toujours plus déculpabilisant d'être à deux pour croquer à grande bouchée dans de délicieuses pâtisseries. Surtout lorsque ce ne sont pas les premières de la journée.

Yolanda a réévalué sa faim. Après tout, son estomac lui disait qu'il était encore assez plein pour attendre un peu, du moins le temps qu'elle dépose ses valises. Après une semaine à consommer seulement du liquide, l'organe trouvait difficile ce premier élan de gavage.

— Hé, je pense que j'ai trouvé un endroit où il vende de la crème glacée. Il faudrait qu'on aille y faire un tour pour voir si elle goûte pareil comme celle de Jobin.

Visiblement, on pouvait sortir la fille de l'usine, mais on ne pouvait pas sortir l'usine de la fille.

Immobilisé en double file devant l'hôtel Le Montmartre, le chauffeur de taxi a déposé ses clientes. Dominique est sortie du véhicule, tout de même rassurée par la devanture de l'établissement choisi par son amie. En comparant l'entrée avec celle d'un autre hôtel quelques portes plus loin, elle convenait l'avoir échappé belle. Yolanda aurait manifestement pu choisir pire !

Par contre, il valait mieux qu'elle ne sache pas qu'elle comparait des pommes avec des oranges ou, plus précisément, un hôtel avec une auberge de jeunesse.

— Ce n'est pas un palace, mais ça me semble bien, a répliqué Yolanda en cherchant, en quelque sorte, l'approbation de sa compagne de voyage.

— Dis-moi juste qu'il y a un lit pour moi. Je n'en demande pas plus ! a répondu Dominique, qui ne savait plus si c'était la fatigue ou la chaleur qui lui donnait des maux de cœur.

Après être passées à la réception, Yolanda et Dominique ont gravi les trois étages séparant leur chambre du rez-de-chaussée en tirant leur valise dans l'étroit escalier.

La porte à peine ouverte, Dominique avait déjà jeté son dévolu sur son lit.

— Mets l'air conditionné, on crève, a-t-elle dit, avant de s'étendre encore tout habillée sur le couvre-lit.

— Il n'y en a pas. Il va falloir se contenter de la fenêtre, a répondu Yolanda, en marchant sur des œufs.

La chaleur ne semblait pas trop indisposer sa compagne, qui, la tête à peine tombée sur l'oreiller, dormait déjà.

* * *

Dans les airs, le calvaire de Louise se poursuivait. En plus d'être assise juste à côté des toilettes et d'être incommodée par le va-et-vient des autres passagers, elle devait endurer son cher voisin de siège. Le repas terminé et les lumières tamisées, elle avait tout essayé pour lui faire comprendre qu'elle ne souhaitait pas continuer la conversation. Elle avait beau feindre l'envie de dormir ou de suivre un film sur l'écran tactile fixé au siège devant elle, l'homme n'arrivait toujours pas à lire entre les lignes.

Quelque part entre l'Islande et les côtes irlandaises, le pilote a invité ses passagers à regagner leur siège, à l'approche d'une importante zone de turbulences. En gentleman envahissant, Colin a pris la main de Louise dans la sienne pour affronter le danger à deux. Un verre de liqueur dans une main et celle de son voisin dans l'autre, Louise espérait sortir de cette zone le plus rapidement possible. Après plus de peur que de mal pour les voyageurs, les consignes de sécurité se sont de nouveau éteintes.

— *Overcoming fear gives me a rush of adrenaline!* a débité Colin, avant de faire un signe de tête vers les toilettes vides. *Wanna fuck?*

L'anglais de Louise avait beau être limité, elle avait tout compris. Il est vrai qu'elle voulait rattraper le temps perdu dans sa vie de femme, mais il y avait tout de même des limites. Par conséquent, elle a préféré jouer à la nounoune :

— *No hippie for me, I prefer Pepsi*, a-t-elle dit en montrant son verre.

Après cette annonce, Colin s'est curieusement fait moins bavard. À son tour, il a feint de faire la sieste.

Le regard rivé sur le hublot, Louise a souri et murmuré, comme si elle parlait aux nuages :

«Encore une de tes bonnes blagues, mon Jacques?»

* * *

— Ce n'est certainement pas Dominique qui a choisi un hôtel de même! Je sais qu'il ne fallait pas que je m'attende à dormir sous le même toit qu'un maharajah, mais là on aurait pu espérer plus de confort que sur un terrain de camping.

Avant même d'ouvrir les yeux, Yolanda et Dominique n'avaient aucun doute. Louise était dans la chambre!

Sans aucune pitié, elle a utilisé le chapeau à large bord que Yolanda avait laissé sur le seul petit lit encore vacant pour créer une distance entre ses fesses et le couvre-lit.

— Je ne peux pas croire que vous vous êtes couchées là-dessus. Pensez-vous vraiment qu'ils les lavent entre chaque client? C'est plein de bactéries, d'acariens, de peaux mortes d'étrangers, et je ne serais pas surprise que la tache près de ton oreiller, Dominique, soit du sperme.

Par réflexe ou dédain subit, Dominique a porté sa main à son visage, comme pour essuyer toutes les impuretés qui auraient pu s'y coller depuis le début de sa sieste. Soudainement, elle s'est sentie salie. Et dire que Patrick et elle devaient découvrir Paris en créchant dans un cinq étoiles.

— Il est hors de question que je dorme ici. Il fait chaud, ça sent le tabac froid, et je ne peux même pas croire que vous avez osé mettre vos valises par terre ! Annabelle ne le sait pas encore, mais elle va devoir héberger sa tante pendant quelques jours.

— Le téléphone est là. Appelle-la ! a simplement dit Yolanda.

— Dans l'avion, j'ai eu le temps de réfléchir et j'ai décidé que le mieux était d'aller voir son spectacle et de la surprendre dans sa loge après la représentation. Elle n'en reviendra pas ! Même sa mère n'est pas venue la voir encore...

— Si c'est ce que tu veux !

Yolanda n'en a pas fait de cas. Elle s'est recouchée.

Penser que Louise allait la laisser se reposer en paix était mal la connaître.

— Eille, fille, je n'ai pas fait deux jours de voyagement pour faire la sieste. Debout, il faut profiter de la ville ! Si tu voulais roupiller, c'est dans un tout-inclus dans le Sud qu'il fallait m'inviter.

Justement.

Chaque minute, Yolanda regrettait un peu plus de lui avoir lancé cette invitation.

Crème glacée

Pendant que Dominique et Yolanda se préparaient, Louise a fait quelques mouvements de la technique Nadeau, histoire de bien échauffer ses muscles avant l'effort.

4 juillet - La suite

Même s'il était fait de boiseries, le comptoir du hall d'entrée de l'hôtel n'était pas des plus luxueux. Par contre, il était d'une propreté impeccable. Louise en a fait fi.

Elle venait à peine d'arriver que, déjà, elle affichait ses couleurs.

— Je suis désolé, madame, c'est complet pour ce soir, a annoncé le commis au comptoir.

— Comment ça, complet ? a-t-elle revendiqué, sans cacher son irritation. Il doit bien rester au moins un billet ? C'est sûr que, si vous avez dit à la préposée de la salle qu'on venait d'un hôtel sans étoile, elle a eu peur de voir arriver trois habitantes. C'est un cabaret qui a de la classe. Si votre concierge appelait, peut-être qu'il trouverait une place ? Qu'est-ce que je dis ? C'est certain qu'il n'y a pas de concierge ici !

Heureusement pour les futurs voyageurs québécois qui allaient débarquer à cet hôtel, le commis au comptoir ne comprenait à peu près rien du discours de sa cliente en raison de l'accent. Dans l'espoir de ne pas être associées aux montées de lait de leur colocataire, Yolanda et Dominique se tenaient à l'écart.

— Vous voulez que je vérifie s'ils ont de la disponibilité pour demain ?

— Certainement! Il est hors de question que je dorme ici deux nuits.

Il y avait tout de même des limites à être irrespectueuse.

Yolanda était gênée par son attitude.

— Pourquoi tu ne l'appelles pas, Annabelle? Il me semble que ce serait plus simple.

— J'ai dit que j'allais lui faire une surprise, alors je vais lui faire une surprise.

L'expression voulant que seuls les idiots ne changent pas d'idée n'était pas très flatteuse pour Louise. Alors que Dominique somnolait sur place et que Yolanda roulait les yeux devant l'illogisme de cet acharnement, le préposé avait de bonnes nouvelles à leur partager :

— Vous avez de la chance. Les trois dernières entrées pour demain soir, à vingt-deux heures quarante-cinq, sont pour vous.

— Vous êtes certain que les billets sont à nous? Je n'ai pas envie de…

— Louise, c'est réservé. Est-ce qu'on peut passer à autre chose? Ce n'est pas toi qui disais, il n'y a pas une heure, que tu n'étais pas venue à Paris pour rester à l'hôtel? a répondu, exaspérée, Yolanda, en attrapant son amie par le bras et en la tirant vers l'extérieur.

En franchissant la porte, Louise a eu un coup de barre. Elle sentait les premiers effets du décalage horaire et de la nuit passée à écouter un certain Colin lui casser les oreilles à trente mille pieds au-dessus de l'Atlantique. Lundi, mardi ? Elle était un peu mêlée concernant le jour. Elle flottait dans une zone grise. Une petite sieste aurait été plus que bienvenue. Compte tenu de ce qu'elle avait dit aux filles quelques instants plus tôt, elle allait devoir se forcer à garder l'œil ouvert, au moins jusqu'à l'heure du souper. En se souvenant que les Français mangeaient à vingt heures, ou plutôt à l'heure des riches, comme son Jacques aimait à le dire, elle a été prise d'un vertige.

* * *

Quel lieu visiter en premier ? L'Arc de Triomphe ? La tour Eiffel ? La cathédrale Notre-Dame ? Aucune de ces réponses !

Louise avait décrété qu'il était souhaitable d'apprivoiser d'abord le quartier dans lequel elles logeaient avant de s'aventurer dans les autres arrondissements. Pour ne pas la contredire, ses compagnes se sont mises en marche vers la basilique du Sacré-Cœur.

— Au fond, aussi bien ne pas se fatiguer dès le premier jour ! a souligné Yolanda.

Des quelques coins de rue séparant l'hôtel des escaliers de la place Saint-Paul à Montmartre, elles marchaient tels trois zombies directement sortis des ténèbres. Ce n'était pas que le décalage horaire qui les frappait de plein fouet.

Bien que les filles n'aient pas pris le premier vol pour les îles du Sud, la chaleur dans les rues de Paris rappelait étrangement l'ambiance des tropiques, l'odeur de « swing » en prime. Avec la chaleur et le smog, les touristes trop chiches pour s'offrir une bouteille d'eau à cinq euros tombaient comme des mouches dans les lieux historiques.

À peine le trio élancé, Yolanda n'en pouvait déjà plus :

— Est-ce qu'on est bientôt arrivées ?

— Allez, un peu de cœur, a répondu Louise sans grande compassion, en suivant le chemin sur la carte dénichée à l'hôtel. On n'a même pas encore monté le premier palier d'escaliers.

Avec sa petite touche condescendante habituelle, elle a cru bon d'ajouter :

— Tu riais de mes exercices, tout à l'heure. Grâce à ça, il n'y a personne qui m'entend chialer.

La vérité, c'est qu'avant de se contorsionner comme une personne handicapée en perte de motricité Yolanda allait s'inscrire dans un gym. Et encore !

Même si Louise éprouvait des douleurs similaires à celles de ses amies, elle était beaucoup trop orgueilleuse pour leur donner raison. D'autant plus que l'occasion semblait parfaite pour leur faire ravaler leurs moqueries.

— Je me demande si ce ne serait pas plus facile de faire la montée sur les rotules, a analysé Yolanda, en déposant un genou au sol.

Un bref ralentissement dans sa cadence avait déjà créé un mouvement de foule derrière elle. Avant de se rendre responsable d'un soulèvement touristique, elle s'est redressée.

C'était certainement plus sage de souffrir du mollet que de se faire marcher sur la tête par une meute de gens pressés de prendre des photos en haut de la butte.

Et c'était sans compter les risques de contracter une maladie exotique ou même aviaire en se traînant les genoux dans les résidus de poussière – provenant des chaussures de touristes d'environ cent vingt-sept pays différents – et les centaines de crottes de pigeons.

Alors que Louise se concentrait pour garder le rythme d'une marche à l'autre, un vendeur ambulant posté sur le côté des escaliers s'est élancé pour saisir son bras et lui enrouler rapidement un bracelet rouge, blanc et bleu autour du poignet.

— Un joli bracelet chanceux pour faire ressortir les yeux de la jolie demoiselle, a baratiné le marchand, qui ne savait pas encore à qui il avait affaire. Il faut faire un vœu en l'attachant. À l'usure, les fils vont se casser et le souhait de la demoiselle va être exaucé.

Ses méthodes de vente sorties tout droit de son Sénégal natal fonctionnaient peut-être avec d'autres touristes, mais certainement pas avec Louise.

— Veux-tu bien me lâcher! a-t-elle crié, prête à lui donner un coup de sac à main derrière la tête en cas d'insistance.

Devant la prise en otage du poignet de Louise, Yolanda et Dominique se sont arrêtées pour prêter main-forte, chacune à sa façon, à leur amie.

Alors que Yolanda en profitait pour reprendre son souffle et reposer ses mollets, Dominique était absorbée par l'attrait d'un achat.

— C'est vous qui l'avez fait? a-t-elle demandé, laissant Louise faire la pose.

Un poisson venait de mordre à l'hameçon!

Évidemment, le vendeur n'allait pas avouer que le tout lui était livré en conteneur par bateau en provenance de Chine.

Il flairait la bonne affaire. Ce n'était pas tous les jours qu'il croisait une acheteuse aussi naïve, même avec les autocars qui débarquaient des cohortes de touristes quotidiennement.

Le poignet encore prisonnier des fils de couleur tissés, Louise s'est emportée.

— Je t'ai dit que je n'en voulais pas, de tes cochonneries!

Devant cette agressivité, le vendeur n'a pas insisté davantage. Remarquant que sa prise tardait à sortir son porte-monnaie, il a entamé les stratégies de négociation :

— Pour vous, deux bracelets d'amitié pour huit euros. Ce n'est pas cher pour exaucer un souhait.

— Qu'est-ce que vous en pensez, les filles? s'est enquise Dominique.

— Un mot: Tu te fais fourrer! a répondu Louise.

— Je ne pense pas que ça vaille le prix, a dit à son tour Yolanda, qui se sentait maintenant disposée à poursuivre l'ascension de la butte Montmartre.

Sans prêter la moindre attention à leur réponse, Dominique a poursuivi, à haute voix, sa réflexion:

— C'est sûr que ça en prendrait trois…

— Certainement! a répondu le marchand, avec son plus bel accent africain. Pour trois copines, il faut trois bracelets! Je vous fais un prix d'ami: trois pour douze euros.

Pour la forme, Dominique a entrepris une petite joute de marchandage. Voyant qu'il n'était pas enclin à diminuer son prix, elle a feint de repartir vers la basilique.

— Trois pour dix, mais c'est mon dernier prix. Je ne fais même plus de profit, a-t-il argumenté.

— Ben oui, trois bouts de fil pour quinze piastres et il veut nous faire accroire qu'il ne fait pas de profit. Il y en a pour qui les menteries ne leur donnent pas de misère à dormir le soir!

Louise avait beau exposer haut et fort l'arnaque qui se déroulait sous ses yeux, Dominique l'ignorait. Alors qu'elle sortait les billets de banque, le Sénégalais y est allé d'un dernier petit enrobage.

— Vous venez du Canada ? a-t-il demandé, en poursuivant son opération de charme. J'ai un cousin qui reste à Ottawa. Un jour peut-être, j'irai le voir.

Fière de son achat, Dominique a fait la distribution des cadeaux en gravissant les marches.

Même si ni l'une ni l'autre de ses amies n'auraient acheté une telle pacotille, elles n'allaient pas dire non à un souhait gratuit. Elles n'étaient pas superstitieuses, mais d'un coup que… sait-on jamais !

À peine venaient-elles de quitter un vendeur qu'un nouveau s'essayait avec une autre breloque. Bien décidée à ne pas perdre sa journée dans cet escalier, Louise a saisi le bras de Dominique pour l'empêcher de s'approcher de l'intrus.

— Tu ne dois pas être drôle lâchée lousse dans un marché aux puces, toi.

Ni même dans une simple vente-débarras !

Sous le poids de la chaleur, les filles se déplaçaient en n'ayant qu'une chose à l'esprit : la crème glacée de chez Jobin. Le soleil plombant sur sa tête, Dominique en oubliait presque son intolérance au lactose.

En franchissant les portes de la basilique, elle avait déjà changé de centre d'intérêt.

184

— Oh, des cierges ! C'est combien ? a-t-elle dit, en interrompant une petite femme qui récitait ses prières près d'une cascade de lampions.

— Il me semble qu'il fait déjà assez chaud, pas besoin de faire un feu de chandelle, a renchéri Yolanda, en s'essuyant sans grande subtilité l'humidité sous les seins.

Au-delà d'une certaine température, l'humain est incapable de maintenir l'élégance. Chapeau à large bord ou pas !

À peine les voyageuses venaient-elles de sortir de la basilique que la sonnerie du téléphone de Yolanda, annonçant l'entrée d'un message texte, a retenti.

— Tu ne lui réponds pas ? a demandé Dominique, voyant que son amie ne réagissait pas au message de Jean-François.

Pour changer de sujet le plus rapidement possible, Yolanda a déclaré :

— On se fait un *selfie* avec la basilique comme décor !

Avant d'ouvrir la bouche, Louise a roulé les yeux :

— Il n'y aura pas d'autoportrait. À nos âges, ça suffit, l'égocentrisme.

— Voyons, qu'est-ce que tu as contre les photos ? Je ne te demande pas de t'ouvrir un compte Instagram…

En observant le lieu, Louise a réalisé le potentiel d'une image. Sûrement qu'un jour elle allait éprouver le besoin de revivre ce moment particulier :

— Je n'ai rien contre les bonnes vieilles photos traditionnelles. Si tu en veux une, demande à quelqu'un de la prendre.

— C'est écrit dans tous les livres de voyage que le Sacré-Cœur est une place prisée par les voleurs…

— Quand on tient vraiment à une photo, il faut être capable de prendre des risques, a tranché Louise en saisissant l'appareil.

Sans même laisser le temps à un jeune couple d'Asiatiques, se tenant à quelques centimètres d'elle, de terminer une série de clichés qui pourraient servir au montage d'une vidéo en *stop motion* de leur visite du site, Louise leur a mis le téléphone cellulaire dans les mains tout en mimant sa demande.

Avec un grand sourire, la jolie Chinoise, qui était peut-être aussi japonaise ou coréenne, s'est exécutée en prenant plusieurs images pour offrir du choix à la demanderesse.

Sans grande exubérance, Louise l'a remerciée en reprenant son appareil.

— Il me semble que tu aurais pu mettre un peu plus d'enthousiasme, a fait remarquer Yolanda.

186

— Voyons, fille, c'est elle qui aurait dû me remercier pour la confiance que je lui ai témoignée. De toute façon, c'est connu que les Asiatiques aiment prendre des photos.

Sur ces paroles pleines de stéréotypes, Dominique et Yolanda se sont échangé un regard évocateur, sachant très bien ce qui rendait Louise plus bileuse qu'à l'habitude.

Louise était vraiment mûre pour aller recharger ses batteries dans un lit, même rempli de punaises.

5 juillet

La nuit avait été bénéfique pour les trois femmes épuisées par le voyage.

Incommodée par les ronflements de Louise, Yolanda avait décidé de prendre l'une des pilules pour les nerfs empruntées à son père. Grâce à l'Ativan, elle avait dormi profondément. Dominique, quant à elle, n'avait rien entendu du concerto en fa majeur joué par Louise. Comme elle était peu encline à prendre des médicaments en temps normal, les cachets, avalés la veille, avaient continué de faire leur effet, même des heures après leur ingestion.

À un moment différent de la nuit, elles avaient fait le même rêve. Vêtues de leur plus simple appareil, elles nageaient dans un bassin de crème fraîche tout en mélangeant les saveurs artificielles que les employés de l'usine de Longueuil, souriants malgré leur filet sur la tête et leur sarrau sur le dos, leur tendaient. Bien qu'irréelle, la baignade était rafraîchissante. Dans la réalité, une telle scène ne se serait jamais produite, pour la simple raison qu'il est impossible de faire autre chose que du surplace dans un bassin au diamètre évoquant une piscine pour bébé, et surtout personne n'aurait souri devant autant de matière première contaminée. Dans les rêves, au diable les règles de salubrité !

Par contre, les choses s'étaient corsées au réveil. Se faire tirer du sommeil par le bruit d'une sirène annonçant un bombardement immédiat n'est pas tout à fait la définition d'un réveil en douceur.

Au premier hurlement, Louise a sauté du lit et a ordonné aux deux autres de la suivre. L'âge lui donnait un avantage au chapitre des connaissances cinématographiques. De *Good Morning, Vietnam* à *Il faut sauver le soldat Ryan*, elle avait reconnu le signal d'urgence indiquant aux habitants d'une région de se trouver une cachette sécuritaire en prévision d'une attaque aérienne.

— Suivez-moi! Pas le temps de niaiser! a crié Louise, en bousculant ses amies vers la sortie.

Prise de panique, Yolanda a figé, avant de se ruer sur le contenu de sa valise:

— Je ne peux pas sortir de même! Je n'ai pas de culotte sous ma jaquette!

— Arrête ton niaisage. Si tu aimes mieux mourir sous les bombes que de risquer de montrer ton sourire à des inconnus, c'est ton problème.

Certes, Louise avait un certain côté bourru et intraitable qui ne s'améliorait guère, même en vacances. Par contre, son sang-froid et son leadership en période de crise étaient plus qu'appréciés.

En moins de temps qu'il n'en faut à un missile pour sauter, Louise et Dominique se trouvaient déjà dans le corridor, suivies par Yolanda courant pour sa vie et sa dignité, bobette à la main.

Puis le bruit s'est estompé, sans toutefois leur faire ralentir leur fuite.

Alors que les trois femmes étaient à quelques degrés du bas de l'escalier, l'alarme a retenti une deuxième fois. Sans même s'arrêter, Louise a regardé le plafond et s'est écriée :

— Écoute-moi bien, Jacques. Arrange-toi donc pour que je me sois défâchée avant que j'aille te rejoindre !

Elle n'était pas la seule à faire des demandes à plus puissant qu'elle. Quelques marches plus haut, Dominique y allait d'une requête empreinte d'une connotation beaucoup plus fataliste :

— Si je suis pour mourir dans l'avion sur le chemin du retour, achevez-moi maintenant. Je n'aurai plus besoin d'y penser.

Après une seconde de réflexion, elle a ajouté :

— Mon Dieu, avant de venir me chercher, s'il vous plaît, faites en sorte qu'Édouard ne vire pas tout croche en vieillissant.

Sans crier gare, la sirène a fait une pause de quelques secondes, les mêmes que Yolanda avait choisies pour faire sa déclaration :

— Si vous me laissez vivre, je promets de garder le bébé.

Même si Louise et Dominique avaient tout entendu, elles étaient plus occupées à sauver leur peau qu'à poser des questions.

En arrivant devant le comptoir du hall, Louise, dans tous ses états, a demandé :

— Elle est où, l'entrée pour l'abri antibombe ?

En guise de réponse, le préposé, beaucoup trop décontracté vu les circonstances, a répété sa demande.

— Vous cherchez ?

— Je ne peux pas croire que le bruit des sirènes ne réveille pas le sentiment de peur quelque part dans votre ADN. Vous avez connu la Première Guerre mondiale et les bombardements de la Seconde…

— Désolé, je suis né à Paris de parents marocains…

Alors que le réceptionniste dévoilait ses origines, les sirènes ont retenti pour une troisième fois.

Dans la tête de Louise, il était hors de question qu'elle tombe sous les bombes à cause d'un fils d'immigrant suicidaire plus intéressé à discuter de ses origines qu'à se mettre à l'abri. Elle regrettait de ne pas avoir cru bon de s'inscrire sur la liste des ressortissants canadiens auprès du ministère des Affaires étrangères. Après tout, Paris était plus reconnu comme une destination pour le magasinage de marques haut de gamme que pour ses missions humanitaires. La seule chose qu'elle croyait risquer en venant ici était de faire sauter la limite de crédit de sa carte Visa Desjardins.

Dans un moment de grande lucidité, elle a hurlé :

— Je ne vous le dirai pas une autre fois : il est où, l'abri antibombe ? Vous n'entendez pas les sirènes ?

Reconnaissant les signes avant-coureurs d'une crise d'hystérie, c'est-à-dire la robe de nuit fleurie, les cheveux en bataille et l'écume au coin des lèvres, le commis a voulu clarifier les choses.

— Ah, les sirènes! Tous les premiers mercredis du mois, elles retentissent trois fois à midi dans tout le pays. C'est un contrôle de routine pour s'assurer qu'elles se déclencheront en cas de danger réel. Vous n'avez pas ça, au Canada?

— Pour votre information, le Canada est tellement un pays sécuritaire que je ne suis même pas certaine qu'on ait des sirènes, point. Par contre, pouvez-vous me dire pourquoi ce n'est pas écrit dans les guides touristiques? a demandé Louise, dont la peur s'était soudainement transformée en intense frustration.

— À midi? a répété Yolanda. On a dormi jusqu'à midi!

— C'est inexcusable! M'entendez-vous bien? Inexcusable, a répété Louise.

— Vous avez peut-être sauté un chapitre…, a répondu le préposé, en reculant d'un pas derrière le comptoir pour se protéger d'une riposte quelconque de sa cliente.

Louise n'aimait pas être tournée en ridicule. Encore moins lorsqu'elle se sentait en situation d'infériorité, simplement vêtue de son pyjama.

Avant que son amie saute par-dessus le comptoir pour mordre le réceptionniste, Dominique a tenté de tempérer la situation:

— Le plus important, pour l'instant, est qu'on remonte au plus vite dans la chambre avant de se retrouver sur YouTube.

Elle avait un bon argument.

C'est la mâchoire serrée que Louise a abdiqué.

Elle a attendu d'atteindre la dernière marche de l'escalier avant d'ouvrir la bouche à nouveau.

— C'est quoi, cette histoire de bébé, Yolanda ?

En forçant un petit sourire, cette dernière a avoué :

— Ce n'est rien. Je suis seulement un peu en retard.

— De combien de temps ? a aussitôt demandé Dominique, déçue de ne pas avoir encore été mise au courant.

— Une semaine… peut-être plus. En même temps, je ne suis jamais vraiment régulière. Ça ne veut peut-être rien dire…

Presque instantanément, Louise et Dominique se sont échangé un regard qui en disait long.

Malheureusement pour les clientes, la chambre n'avait pas bénéficié de traitement cosmétique pendant leurs quelques minutes d'absence. Si elle était ordinaire la veille avec les rideaux fermés, elle l'était encore davantage avec le soleil éclaboussant toutes les défectuosités de la pièce.

— *Shotgun* sur la douche, a décrété Dominique, se dirigeant vers la salle de bain.

— Tu ne t'es pas lavée hier ? a lancé Louise, qui lorgnait, elle aussi, l'accès à la douche et qui aurait aimé en être la première usagère.

En sentant presque son aisselle, Dominique a fait une confidence pour justifier son excès d'hygiène personnelle :

— À la chaleur qu'il fait, il faudrait que je mange mon déodorant pour qu'il soit vraiment efficace.

À l'extérieur de l'usine, les normes hiérarchiques valorisées par Louise prenaient le champ. Déjà que, même sur les lieux de travail, elles n'avaient pas tout à fait leur raison d'être. Après tout, le seul élément qui permettait à Louise de se la jouer supérieure était son ancienneté et la proximité de son bureau avec celui du patron. Pour le reste, tout le monde savait que le respect inconditionnel venait en même temps que l'achat des premières culottes absorbantes pour aînés. Puisque la vessie de Louise n'avait pas tout à fait entamé sa descente, Dominique et Yolanda pouvaient encore la tutoyer et outrepasser quelques règles de politesse. Et peut-être encore pour un bon moment !

Un peu agacée, Louise a laissé tomber l'argumentation. Après tout, si elle voulait que les vacances soient un succès, elle se devait de mettre un peu d'eau dans son vin. Au pays du mimosa, il n'est jamais trop tôt pour parler d'alcool.

Dominique étant sous la douche, Louise a enfoncé les écouteurs de son iPod dans ses oreilles et a entamé sa routine d'exercices.

Yolanda, elle, n'était pas prête à observer le nouveau spectacle qui se déroulait au pied de son lit. Pendant un instant, elle s'est demandé si elle ne devait pas saisir son cellulaire pour filmer la scène. Elle voyait tout le potentiel viral de telles images. À la place, elle a attrapé son oreiller et y a caché son visage pour pouffer de rire avec un minimum de discrétion.

Au diable les acariens et les peaux mortes d'étrangers !

Quand Dominique est sortie de la douche, son fou rire est passé moins inaperçu.

* * *

Durant l'après-midi, les trois femmes ont couru le marathon en se rendant aux principaux attraits touristiques des septième et huitième arrondissements, et rempli le téléphone de Yolanda de nouvelles photos.

D'ailleurs, Yolanda regrettait d'avoir cru brillante l'idée d'enfiler des gougounes pour partir à la découverte d'une aussi grande ville. Une heure à peine après son départ de la chambre, elle avait dû se résigner à entrer dans la première boutique de chaussures qu'elle a croisée sur son chemin et à s'y acheter des espadrilles. Disons que les *runnings* blancs ruinaient un peu son *look*. C'était ça ou perdre son gros orteil à cause de ses ampoules.

Pour le reste, pas besoin d'écrire des pages et des pages sur ce qu'elles ont vu. Il existe déjà des livres touristiques sur le sujet.

* * *

Pour assister au spectacle du Crazy Horse, les voyageuses n'avaient pas hésité à débourser une centaine d'euros, même pour des places médiocres. Après tout, elles n'allaient pas manquer la chance de venir encourager Annabelle qui, malgré son départ de chez Jobin crèmes glacées, restait tout de même l'une des leurs.

Pour Louise, la prestation avait une signification beaucoup plus grande.

Bien qu'elle ait éprouvé une certaine déception en voyant sa nièce quitter l'usine pour poursuivre son rêve de devenir danseuse professionnelle de l'autre côté de l'Atlantique, elle ressentait maintenant une fierté incommensurable envers la jeune femme.

Vêtues de leurs plus beaux atours, c'est-à-dire une petite robe noire achetée chez Reitmans pour Yolanda, une robe bleu marine avec un collet un peu moins sobre dénichée en solde chez BCBG pour Dominique, et le fameux deux-pièces en slinky aux motifs criards que Louise avait défroissé en le secouant vigoureusement, elles étaient prêtes pour une soirée plus que divertissante dans l'un des cabarets les plus connus du monde.

Pour ne pas avoir à dépenser une somme extravagante en consommations, elles ont dégusté très lentement la bouteille de champagne incluse dans le prix du billet, tout en savourant l'ambiance feutrée du cabaret.

— Ils ne pensent quand même pas qu'on va payer deux cent cinquante euros pour une bouteille de champagne signée par la maison! a décrété Dominique.

C'était connu, Dominique détestait les prix courants. C'est pourquoi elle allait s'assurer de ne pas avoir soif d'ici la fin du spectacle.

— Ça tombe bien, je ne suis pas une grande consommatrice de champagne, a répondu Yolanda, en trempant à peine ses lèvres dans sa coupe.

Au goût de ses papilles, la boisson manquait de 7up.

De tamisée qu'elle était, la salle est devenue noire, et les premières notes de musique se sont fait entendre. Lentement, le rideau s'est ouvert sur la scène.

Vêtues d'un costume flamboyant, si on peut appeler ces bouts de tissu ainsi, exposant leur poitrine et couvrant minimalement leur sexe, les danseuses ont entamé une première chorégraphie.

— S'il y a un examen qu'elles passent avec brio, c'est bien le test du crayon, a murmuré Yolanda, en faisant référence aux douze poitrines bien rondes pointant vers le nord magnétique qui sautillaient sur scène.

— Et moi avec mes quatre grossesses, tu penses que je ne suis pas jalouse?

Assise entre les deux, Louise commençait à perdre patience:

— Chuutt! J'essaie de voir où est Annabelle!

Dans un cabaret où toutes les jeunes filles sont pareilles, il devenait presque impossible de les différencier. Et là résidait la marque de commerce du Crazy Horse.

En plus de devoir démontrer une maîtrise presque parfaite de la danse classique, les danseuses devaient répondre à des critères de physionomie précis. Entre autres choses, elles devaient toutes mesurer entre un mètre soixante-huit et un mètre soixante-treize, avoir entre dix-huit et vingt-six ans, être bénies des dieux en ayant un corps harmonieux, un ventre plat et de belles jambes droites. Et le dernier critère qui faisait envier les femmes et baver les hommes : elles se devaient d'avoir une poitrine naturelle et pas trop grosse. C'est ainsi que le cabaret réussissait à présenter des filles qui, grâce à une bonne couche de maquillage, semblaient toutes sortir du même moule. Juchées sur leurs escarpins Louboutin, elles étaient littéralement toutes pareilles !

Pour Louise, ce petit détail était agaçant. Une seconde, elle croyait voir sa nièce en la troisième danseuse en partant de la droite, et la seconde d'après elle se demandait si ce n'était pas plutôt la deuxième en partant de la gauche. Contrairement au spectacle amateur de fin d'année de la plupart des écoles de danse, il était presque impossible de se concentrer strictement sur une fille en particulier puisque le spectateur ne pouvait jamais être certain de regarder la bonne. Au fil des numéros, la tâche devenait tout simplement impossible.

Lorsque le rideau est tombé pour une dernière fois, Louise est restée béate pendant un bref moment, avant de se mettre à applaudir à tout rompre.

— Il faut aller la voir en coulisse ! a-t-elle seulement soufflé, en se frayant un chemin vers l'arrière de la scène.

— Tu n'aurais pas mieux fait de l'appeler pour l'avertir de notre venue ? a cru bon de mentionner Dominique.

Louise s'est retenue de lui répéter, pour la énième fois, la définition du mot « surprise ».

Rapidement, un garde de sécurité habillé en tenue de soirée leur a bloqué le chemin.

Il était imposant physiquement, mais son image de dur à cuire flétrissait à son accent :

— Mesdames, à moins d'une invitation, l'accès est interdit au public.

Évidemment, ce n'était pas monsieur ou madame Tout-le-Monde qui pouvait se faufiler jusqu'aux loges des danseuses. Alors que Louise se faisait montrer la porte et commençait à se dire qu'elle aurait dû suivre le conseil de Dominique, le garde laissait passer un couple qui, d'une poignée de main et d'un billet bien placé au creux de la paume, avait payé son entrée.

Il n'en fallait pas plus pour la faire réagir et la convaincre de remonter aux barricades.

— Là, mon ti-gars, si je ne peux pas aller la voir moi-même, tu vas trouver quelqu'un pour me ramener ma nièce Annabelle Legris ici. Est-ce que je suis assez claire ?

— Madame, les règles de la maison m'empêchent de…

Ce n'était plus seulement les joues de Louise qui s'étaient empourprées, ses oreilles aussi.

— Eille, je n'ai pas fait presque sept mille kilomètres pour me faire virer de bord par des gros bras comme toi ! Ma nièce mesure environ cinq pieds cinq, elle est brune, a des seins…

Soudainement, Louise réalisait que sa description pouvait s'appliquer à toutes les filles du Crazy Horse sans exception.

— Son nom de scène ? a fini par demander le garde, qui tolérait mal la pression et l'attitude de la femme qui aurait très bien pu être sa mère. Ici, toutes les filles sont reconnues par un surnom.

— Laisse faire le surnom ! Chop ! Chop ! a repris Louise, pour témoigner de son impatience.

Un peu nonchalamment, l'homme a sorti un walkie-talkie de sa poche :

— Lambert, j'ai une dame ici qui s'est déplacée depuis le Canada pour voir Annabelle Legris. Elle dit être de sa famille. Tu peux la faire venir ?

Louise a dû se montrer patiente pendant quelques minutes avant de voir apparaître une fille cachée sous une épaisse couche de maquillage.

— Matante? Qu'est-ce que tu fais là? a demandé Annabelle, qui ne s'attendait visiblement pas à une aussi grande visite.

Annabelle et Louise vivaient des retrouvailles chargées en émotions. À vrai dire, Louise était plus que satisfaite d'avoir réussi sa surprise.

— Tu aurais dû me faire savoir que tu venais, matante. Mon appartement n'est pas très grand, mais je t'aurais fait une petite place.

— Justement, j'avais pensé...

6 juillet

Les habitants de la Ville lumière étaient depuis longtemps endormis et avaient garé leur voiture un peu n'importe comment en bordure des rues lorsque Louise est sortie du cabaret en compagnie de sa nièce. Elle n'avait eu aucun mal à laisser Dominique et Yolanda regagner leur hôtel sans elle. Le lit au matelas défoncé lui avait été bien pratique pour la première nuit, mais elle ne tenait pas à renouveler l'expérience. En franchissant les portes du cabaret, Annabelle a laissé tomber son nouvel accent et toutes les mimiques qui l'accompagnaient, afin de redevenir la jeune femme de la Rive-Sud de Montréal telle qu'on la connaît.

De la montée des Champs-Élysées au contournement de la place de l'Étoile jusqu'à l'avenue Victor-Hugo, elle a rempli les oreilles de sa tante avec les détails de sa nouvelle vie, en ne lésinant pas sur l'utilisation des adjectifs et des superlatifs.

— Le milieu culturel est trépidant. L'architecture est mongole. Je croise des gens géniaux tous les jours. La meilleure boulangerie est au coin de ma rue. Le pain est débile. Et oublie le La Baie, ici les grands magasins sont tellement… tellement… tellement…

Après avoir cherché un peu trop longtemps le mot parfait pour exprimer sa pensée, elle y est allée d'une expression familière :

— La vie ici, c'est vraiment « *the shit* » !

— Et tu t'es fait des amis ? a demandé Louise, pour aborder le côté plus humain de son intégration.

— Tu vas retourner chercher ta valise demain ? a interrogé Annabelle, pour contourner la question.

— Tout est là ! a affirmé Louise, en posant la main sur son fourre-tout.

Il y avait tout de même des limites à voyager léger. Paris, ce n'était pas le chemin de Compostelle. Quelque chose disait à Annabelle qu'elle allait devoir partager un peu plus qu'un simple bout de matelas pendant le séjour de sa visiteuse. Elle espérait seulement que sa tante avait pensé à s'apporter une brosse à dents.

À la lueur des lampadaires, Louise admirait la façade des immeubles construits dans le style haussmannien : des bâtisses à hauteur égale habillées de pierre et munies de grandes fenêtres aux premiers étages et de jolies corniches sous les toits. L'harmonie était parfaite. Exactement à l'image du dernier film français qu'elle avait visionné sur la chaîne Super Écran avant de partir.

— Ils ne doivent pas faire dans le sandwich au *baloney*, a-t-elle fait remarquer, en passant devant la vitrine du traiteur Lenôtre où les montages alimentaires avaient plus des allures d'œuvres d'art que de plateaux-repas de cafétéria.

— Leurs tartelettes aux fraises goûtent le ciel. À sept euros la pièce, ce serait décevant que ça goûte autrement, a observé Annabelle.

— Elles ne sont sûrement pas aussi bonnes que celles qu'on fait avec des fraises du Québec! a tenu à souligner Louise.

Eh bien oui! Elles étaient effectivement meilleures. Annabelle n'avait rien trouvé à reprocher aux fraises de France, qui étaient juteuses et sucrées à souhait. Par contre, elle s'est abstenue d'en faire mention pour ne pas choquer le patriotisme de sa tante.

— On est arrivées, a déclaré la jeune femme, en s'arrêtant devant les portes en verre et en fer forgé du 48.

Même si Louise en connaissait très peu sur le seizième arrondissement, elle pouvait deviner, en raison du nombre d'ambassades et d'entrées privées croisées, qu'elle se promenait dans l'un des quartiers les plus chics de Paris. Ce n'était pas ici qu'elle allait trouver un magasin Tati ou une autre version française de l'Aubainerie.

Pas de doute, elle allait dormir dans un plus grand luxe que lors de sa première nuit dans la capitale.

Bien que le sujet n'ait jamais été abordé, Louise était plus que persuadée que sa nièce avait touché le gros lot en se faisant embaucher par une troupe de danse notoire. En raison de l'attitude des recruteurs du Crazy Horse lors des auditions à laquelle Annabelle avait participé avant d'atterrir au cabaret, Louise avait associé cette sélection à un repêchage de la Ligue nationale de hockey. De jeunes danseuses du pays tout entier s'étaient déplacées pour montrer leur savoir-faire et croisaient les doigts pour se faire offrir un contrat. Seules quelques perles rares, comme Annabelle, avaient réussi à émerger du lot. À l'évidence, il fallait s'attendre à ce que les danseuses choisies soient rémunérées en fonction de leur rareté.

Pendant que sa nièce composait le code de sécurité sur le moniteur encastré dans le cadre de la porte, Louise lorgnait du coin de l'œil la vitrine d'une boutique de lingerie qui avait pignon sur rue juste à côté. Manifestement, on ne vendait pas de Wonderbra à cette enseigne.

Lorsque Annabelle a poussé la porte de l'édifice, la lumière s'est automatiquement allumée.

— C'est *fancy*, a fait remarquer la visiteuse.

— Plutôt économique. L'électricité coûte vraiment cher ici, a justifié Annabelle, en fouillant dans son sac à main beaucoup trop plein, à la recherche de ses clés.

— Pareil chez nous. Hydro a encore augmenté ses tarifs en avril.

— Tu ne comprends pas, matante. Ça coûte vraiment cher ! a précisé sa nièce, en suspendant sa fouille archéologique.

Sa clarification faite, elle a retrouvé, comme par magie, son trousseau de clés, ouvrant d'un geste rapide la porte de sécurité en verre. Normalement, Louise aurait argumenté, avec un peu de mépris, le montant d'une facture d'électricité, sachant très bien que sa parente n'en avait jamais payé de sa vie avant de déménager ici. L'aura du quartier et le rouge du tapis du hall d'entrée avaient eu raison de sa langue.

Rapidement, Annabelle a senti qu'un léger malaise s'était installé. Pour ne pas déplaire à sa tante, qui était habituée à avoir le dernier mot, elle a changé de sujet.

— L'appartement est au sixième.

— Au sixième! a répété Louise, en pensant à ses pauvres pieds.

Annabelle avait su lire dans ses pensées :

— Fais-toi-z-en pas. Il y a un ascenseur.

Elle ne s'en faisait pas. Enfin, pas autant que ses pieds qui remerciaient le dieu Birkenstock d'avoir pensé à mettre une telle machine sur leur chemin.

Dans la cage en verre, Louise pouvait admirer les boiseries très abondantes du premier, du deuxième et du troisième étage, trouver jolies celles un peu moins présentes du quatrième et encore moins visibles du cinquième, pour carrément les chercher au sixième.

Si les premiers étages avaient beaucoup de glamour, les choses se gâtaient au dernier.

Par une drôle de coïncidence, Louise a retrouvé son assurance et son petit sentiment de supériorité en même temps que se sont ouvertes les portes de l'ascenseur. Et beaucoup plus lorsque Annabelle a poussé celle de son appartement.

En voyant le visage de sa tante se transformer, Annabelle a redouté son jugement. Pour détourner son attention de son chez-soi exigu et suffocant, elle a plutôt tourné le fer dans une autre plaie :

— Je ne te l'ai pas dit encore, mais j'aurais tellement voulu être présente aux funérailles de mononcle Jacques. Malheureusement, je n'ai pas pu me libérer.

Visiblement, ce n'était pas suffisant. Gênée, elle a continué de monologuer, alors que Louise scrutait la pièce.

— Avoir pu faire la distance aller-retour, dans la même après-midi, j'y serais allée. Mais avec le travail et la faible avancée technologique concernant la téléportation, je n'aurais jamais pu rentrer à temps à Paris pour les prestations du soir. Ça ne fait pas assez longtemps que je travaille au Crazy pour demander des congés. Tu comprends ?

Louise était toujours muette.

— Matante, est-ce que tu m'entends ? a interrogé Annabelle, inquiète par ce silence.

— Tu me demandes si je vais bien ? C'est plutôt à moi de te poser la question ! Fille, la douche est dans la cuisine qui est dans le salon qui est à son tour dans la chambre à coucher ! Et tu dors sur un futon !

C'était au tour d'Annabelle d'avoir avalé sa langue.

— Dis-moi juste que c'est temporaire. Que ton véritable appartement est en rénovation. Que c'est ici que tu emmènes tes conquêtes ! Que tu fais seulement me montrer la chambre d'amis !

Que tu vis ici juste les soirs de travail! Qu'on t'a forcée à signer ton bail sous la menace! Dis-moi n'importe quoi, mais pas que tu as choisi volontairement de venir t'installer dans vingt mètres carrés.

— Vingt-trois, a-t-elle précisé, avant d'ajouter : c'est vraiment cher, les appartements à Paris.

— Fille, tu restes dans une garde-robe!

Pas besoin de l'avoir tricotée pour savoir que Louise employait le mot «fille» lorsqu'elle était contrariée. Et qu'elle le répétait trop souvent seulement en période d'irritation extrême.

— Ça s'appelle une chambre de bonne, matante.

— Une chambre de bonne? Ce n'est pas assez de montrer tes seins au Tout-Paris, il faut que tu en torches en plus?

Dans certaines circonstances, Louise s'exprimait sans mâcher suffisamment ses mots et pouvait se montrer extrêmement insultante! Par chance, sa nièce avait appris à ne pas trop lui en tenir rigueur. C'était préférable pour son estime personnelle et leur relation.

— Dans l'ancien temps, les bonnes qui travaillaient pour les gens vivant aux premiers étages dormaient dans des chambres comme celle-là, sous les toits. Et c'est la seule chose que je peux me payer avec mon salaire d'un peu plus de deux mille euros nets par mois. Je paie déjà le loyer neuf cent cinquante euros par mois. Je ne peux pas débourser plus! Il faut qu'il m'en reste pour manger et m'offrir des folies à La Samaritaine.

Paris n'avait certainement pas altéré son plaisir de faire les magasins.

— Dis-moi que tu es partie de Montréal pour plus que ça, a proféré Louise, en se prenant la tête à deux mains.

— Ce n'est pas si mal, a essayé de la convaincre Annabelle. La plupart des chambres de bonnes partagent une toilette sur l'étage, alors que j'ai la mienne.

Malgré ce détail, Louise ne considérait pas qu'il y avait matière à se réjouir. En s'essuyant le front couvert de sueur, elle a ajouté :

— Je comprends, Annabelle, que l'électricité coûte cher, mais pour l'amour, mets l'air conditionné.

— L'immeuble a été construit il y a cent ans. Il n'y a pas grand-chose de central, ici, a-t-elle marmonné, en sortant un *ice pack* du congélateur. Si tu l'appliques sous tes aisselles, ça devrait te rafraîchir.

Aux yeux de Louise, le glamour de la Ville lumière venait soudainement de perdre tout son brillant.

* * *

— Pour vous, ce sera ? a demandé l'employée derrière le comptoir.

— Un pain au chocolat, une abricotine, six petites boules de pâte sucrée.

— Vous voulez dire des chouquettes ?

Yolanda avait dû faire preuve de beaucoup de contrôle pour passer sa commande tout en retenant le filet de salive qui s'apprêtait à s'échapper de sa bouche.

— Et ajouter un croissant et deux cafés, a dit Dominique.

En trois jours, Yolanda était déjà devenue une habituée des produits du comptoir des boulangeries Paul, disséminées à peu près dans tous les quartiers de la ville. Sans en glisser un mot à Dominique, elle avait déjà prévu trouver une succursale pour goûter à l'un de leurs sandwichs à l'heure du dîner. Vraiment, elle avait boudé le régime rigide et liquide de Gwyneth Paltrow pour embrasser celui de Ginette Reno. C'est-à-dire le régime alimentaire du bon vivant. Pour se déculpabiliser, elle a tout de même précisé, avant de payer :

— Avec toute la marche qu'on fait…

— Avec tout ça dans le ventre, madame, vous pourriez descendre jusqu'à Rome, a répondu la femme filiforme derrière son comptoir.

— À Rome ! Elle est bonne, a répliqué Yolanda, en forçant un petit rire avant d'ajouter, en s'éloignant : si elle ne veut pas les vendre, ses viennoiseries, qu'elle le dise !

Sa tactique pour se libérer de sa culpabilité avait avorté. Quand elle a croqué dans la pâte feuilletée, tout était à nouveau oublié.

— Puis ? a simplement demandé Dominique, en prenant place à l'une des tables devant le commerce.

— Toujours rien.

En marquant une pause pour avaler une gorgée de café, Yolanda a lancé :

— Tu le trouves comment, Jean-François ?

Que répondre à cette question…

Pour gagner un peu de temps, Dominique a mis dans sa bouche presque l'intégralité de son croissant. Demander à sa meilleure amie son opinion sur son conjoint peut s'avérer délicat.

Sans vouloir laisser paraître sa véritable pensée, Dominique était plutôt perplexe. Pour elle, Jean-François n'était guère plus intéressant qu'une assiette de pâté chinois sans maïs en crème, ou qu'un café sans créma. Il la laissait plus qu'indifférente. Par contre, elle concevait qu'il pouvait être un bon parti pour son amie, dont la vie amoureuse avait très longtemps été d'un calme plat. Après tout, à chacun son âme sœur.

Sans dire les vraies choses, elle pouvait les penser. Si Yolanda ne voulait pas vivre la solitude pendant une autre décennie, elle devrait se contenter et même se réjouir d'avoir un homme comme Jean-François à ses côtés. Même s'il était mortellement ennuyeux autour d'une table, il présentait l'avantage d'être ni violent ni alcoolique et encore moins joueur compulsif. Dans les circonstances, elle ne pouvait demander mieux. Par contre, toute vérité n'est pas toujours bonne à dire.

— Je le trouve super. Il est attentionné, présent, et en plus il t'aime. Pourquoi tu me demandes ça ? Tu es bien avec lui, non ?

— Juste comme ça, a répondu Yolanda, en engouffrant le reste de sa viennoiserie chocolatée pour ne pas répondre à la deuxième partie de la question.

Si elle était certaine que tous les passagers de l'avion l'avaient entendue se plaindre de son *chum,* elle pouvait retirer Dominique du nombre.

— Je sais que ça peut être angoissant d'avoir un enfant. On se demande si on va être une bonne mère, être assez maternelle et patiente.

Yolanda n'était vraiment pas rendue là dans sa réflexion. Chaque minute qui s'écoulait sans qu'elle voit une tache dans son sous-vêtement l'amenait à cette lancinante question : est-ce que je veux vraiment porter un enfant provenant de ce sperme-là ?

Puis, en se levant d'un bon, elle a avalé sa bouchée et a dit :

— On ne passera pas la semaine assises sur ces chaises. On essaie le métro ?

— Je pensais que tu voulais marcher ? a répondu Dominique.

— On a toute la journée pour faire ça !

* * *

Sans changer de ligne de métro, Dominique et Yolanda sont arrivées devant chez Annabelle, en jouant légèrement des coudes pour s'assurer une place dans le wagon bondé et en usant très peu d'huile de genoux. Apprivoiser le métro leur avait paru un jeu d'enfant. Quoique Yolanda aurait bien aimé qu'on l'informe, dès le début, de garder son billet en main si elle voulait ressortir de ce labyrinthe souterrain sans avoir à vider l'intégralité de son sac à main sur le sol de la station Victor-Hugo, avant qu'un garde de sécurité ait la gentillesse de la laisser franchir les portes de contrôle.

Devant l'immeuble à appartements où logeait Annabelle, les deux femmes ont eu une réaction identique à celle de Louise la veille, mais avec beaucoup plus de retenue. Elles aussi s'étaient laissé impressionner par la boutique de lingerie adjacente et les boiseries des premiers étages. Les choses s'étaient gâchées lorsqu'elles ont mis les pieds au sixième.

À la porte est apparu le visage d'une Louise défaite par la chaleur et la fatigue.

— Annabelle est malade. Elle fait de la fièvre et elle est pleine de boutons.

— Tu as été vaccinée contre la rougeole, Annabelle ? a demandé Dominique en enfilant, d'un claquement de doigts, son costume de maman. C'est connu, il y a une épidémie de rougeole chez les enfants non vaccinés en Europe.

— Saint sicroche ! Dis-moi pas qu'en jouant au grano avec ton carnet de vaccins, ta mère a *scrapé* mes vacances ! a déclaré Louise.

Encore troublée par le décor, Yolanda a murmuré :

— Est-ce que c'est moi ou ils ne montrent jamais cette facette-là de Paris dans les films ?

6 juillet - La suite

Louise n'a pas attendu que le soleil se soit levé sur Montréal pour appeler sa sœur. Réveillée en sursaut, Diane a mis la moitié d'une sonnerie avant de répondre. Inquiète, elle a décroché, sachant que les appels nocturnes annonçaient rarement les meilleures nouvelles.

Dans l'énervement, Louise avait déjà réfléchi à quelques phrases plutôt acides à lancer à Diane s'il s'avérait que sa fille n'avait pas eu droit à toutes les protections antivirales disponibles pour un enfant nord-américain. D'abord, elle lui a donné la chance d'infirmer ses doutes.

Le cerveau encore dans les limbes, Diane a eu besoin de quelques instants avant de comprendre les dires de sa sœur :

— Tu ne peux pas être avec Annabelle, elle est à Paris...

— Et tu crois que je me trouve où ? a répondu Louise.

— À Longueuil ?...

L'aînée de la famille estimait que le moment était mal choisi pour s'aventurer dans de longues explications :

— Je te rappelle que c'est un interurbain !

Pour les gens de cette génération, cette raison était excellente pour écourter les discussions.

Aussitôt appelé, aussi vite raccroché!

— La bonne nouvelle, a annoncé Louise en éteignant le téléphone portable de sa nièce, c'est qu'Annabelle a eu tous ses vaccins. La moins bonne, c'est que Diane fait dire qu'elle n'a jamais eu la varicelle.

Assise à l'indienne dans son lit à la frontière de la chambre, de la cuisine et de la salle de bain, la jeune femme grelottait sous ses couvertures.

— Je ne peux pas être malade. Je voulais vous faire découvrir ma ville d'adoption avant ma prestation de ce soir! a-t-elle déclaré. Je vais me prendre un gros verre d'eau avec du citron et ça va passer.

— Sois réaliste, fille. Même si tu as un pouce de maquillage, ton patron ne te laissera pas monter sur scène avant plusieurs jours! Les spectateurs s'attendent à voir uniquement des beautés, pas des éclopées!

Son cellulaire à la main, Annabelle a essayé de s'extraire du lit:

— Dans quelques minutes, je vais aller mieux. J'ai vu plein d'articles sur les bienfaits du citron sur Facebook. Dans les titres, c'était écrit que ça guérissait tout!

À peine levée, elle a aperçu son profil dans le miroir et s'est aussitôt rassise, penaude.

— J'ai l'air d'un monstre. J'ai des boutons partout.

Sans retenue, elle a laissé sortir de gros sanglots dignes d'une fille qui venait de recevoir un verdict de peine de mort. Alors que Louise et Yolanda restaient debout à la regarder pleurer sa vie, Dominique a fait fi de l'éruption cutanée et s'est assise à ses côtés pour lui frotter, délicatement, le dos. Après tout, il était préférable de ne pas faire éclater les vésicules.

Un peu en retrait, ses amies l'ont regardée les yeux pleins d'admiration devant son courage.

— Elle n'a pas la peste. Si vous avez déjà eu la varicelle, il n'y a pas de danger, a-t-elle répliqué.

— Es-tu certaine qu'on ne peut pas l'attraper deux fois ? a ajouté Yolanda.

— Croyez-en mon expérience, j'en ai soigné quatre.

— En plus, je suis contagieuse ? a pleurniché de plus belle Annabelle.

Inutile de nier l'évidence.

Juste à voir toutes les ampoules sur son visage et ses bras, elle était dans la pire phase de la maladie.

— Et je devrai avoir l'air d'une laideronne pendant combien de temps ? a-t-elle demandé, en regardant la personne la plus expérimentée en la matière.

— Pas besoin d'avoir eu quatre enfants pour savoir que tu en as pour au moins une à deux semaines, a tranché sa tante.

Livrée avec la délicatesse légendaire de Louise, la nouvelle a déclenché un nouveau déluge de larmes sur les joues d'Annabelle.

— Ma vie est finie !

Et cette fois, le torrent semblait ne pas pouvoir s'arrêter.

Sans hésiter, Dominique a mis une croix sur les visites touristiques prévues aujourd'hui et s'est portée volontaire pour passer la journée au chevet de la jeune malade. Même si la tâche aurait normalement dû incomber à Louise, l'offre est tombée pile poil.

Dans la pièce exiguë servant d'appartement à sa nièce, Louise étouffait carrément.

Manifestement, elle n'était pas faite pour la vie dans les grandes villes. Après une seule nuit, elle s'était mise à rêver, comme un Français, à sa cabane au Canada.

— Ce n'est pas grave si tu ne vois pas la cathédrale Notre-Dame pendant ce voyage-ci. Contrairement à Yolanda, tu auras toujours les moyens de revenir la voir avec ton mari, a jugé Louise.

Normalement, le commentaire de sa compagne aurait irrité Dominique. Vu les circonstances, elle ne s'y est pas formalisée.

Par contre, il était hors de question qu'elle gère une crise de larmes doublée d'une poussée de boutons.

— Yolanda, tu ne pourrais pas me donner une de tes pilules magiques?

— Il m'en reste juste assez pour…

Ce n'était pas une question, c'était un ordre.

— Les pilules!

Difficile de refuser. Yolanda se sentait déjà assez redevable envers son amie, ne serait-ce que pour pouvoir respirer l'air pollué de Paris. Après tout, comme elle avait voulu jouer au *dealer*, elle devait assumer son rôle jusqu'à la fin… du pot.

Elle lui a tendu le contenant transparent, en souhaitant que sa compagne de voyage soit plus docile à prendre le vol de retour que celui du départ.

Sans ambages, Dominique a croqué une pilule en deux, a remis une moitié dans le flacon et a déposé l'autre dans la bouche d'Annabelle.

— Profitez de votre journée, les filles. Je vais attendre qu'Annabelle se calme pour aller acheter de la calamine à la pharmacie.

L'anxiolytique a fait rapidement son effet. Malgré la fièvre, malgré les frissons et les démangeaisons, l'état d'Annabelle montrait une amélioration apparente.

Signe qu'elle prenait un peu de mieux, elle avait cessé de pleurer sa vie et elle pianotait à nouveau sur son téléphone.

— Penses-tu que je devrais aussi l'annoncer sur Twitter ? a-t-elle demandé à sa garde-malade improvisée.

Sans que Dominique ait eu le temps de répondre, elle avait déjà lancé la nouvelle dans la twittosphère.

Le monde entier savait maintenant que son corps s'était transformé en un grand dessin de points à relier.

Pendant que son tweet se faisait commenter et retweeter dans tout son réseau, Annabelle a recommencé à se gratter de plus belle.

— Je ferais mieux d'aller faire un tour à la pharmacie, avant que tu te grattes au sang et que tu restes marquée à vie, a proposé Dominique.

— Je ne peux pas m'arrêter, ça me démange ! a-t-elle annoncé, tout en continuant son marathon de grattage sur une zone spécifique de son bras.

Sans hésiter, Dominique a retiré ses chaussures et a enlevé ses bas.

Avant qu'elle remette ses espadrilles, elle avait recouvert les mains d'Annabelle de ses chaussettes. Ce n'était pas très hygiénique, mais elle n'avait pas d'autre choix.

Alors qu'Annabelle était protégée contre elle-même, Dominique pouvait faire ses commissions l'esprit tranquille.

* * *

— On pourrait aussi aller voir…, a commencé à dire Yolanda en sortant de l'ascenseur.

Et puis non! Pour éviter d'avoir à expliquer dans les moindres détails ses motivations, elle pouvait repousser d'une journée ou deux le pèlerinage l'amenant sur les traces de Dalida. De toute façon, Louise ne comprendrait jamais.

À peine le seuil de l'immeuble à appartements franchi, Yolanda a sorti la carte du réseau de transport de Paris. Puis elle a analysé le trajet à suivre pour se rendre avec le moins d'effort possible à la cathédrale Notre-Dame.

— Le mieux serait de prendre le métro à la station Victor-Hugo, transférer à Charles-de-Gaulle-Étoile pour prendre le RER A jusqu'à Châtelet-Les Halles, ensuite transférer pour le RER B jusqu'à Saint-Michel-Notre-Dame et marcher les quelques mètres restant jusqu'à la cathédrale.

Sans dire un mot, Louise a examiné le plan. Puis elle a tranché:

— Je ne suis pas venue à Paris pour visiter des tunnels de métro comme les locaux. Pour en voir le plus possible, il faut faire le trajet à pied. En marchant vers l'est, on devrait croiser la cathédrale d'ici la fin de l'après-midi!

Louise n'avait pas terminé sa phrase qu'elle s'éloignait déjà d'un pas accéléré.

— Je ne vois pas de mal à vouloir jouer à la Parisienne, a répliqué Yolanda, en essayant de rattraper son amie.

Les aspirations de Yolanda étaient légitimes. Au fond, elle ne souhaitait aucunement renier ses origines. Seulement, elle aimait croire qu'elle possédait les qualités pour se fondre dans une masse d'individus dont le raffinement et l'élégance faisaient partie de leur code génétique. Vêtue d'une tunique qui semblait avoir rapetissé depuis son départ de Montréal, de ses lunettes de soleil donnant l'impression de cacher les yeux de la grenouille Démétan et de ses souliers de course New Balance rose et blanc immaculés, elle se mêlait surtout à l'amas de touristes déambulant sur la grande avenue. Et ce, sans parler de son satané chapeau !

Dans le guide illustré des stéréotypes, Yolanda aurait pu se faire attribuer plusieurs nationalités, sauf la française, à bien y penser, l'asiatique… et encore moins l'africaine. Quoiqu'on aurait pu la prendre pour une Sud-Africaine.

Contrairement à elle, Louise semblait dégager un *sex-appeal* ou répondre à des critères de beauté que seuls les visiteurs allemands reconnaissaient.

Son heure de gloire avait débuté à la place de la Concorde lorsqu'une dame d'un certain âge s'était approchée, appareil photo à la main, pour se faire photographier en sa compagnie. Puis une deuxième dame…

— Coudonc, qu'est-ce qu'ils ont tous à vouloir une photo avec moi ?

— Qui sait, tu es peut-être la représentation d'une déesse de la mythologie germanique ? a blagué Yolanda, aussi surprise que sa collègue par cet engouement improbable.

Dans le jardin des Tuileries, un groupe complet de touristes fraîchement descendus de leur autocar s'est rué sur elle pour immortaliser cette rencontre.

Sitôt, Yolanda s'est vu attribuer le rôle de photographe, alors que Louise se prenait pour une vedette. D'abord intriguée par autant d'attention, la principale intéressée y a rapidement pris plaisir. C'était tout de même flatteur.

D'un cliché à l'autre, elle a commencé à prendre la pose. Tant qu'à jouer les vedettes, aussi bien le faire avec conviction !

— Est-ce que mon chandail est fripé ? a-t-elle demandé à Yolanda, qui s'était, du coup, transformée en assistante.

— Aucun pli à rapporter !

Elle avait beau avoir revêtu les mêmes vêtements depuis trois jours et les avoir nettoyés à même le lavabo des salles de bain où elle avait dormi, elle paraissait aussi présentable que pouvait lui permettre un costume en slinky.

Puis, lorsqu'un des hommes du groupe lui a demandé : « *Kann ich dich küssen ?* », elle n'a rien compris, jusqu'à ce qu'il la prenne dans ses bras et lui donne un baiser sur la joue.

— Collez-vous pas trop ! a dit Louise, en repoussant son admirateur.

Les vedettes aussi ont le droit d'avoir chaud !

Si elle avait parlé allemand, ou simplement un anglais plus limpide, elle aurait pu s'informer directement auprès de ses «admirateurs» afin de mieux comprendre l'origine de cette fascination nouvelle qu'on lui vouait. Maintenue dans l'ignorance par la barrière de la langue, elle a dû patienter jusqu'à sa dixième photo avec un inconnu pour être mise au parfum.

Dans un français impeccable, un homme d'un certain âge lui a expliqué pourquoi tout cet enthousiasme :

— Vous êtes le sosie de notre chancelière, Angela Merkel.

Voyant les points d'interrogation dans les yeux de Louise, il a ajouté :

— C'est une femme forte et très intelligente.

En fait, Louise aurait aimé qu'on lui dise que Mme Merkel était d'une grande beauté, un peu comme Heidi Klum. À ce sujet, le miroir de sa salle de bain était assez propre pour lui permettre de reconnaître que c'était irréaliste. Après tout, le reflet ne lui renvoyait pas la physionomie et la gracilité d'un mannequin.

Par contre, avoir la tête d'une grande femme d'État, ce n'était pas mal non plus !

Après avoir offert à tous les voyageurs de l'autocar leur photo souvenir, Louise et Yolanda ont pu reprendre leur chemin vers la cathédrale.

— On doit bien approcher de Rome, a analysé Yolanda, avant de prendre une pause près de la pyramide du Louvre.

Sans même entrer dans le musée, elle pourra dire : « *Been there, done that !* » Et ce, même si, en réalité, elle n'a rien vu de l'exposition !

— Fille, je comprends que tu n'es pas très bonne en géographie, mais on est encore loin de l'Italie.

— Je veux dire que j'ai un petit creux.

* * *

Dominique avait dû marcher deux cents mètres avant d'arriver à la pharmacie la plus proche de la place Victor-Hugo. Rapidement, elle a découvert que le terme « picote » était sur la même liste que « feu sauvage ». Sans précision, ils demeuraient de simples mots amusants aux oreilles des pharmaciens français.

En employant une version plus universelle de la langue de Molière, Dominique s'est enfin fait comprendre, et le pharmacien a pu remplir son sac d'une bouteille de Tylénol, connu sous un nom que la cliente avait déjà oublié, une bouteille de lotion à la calamine et un sirop antihistaminique.

« Avec ça, la petite Canadienne devrait pouvoir passer au travers sans trop se défigurer. »

Dominique lui souhaitait !

En quittant la pharmacie de quartier, elle a posé son regard sur la boutique Häagen-Dazs, qui avait pignon sur rue. Malgré son intolérance au lactose, elle pouvait comprendre le réconfort qu'une bouchée de crème glacée fabriquée avec de la vraie crème pouvait procurer. Si Annabelle ne lui en avait pas glissé mot, Dominique se doutait bien que le fait d'être malade et loin de la maison donnait les bleus. Sans hésiter devant le prix exorbitant des contenants « pour apporter », elle a choisi deux saveurs de la marque de glace américaine au nom le plus européen sur le marché, et a demandé à la serveuse derrière le congélateur vitré de lui remplir un litre de chaque sorte. En plus d'être bon pour faire diminuer la température de son amie, la crème glacée était un excellent remède pour l'âme.

Les courses terminées, elle a repris le chemin de l'appartement, où l'attendait impatiemment Annabelle.

En passant devant la boutique de lingerie adjacente à l'immeuble logeant son ancienne collègue, Dominique s'est immobilisée.

Lui avoir demandé pourquoi, elle aurait dit qu'un esprit l'avait guidée vers l'intérieur du commerce. En réalité, il n'y avait rien de bien ésotérique derrière sa motivation à pousser la porte de ce magasin. La seule « entité » qui avait pu agir ainsi était une pancarte rouge annonçant des soldes.

En gardant à l'esprit les pots de glace fondant dans son sac, Dominique a fait vite. Un tour rapide de la boutique et elle était prête à passer en cabine d'essayage.

En omettant de faire la conversion de l'euro au dollar canadien, elle a considéré que les affaires étaient bonnes.

Et ce, même si certains produits, en promotion, restaient assez chers.

Trois soutiens-gorges Marie Jo et autant de culottes assorties plus tard, elle s'est dirigée vers la caisse.

— Ça vaut la peine de profiter des démarques, a insisté la caissière. Dès lundi, on remonte les prix.

— Dommage qu'il n'y ait pas d'aussi bons soldes partout, a dit Dominique, en sortant sa carte de crédit et son passeport pour confirmer son identité.

— Mais si, madame ! La période des soldes s'applique à tous les magasins du pays.

La vendeuse n'a pu ignorer le regard de son acheteuse, qui venait de s'illuminer.

— Et si j'étais vous, je ne manquerais pas d'aller faire un peu de *shopping* aux Galeries Lafayette.

Pendant une minute, Dominique a pensé qu'elle était aux portes du paradis.

* * *

Yolanda et Louise ont profité de leur visite de la cathédrale Notre-Dame pour se rafraîchir dans le chœur du lieu de culte. Il était facile de considérer comme une œuvre de Dieu les cinq degrés d'écart qu'il y avait avec l'extérieur. Quoique, avant de parler de phénomène divin, le rôle des épaisses pierres de la structure n'était certainement pas à négliger dans l'équation.

Cependant, Yolanda avait beau apprécier être à la fraîche, il y avait une limite de temps à ne pas franchir pour qu'une athée puisse admirer les détails des vitraux à connotation religieuse sans se lasser.

À deux pas devant elle, Louise semblait vivre un moment de recueillement. Bien que le sujet n'ait pas été abordé depuis leur arrivée, Yolanda concevait que Jacques puisse être omniprésent dans l'esprit de son amie. Peut-être qu'en entrant elle avait entendu l'appel de la foi et senti le besoin de parler avec son mari récemment décédé ? Difficile à dire…

Pour permettre à Louise de vivre ce moment en toute intimité, Yolanda est allée s'asseoir sur une chaise, plus loin dans la nef. Chose certaine, ses pauvres pieds endoloris étaient plus que reconnaissants envers Dieu pour ce petit moment de répit.

Contrairement à ce que croyait Yolanda, Louise s'efforçait de ne pas penser à Jacques.

Pour elle aussi, la fraîcheur de l'endroit était plus que bienvenue. Avant de repartir, elle comptait bien faire redescendre sa température corporelle d'au moins un degré ! Marcher à trente-sept degrés Celsius, c'était éreintant. Heureusement, le nuage de smog flottant sur la ville créait un voile devant le soleil plombant.

L'esprit occupé à ne pas songer à Jacques, elle avait perdu la notion du temps depuis qu'elle s'était immobilisée devant la Rose Sud. En sonnant seize heures, les cloches ont ramené Louise à la réalité. Malgré la beauté de ce chef-d'œuvre de la chrétienté, elle ne pouvait pas s'y attarder toute la journée.

Puis, avant de s'en retourner vers Yolanda, elle a été prise d'une petite graine de culpabilité. Pour éviter de la cultiver, elle a fait un «Je vous salue, Marie» pour feu son mari.

Après tout, elle avait partagé avec lui son lit pendant plus d'une trentaine d'années.

— T'es content, maintenant? a-t-elle murmuré, en terminant sa prière.

En remettant les pieds à l'extérieur, les filles ont eu l'impression d'être deux poulets BBQ mis sur le gril. Elles regrettaient un peu de ne pas avoir passé l'après-midi au frais, dans le Louvre, à faire la queue pour voir la Joconde.

Hormis la chaleur insupportable, Paris restait Paris. C'est-à-dire un musée à ciel ouvert et une ville qui méritait son titre de l'une des plus belles du monde.

En ignorant la Conciergerie, de l'autre côté de la rue, où Marie-Antoinette avait vécu ses derniers moments avant de perdre la tête, elles ont contourné la cathédrale et ont poursuivi leur route vers le pont Saint-Louis, menant vers l'île du même nom.

— Je ne sais pas pour toi, mais j'ai l'impression de vivre dans une carte postale.

— C'est bien beau, les romances. Là, il faudrait qu'on se parle des vraies affaires ! As-tu pensé à annoncer ta grossesse à M. Jobin ? Ce n'est pas une chose qui se dit à la dernière minute. Il va falloir qu'il planifie ton absence. De toute façon, te connaissant, ce ne sera pas long que ça va paraître !

Si elle voulait tenir sa parole et rendre ce voyage mémorable, Louise devait éviter de donner son opinion sur certains sujets ! Pour l'instant, Yolanda avait surtout envie de profiter du moment présent, sans trop regarder loin devant.

— Il faudrait, d'abord, que le père de l'enfant soit mis au courant et, avant tout, que je sache si j'attends réellement un bébé…

— Tu es en retard de combien de temps, déjà ? a demandé Louise, sans éprouver la moindre gêne devant une telle indiscrétion.

— Peut-être cinq jours. Ou sept. Dix tout au plus…

— Pas besoin de s'appeler « Clearblue » ou « Première réponse » pour comprendre qu'on s'aligne vers un positif.

Des yeux, Yolanda s'est mise à chercher un groupe d'Allemands. Quand Louise s'amusait à jouer à la femme d'État, elle n'avait pas le temps de lui poser toutes sortes de questions auxquelles elle n'avait pas envie de réfléchir. Malheureusement, les autocars ne semblaient pas admis sur ce petit bout de terre.

En croisant le café Pain d'Épices, Yolanda s'est empressée d'y entrer. Il était passé seize heures, soit l'heure de la collation pour les Français. Après tout, s'arrêter pour prendre une bouchée était signe d'une bonne intégration! Et surtout, la bouche occupée à manger, Louise sentirait peut-être moins le besoin de parler.

Son tour venu, elle a commandé une glace au nougat et miel pour elle, une aux marrons glacés pour sa compagne, et s'est laissé tenter par quelques macarons à la framboise du présentoir.

— Oh mon Dieu, oh mon Dieu! Essaie ça en prenant une bouchée de crème glacée. Le mélange goûte le ciel! a décrété Yolanda, en croquant dans un macaron.

— C'est pas mal.

— Avoue que la texture est parfaite! M. Jobin devrait la compter parmi ses prochaines saveurs. Tu devrais la lui suggérer!

Les jambes flasques, Louise espérait surtout que Yolanda propose de rentrer à l'appartement en transport en commun. Se rappelant ses propos du matin, elle était beaucoup trop orgueilleuse pour le faire elle-même.

* * *

Se laissant badigeonner de calamine, Annabelle était reconnaissante à Dominique de prendre soin d'elle.

— Je ne sais pas comment te remercier, a-t-elle déclaré, avant d'enfoncer la cuillère à soupe dans le pot de crème glacée que son ancienne collègue lui avait acheté.

— Si la situation était inversée, je suis certaine que tu ferais pareil pour ta tante, pour Yolanda ou même pour moi, a dit Dominique par simple humilité.

La bouche pleine et le cœur plus léger, Annabelle ne s'est pas gênée pour dévoiler la vérité.

— Je ne pense pas, a-t-elle répondu, en replongeant son ustensile dans la glace au litchi et gingembre. J'ai le dédain de mes propres boutons. Je me vois mal toucher ceux d'un autre.

On pouvait dire qu'Annabelle avait le mérite d'être honnête. Parfois même un peu trop.

— Lorsque tu auras siphonné la morve de tes enfants à la paille, tu n'auras plus le dédain de simples petits boutons purulents.

— Je n'en serai jamais capable, a grimacé Annabelle. Quand mes enfants auront le nez plein, je vais te les envoyer par avion.

Au mot « avion », le sang de Dominique a fait un tour. La voyageuse était déjà à la mi-parcours. Sans le vouloir, son cerveau a rapidement remis le compteur à jour, et une boule d'anxiété s'est installée dans sa poitrine.

— J'ai une petite bouffée de chaleur, a-t-elle dit, en s'éventant avec sa main.

En allant se faire couler un grand verre d'eau, elle a ressorti le pot d'anxiolytiques et a avalé l'autre moitié du cachet déjà coupé. Distribuées par Yolanda, les petites pilules n'étaient pas perçues par Dominique comme des médicaments, mais plutôt comme des Tic Tac aux pouvoirs magiques.

6 juillet - Ce n'est pas fini !

Alors que Yolanda et Dominique avaient regagné leur hôtel pour la nuit, Louise était restée auprès d'Annabelle. Après tout, c'était à elle que revenait la tâche d'en prendre soin.

Écrasée par un restant de fièvre, la jeune femme s'était installée en fœtus sur son futon, mis en position de canapé pour la circonstance, et avait déposé sa tête sur la cuisse de sa tante. Lorsqu'elle était malade, elle aimait bien se faire réconforter comme une enfant de cinq ans.

Vu son état, elle était plus que ravie d'avoir de la visite. De tous les membres de sa famille et de son groupe d'amis, Louise était la première à débourser quelques centaines de dollars pour venir la voir.

Enfin, elle et la tour Eiffel !

Comme les deux femmes étaient sans véritable source de distraction, le moment était propice aux conversations à cœur ouvert et aux confidences. C'est à croire que partager le même tube de déodorant augmente rapidement le niveau de complicité.

— Tu ne trouves pas le temps trop long depuis que mononcle est mort ?

— Je réapprends à prendre soin de moi, à faire des activités qui me plaisent et à écouter des émissions et des films à mon goût.

La réponse a fait sourire Annabelle.

— Tu n'aimais pas son choix de films ? C'est vrai qu'un porno de temps à autre pour s'exciter est une chose, mais en écouter à longueur de journée en laissant croire que c'est du sport en est une autre.

Devant autant de franchise, Louise est demeurée bouche bée. Elle ne percevait plus de fossé entre sa génération et celle de sa nièce, mais un océan. Jamais dans son temps elle n'aurait…

— Comment tu sais ça ?

Pour l'heure, elle se foutait des différences entre les conventions sociales d'hier et celles d'aujourd'hui ! Peut-être que si Jacques avait eu d'autres sujets de conversation pendant les réunions de famille, son goût très marqué pour le porno serait davantage passé inaperçu !

À cette vérité, Louise ne pouvait qu'acquiescer, sans toutefois avoir envie d'en discuter longuement.

— Veux-tu, fille, on va enterrer les obsessions de ton oncle avec lui.

Annabelle ne savait pas quoi ajouter de plus sur le sujet, sinon…

— Tu sais, matante, même s'il y a plein de monde qui va te juger, tu as le droit de vouloir refaire ta vie !

Les jugements ne faisaient pas peur à Louise, quoiqu'un peu. Autrement, elle n'aurait pas entrepris sa transformation avec autant de discrétion.

— Tu sais, à mon âge…

— Matante, à ton âge comme au mien, on a juste une vie à vivre !

Le silence s'était réinstallé dans l'appartement. Alors que Louise feuilletait d'une main un guide touristique et jouait, de l'autre, dans les cheveux de sa nièce, Annabelle a laissé couler des larmes sur sa cuisse.

— Arrête de pleurer, fille. Avec ta fièvre et la chaleur qu'il fait, tu vas te déshydrater dans le temps de le dire ! a-t-elle déclaré après s'être aperçue que ce n'était pas des gouttes de sueur qui lui tombaient dessus, mais bien des larmes de crocodile. Dans quelques jours, les boutons auront disparu. Et comme dirait ta grand-mère, tu ne t'en souviendras plus le jour de tes noces.

Cette dernière affirmation était plutôt une évidence puisque la jeune femme ne voyait pas l'intérêt de se marier un jour.

Depuis l'arrivée de ses anciennes collègues de chez Jobin crèmes glacées, Annabelle éprouvait un étrange mal du pays, d'autant plus qu'elle n'avait à peu près pas de chance d'y retourner avant la fin de son contrat de deux ans avec le cabaret. Et ce fichu virus n'aidait en rien sa peine.

— Même si ma vie ici est extraordinaire, je suis juste contente que tu sois là, s'est justifiée Annabelle, en enjolivant un peu les apparences.

C'était au tour de Louise d'être près de verser une larme. Il y avait tellement longtemps que quelqu'un l'avait fait sentir aussi importante et appréciée.

Par contre, les fleurs n'allaient pas tout à fait lui faire avaler le manque de recul d'Annabelle.

« Extraordinaire » ? Louise n'avait qu'à jeter un regard autour pour trouver que sa nièce poussait un peu trop fort le superlatif. Bien qu'elle ait déjà vu neiger, elle n'allait pas mettre des mots dans la bouche d'Annabelle contre son gré. Il fallait croire qu'une femme dans la cinquantaine ne recherchait pas nécessairement la même chose qu'une jeune dans la vingtaine. Quoique, avec du recul, peut-être qu'elle n'aurait pas détesté tenter l'expérience, trente ans plus tôt, d'une vie outre-mer, plutôt que de prendre mari et de partir en famille, sachant maintenant la suite.

En tant que tante gâteau, elle a cherché à apaiser sa peine aigre-douce :

— Est-ce qu'il y a quelque chose que je pourrais faire pour te remonter le moral ?

Un enfant en bas âge aurait certainement saisi l'occasion d'aller voir les hamsters dans une animalerie, dans l'espoir de repartir avec un animal de compagnie.

Sans mentionner que Dominique lui avait acheté deux litres de crème glacée dans la journée et qu'elle était déjà passée au travers, Annabelle en a redemandé.

— Tu es certaine que le Häagen-Dazs du coin sera encore ouvert ?

— Tu ferais peut-être mieux d'aller à celui sur les Champs, a-t-elle analysé, en essuyant ses joues et en reprenant le contrôle de son émotivité.

— Pas celui à l'autre bout ! a critiqué Louise.

— Il me semble que quelque chose de froid me ferait du bien, autant pour le moral que pour faire disparaître mon restant de fièvre.

Louise était piégée.

Difficile de refuser une telle demande.

Après tout, manger ses émotions avec un gros bol de crème glacée était une technique fréquemment pratiquée dans la famille.

— Quelle sorte ? a-t-elle demandé, en enfilant ses sandales.

— Litchi et gingembre ! a répondu Annabelle, avant d'ajouter : et pour le deuxième litre…

Tant qu'à envoyer sa tante à deux kilomètres de son immeuble, aussi bien la faire déplacer pour la peine.

— Je te laisse choisir la saveur.

Avant que Louise referme la porte, Annabelle a dit :

— Tu es la meilleure matante au monde ! Je t'aime.

Devant une telle démonstration d'affection, Louise aurait été prête à marcher un kilomètre de plus !

Pendant son absence, Annabelle en a profité pour mettre à jour son compte Twitter. Sous un autoportrait laissant transparaître ses yeux humides, elle a commenté :

« Petites larmes de reconnaissance. Ma vie est trop belle. »

Avec un joli filtre, on n'y voyait que du feu !

* * *

À vingt-deux heures trente, Louise n'avait plus tellement envie d'être la chancelière pour les touristes allemands croisés sur le chemin de la crémerie. Elle s'était donc empressée de faire sa course pour revenir rapidement à l'appartement.

En fouillant dans la seule armoire de la cuisine qui se voulait plus petite qu'une reproduction Fisher Price, elle avait trouvé un bol et en cherchait maintenant un deuxième.

— Sers-toi, matante. Moi, je vais manger à même le contenant.

Sur ces paroles pleines de sagesse, Louise s'est pris une modeste portion.

Après tout, c'était sa deuxième glace de la journée.

Quant à Annabelle, elle pigeait dans le pot de glace avec la même énergie que Noémie, à Saguenay, qui faisait descendre, au même moment, sa première peine d'amour avec un contenant de pacanes et caramel ; que Jenna, à Stockholm, qui essayait d'accepter l'annonce des fiançailles de son ex avec une orgie de crème glacée au pain d'épices ; et que Lucy, à Le Cap, qui digérait sa première chicane de couple avec un bol de glace à la saveur d'Amarula.

Le nom exotique de la marque de crème glacée donnait l'impression de manger du raffinement et faisait oublier à qui s'en approchait qu'il avalait des cuillérées de pure crème.

En trempant de temps à autre sa cuillère dans son bol, Louise fixait sa nièce avec envie.

— Je suis chanceuse, j'ai le métabolisme rapide, a dit Annabelle, pour se justifier et se déculpabiliser devant l'excès.

— Profites-en ! C'est le genre de chose qui ne dure pas !

Si Louise avait pu deviner la véritable détresse dans le cœur de sa nièce, c'est plutôt avec pitié qu'elle l'aurait regardée manger ses émotions.

7 juillet

Après plusieurs semaines à subir les grandes chaleurs estivales d'un côté comme de l'autre de l'Atlantique, les filles auraient pu finir par s'y adapter.

Eh bien non !

Leur niveau de chialage, en ligne ascendante, faisait mentir le mythe entourant la capacité de l'humain à s'adapter à son environnement !

Ce n'est pas que Louise n'appréciait pas l'Europe, mais elle commençait à s'ennuyer de son air conditionné, au point de penser à lui rapporter un souvenir de ses vacances. S'endormir sur un futon avec un *ice pack*, sous les aisselles ou entre les jambes, ne procurait pas le même confort que dormir dans un grand lit, à la fraîcheur d'un système de climatisation et de la brise d'un ventilateur de plafond.

Et qui dit chaleur d'été dit aussi taux d'humidité tropicale.

Pour Dominique, cette combinaison lui donnait une coiffure royale comme aimait se moquer son fils Édouard. À son âge, il n'aurait, normalement, jamais dû connaître le film *Le journal d'une princesse*, et ainsi faire le parallèle entre le *look* capillaire d'Anne Hathaway au début du film et celui de sa mère en période d'humidex élevé. Parfois, Dominique regrettait d'avoir bâti l'éducation cinématographique de ses enfants avec des films dénichés dans les ventes-débarras et les présentoirs de liquidation chez Zellers, au temps où la bannière existait encore. Malheureusement pour elle, il était trop tard pour revenir en arrière.

Pour le moment, elle avait beau se battre avec sa brosse et le séchoir, il n'y avait rien à faire. Ses cheveux ne coopéraient pas !

Elle a lâché prise. Après tout, elle n'avait pas toute la journée à perdre à vouloir les discipliner à tout prix. Les soldes l'attendaient !

Quant à Yolanda, elle n'en faisait pas de cas. Elle pouvait toujours cacher sa crinière sous son chapeau.

En quelques jours, elles étaient devenues à l'aise dans la ville et y avaient développé des habitudes.

En sortant de l'hôtel, elles avaient pris la direction de la boulangerie. Même serveuse et même commande n'étaient cependant pas le gage d'un sourire dans cet établissement, où le service faisait dans le volume plutôt que dans la convivialité.

Peu importe, la qualité, elle, était toujours au rendez-vous.

Devant leurs viennoiseries et leur café au lait de soya, Dominique et Yolanda regardaient les Français se presser au travail avec l'air pète-cul de vacancières qui ne sont pas attendues.

— Calvaire qu'il fait chaud ! a soupiré Yolanda, en tirant sans aucune subtilité sur le cerceau de son soutien-gorge.

— Toujours rien ? a demandé Dominique.

— Si tu savais comment j'ai hâte de tacher mes bermudas. Ce n'est pas pour rien que j'ai mis ma paire de blanches.

— Ce serait une nouvelle si terrible ?

Il est vrai que Yolanda avait déjà fait part de son désir d'avoir un jour un bébé. Par contre, l'idée la réconfortait de remettre le projet à plus tard. Et ce, même si les aiguilles de son horloge biologique se rapprochaient tranquillement de minuit, l'heure limite.

— Comment tu as su que tu voulais que Patrick soit le père de tes enfants ? As-tu eu une illumination un soir, en te disant : « C'est lui le bon » ? Et ne me dis pas que tu l'as senti dès l'instant où tu l'as vu ! Vous vous êtes connus à la maternelle !

La réplique a bien fait rire Dominique. La réalité est qu'elle ne s'était jamais posé cette question.

— Es-tu en train de me dire que tu veux des enfants, mais que tu ne sais pas si tu les veux avec ton *chum* ?

— Genre…

La conversation prenait une tournure très personnelle, et seules les bonnes amies étaient invitées à y participer. Dominique savait que c'était le type de discussion qui pouvait s'éterniser jusqu'à l'heure du dîner, et facilement au-delà de celle de la collation de seize heures.

Pendant un instant, les deux femmes se sont regardées dans les yeux.

Voyant sa compagne prendre ses aises autour de la table du café, Dominique a répondu :

— Ça ne me vient pas. Il faudrait que j'y pense…

En temps normal, la mère de famille aurait joué, avec plaisir, à la psychologue et aurait entamé une analyse exhaustive de la question, sans toutefois exiger des frais d'honoraires. Pour l'heure, elle n'arrivait pas à aligner des pensées cohérentes sur le sujet. Et elle n'avait tout simplement pas envie de se forcer.

Toutes ses cellules cérébrales focalisaient sur une chose : les soldes qui l'attendaient.

La thérapie pouvait être remise à plus tard. De toute façon, si Yolanda était enceinte, elle allait l'être encore à la fermeture des magasins.

— Ce n'est pas toi qui voulais visiter le Palais Garnier ? a demandé Dominique, en faussant les pistes sur ses motivations secrètes.

— Le Palais Garnier ?

Sans le savoir encore, Yolanda allait découvrir qu'une de leurs journées de vacances dans la capitale française allait être consacrée au magasinage. Enfin, toute la journée !

Quant à Dominique, elle ne pouvait être plus prête. Plus tôt, alors que sa colocataire était sous la douche, elle avait profité de ce petit moment d'intimité pour astiquer sa carte platine en vue de la faire parader.

Yolanda n'a pas eu le temps de donner son opinion sur l'itinéraire qu'elles allaient suivre ou de prendre une dernière gorgée de café que, déjà, Dominique ouvrait la marche en direction du métro Blanche. De la boulangerie Paul du dix-huitième arrondissement aux Galeries Lafayette du boulevard Haussmann dans le neuvième arrondissement, la distance à parcourir se faisait très bien à pied. Dominique n'avait pas le temps d'inhaler de grandes bouffées de diesel en flânant comme une touriste dans les rues si elle voulait entendre la clé déverrouiller les portes du magasin dès leur ouverture. Avec ses trois bâtiments et ses quelque soixante-dix mille pieds carrés, les galeries lui promettaient une détente digne d'une anesthésie générale ou d'une montée jusqu'au nirvana.

En chemin, Yolanda a posé une autre question délicate :

— Tu ne trouves pas que j'ai un petit ventre qui se dessine ?

— J'avais cru remarquer, mais je me suis retenue pour t'en parler, a répondu en toute honnêteté son amie.

— Et moi qui viens tout juste de renouveler le contenu de ma garde-robe ! Je ne pourrai plus rien porter d'ici quelques semaines.

Grossesse ou pas, au nombre de pâtisseries et de glaces qu'elle ingurgitait en une journée, elle allait pousser ses vêtements à la limite de leur élasticité dans quelques jours. Son métabolisme étant rancunier, il n'avait pas oublié sa semaine de régime liquide. Maintenant, il faisait des réserves!

* * *

Dans le seizième arrondissement, Louise avait décidé de consacrer sa journée à sa nièce. Après tout, c'était un peu pour cela qu'elle s'était déplacée! Faute de pouvoir fouiller dans le réfrigérateur de Kevin, elle se permettait ce petit plaisir dans celui d'Annabelle.

À l'exception d'un vieux morceau de fromage, à quelques jours de pouvoir faire ses premiers pas, de quelques contenants de yogourt nature, ou plutôt yaourt, tel qu'il était écrit sur l'emballage, et d'une bouteille de Fanta à l'orange, le frigo était vide.

— C'est quand, la dernière fois que tu as fait le marché? Là, tu n'as même pas de quoi te faire un *grilled cheese* qui a de l'allure! Si une tempête de neige t'empêchait de sortir pendant deux jours, tu mourrais de faim.

— J'en prendrais bien une en ce moment!

Louise n'avait pas besoin de la remarque de sa nièce pour réaliser l'absurdité de son commentaire.

— Dis-moi où est l'épicerie la plus près. Je ne peux pas retourner à Montréal en laissant ton frigo dans cet état.

Maman un jour, maman toujours. Louise avait depuis longtemps adopté sa nièce mentalement.

Après lui avoir donné les indications menant au Monoprix, équivalent français du supermarché IGA de quartier, Annabelle y est allée d'une petite demande : faire à nouveau un saut à la crémerie.

Avant même l'heure du dîner, les contenants de crème glacée achetés la veille reposaient déjà vides dans le sac à ordures.

De temps à autre, il n'y a pas de mal à manger des céréales ramollies dans un fond de crème. Par contre, les diététistes diront qu'il vaut mieux ne pas en faire une habitude !

— Tu as des goûts dispendieux, fille ! Tu ne pourrais pas te contenter d'une marque maison ?

— Tu veux vraiment me faire manger des matières laitières modifiées ? a répondu Annabelle, en devenant soudainement mauvaise.

Louise devait reconnaître que sa nièce était allée à la bonne école. Tu peux retirer la fille du *payroll* de Jobin crèmes glacées, mais tu ne pourras jamais lui faire avaler n'importe quoi !

Cependant, en tant qu'adjointe administrative d'une laiterie, Louise aurait dû reconnaître les balbutiements d'une accro. Peut-être qu'au fond elle en ignorait volontairement les signes en se mettant des œillères !

Après tout, elle en avait croisé plus d'un au bureau depuis le début de sa carrière. Lorsque l'obsession incitait les dépendants à postuler pour un emploi inférieur à leurs compétences simplement pour avoir accès à leur «drogue» à prix réduit, il y avait un problème.

Malheureusement, personne n'était à l'abri. Il suffisait parfois d'une seule bouchée d'une saveur particulière pour que les papilles gustatives en deviennent obsédées.

Les signes d'une telle dépendance étaient habituellement faciles à déceler. Les pupilles du drogué se dilataient de bouchée en bouchée. Lorsqu'elle était en manque, la personne présentait des sautes d'humeur passant de la tristesse à l'agressivité très rapidement. Force était de croire qu'en peu de temps Annabelle s'était fait prendre dans cet engrenage… qui risquait, tôt ou tard, de laisser des séquelles autour de ses hanches. En attendant sa prochaine dose, elle supportait son manque en se grattant les vésicules séchées.

Badigeonnée de calamine de la tête aux pieds, la jeune femme ressemblait à une belle grande *paparmane,* le petit goût de menthe en moins.

* * *

En entrant par la porte principale des Galeries Lafayette Haussmann, les deux voyageuses ont été attirées par le design art nouveau du bâtiment. Subjuguées par la splendeur de l'architecture, elles ont admiré l'imposant escalier, inspiré du Palais Garnier, menant vers le premier niveau, puis les ferronneries des multiples balcons des sept étages et, ultimement, ont posé leurs yeux sur la coupole et ses vitraux de style néo-byzantin ornant le plafond haut de plusieurs mètres. Évidemment, pour trouver les qualificatifs appropriés pour décrire un endroit aussi riche et raffiné, elles ont eu besoin de feuilleter leur guide touristique. À l'évidence, elles étaient à des lieues du design architectural du Winners du Quartier DIX30 et encore davantage de la Place Longueuil.

Ébahie, Dominique avait juste hâte qu'une vendeuse lui propose une carte de fidélité.

Tout comme au La Baie du Centre Eaton, certaines choses ne changent pas d'un grand magasin à l'autre. Le mélange d'odeur de parfums de la section beauté devenait rapidement irritant. Sans traîner davantage dans le hall d'entrée, les femmes sont montées au premier étage.

Tel un enfant lâché lousse dans un magasin de bonbons, Dominique était prise d'une véritable frénésie. Yolanda, pour sa part, gardait une attitude plus posée. Malgré les démarques, son budget ne lui permettait que de magasiner avec les yeux.

Un petit foulard à quarante pour cent de rabais et une montre à vingt-cinq pour cent de rabais achetés au premier étage, Dominique, avide de tout, aurait sans doute été un peu plus raisonnable si la caissière ne lui avait pas parlé de la détaxe offerte pour les touristes provenant de l'extérieur de l'Union européenne:

— Oui! Oui! Oui! Ça s'applique à moi! a presque crié Dominique, en apprenant qu'elle pouvait aller chercher un retour de douze pour cent supplémentaire sur tous ses achats faits dans la journée.

La vendeuse aurait pu tirer un coup de fusil pour annoncer le départ d'une course que notre acheteuse compulsive ne se serait pas ruée plus rapidement vers les autres rayons. Même sans carte privilège, elle se sentait soudainement munie d'un passeport VIT, c'est-à-dire *Very Important Tourist*.

Un jeans Kenzo à trente pour cent de réduction plus tard, suivi de quelques chemises Esprit à cinquante pour cent et de trois robes Kate Spade à vingt pour cent, Dominique était prête a attaqué l'étage des vêtements pour enfants, sa section favorite.

Les bras chargés, elle a donné ses paquets à Yolanda avant de se lancer corps et âme dans la section Petit bateau, où tous les produits étaient offerts à la moitié du prix initial.

Avec sa minuscule valise de voyage, Yolanda s'interrogeait pour savoir comment son amie allait rapporter tous ses achats au pays.

— Ça revient à soixante-deux pour cent de rabais!

— Qu'est-ce que tu vas faire si c'est trop petit? a demandé Yolanda en toute légitimité.

—J'achète pour Maxence. Si ça ne fait pas, ce sera pour Édouard. Sinon, ce sera pour Simon!

La stratégie de Dominique semblait tout de même avoir du sens.

— Et les petites robes pour Lili?

Les yeux ronds comme des billes, Dominique a répondu:

— Je te les donnerai!

Pendant un instant, Yolanda a cru que sa compagne était possédée!

— J'ai repensé à ta question de ce matin. Et, à dire vrai, j'ai eu des doutes à chacune de mes grossesses. Je me suis demandé ce que je ferais si je devenais monoparentale avec un enfant de plus sur les bras.

— Ben voyons, a répondu Yolanda, surprise par cette confidence.

— Il ne faut pas se mettre la tête dans le sable. De nos jours, un couple sur deux divorce.

C'était bien vrai! Quoique faire l'autruche était pour Yolanda l'une de ses méthodes préférées lorsque venait le temps de prendre une importante décision. À force de s'enfouir la tête dans le sable, il y a un danger que des grains finissent par migrer jusqu'au cerveau!

— Je ne te dirai pas combien de fois j'y ai pensé pendant que j'attendais Lili, a enchaîné Dominique. Et maintenant qu'elle est là, je ne sais toujours pas ce que je ferais si je devenais monoparentale. Chose certaine, je me débrouillerais. Par contre, si on m'enlevait ma Lili ou n'importe lequel de mes enfants, le monde s'écroulerait!

C'étaient les paroles les plus réconfortantes que Yolanda n'avait pas entendues depuis très longtemps.

— Prête pour découvrir le rayon maison ?

Pas tout à fait, mais elle n'avait d'autre choix que de suivre son amie.

* * *

— J'adore votre accent, a déclaré le jeune emballeur, en tendant les sacs d'épicerie à Louise.

À cette flatterie, elle a esquissé un sourire. Elle n'était pas habituée à se faire complimenter par des hommes plus jeunes, ou même par des hommes tout court.

Lorsque les occasions se présentaient, elle s'assurait de les saisir. Et un peu plus !

Une fois la porte du Monoprix franchie, elle a fait demi-tour pour retourner à l'intérieur.

En parcourant les allées, elle trouverait bien un produit à acheter pour repasser à la même caisse.

* * *

Pour la première fois depuis le début du voyage, Yolanda sentait une légère irritation à l'idée de passer autant de temps dans les grands magasins, alors qu'elle pourrait partir à la découverte de la ville et de ses délices cachés. Pendant que Dominique se laissait guider dans la section cuisine au gré des affiches indiquant des démarques toutes plus intéressantes les unes que les autres, Yolanda espérait que sa compagne ait assez de retenue pour ne pas se procurer un appareil électrique qui nécessiterait par la suite une visite au rayon de l'électronique pour le rendre fonctionnel de l'autre côté de l'Atlantique. Il peut être lourd de voyager entre copines !

En zieutant la vaisselle, Dominique s'est arrêtée devant le présentoir des petites tasses aux allures de verre en carton froissé.

— Madame connaît les articles de cuisine Revol ? a demandé la vendeuse, d'un ton quelque peu complaisant.

Pas encore, mais ça ne saurait tarder.

— Chaque pièce de porcelaine est faite à partir de matériaux de première qualité et est retouchée à la main par des artisans d'exception. À vingt pour cent de réduction, c'est plus qu'une aubaine. Ce sont des articles très rarement réduits.

Aubaine et exception, Dominique était comblée.

En moins de temps que certains n'en mettent pour choisir un paquet de gomme, elle avait déposé dans son panier une douzaine de tasses à expresso.

Et ça, c'était avant d'apercevoir les gobelets peints tels des marinières et ceux à l'effigie d'emblèmes typiquement français. En voyant son amie se diriger vers la caisse, Yolanda n'a pu s'empêcher de lui faire un commentaire :

— Est-ce que tu songes à t'ouvrir un café ?

Dominique a sciemment fait fi de l'ironie. Il était hors de question qu'elle laisse passer une telle occasion !

— Tu me fais penser : je devrais prendre aussi les tasses pour l'allongé.

N'ayant plus de place dans les bras pour ajouter un nouveau paquet, Dominique n'a eu d'autre choix que de mettre fin à sa séance de *shopping*. Un arrêt à l'hôtel s'imposait.

En les voyant s'approcher fermement du wagon bondé, les passagers soupiraient à l'idée de se tasser encore plus comme des harengs marinés pour laisser entrer deux touristes surchargées. Finir un marathon de magasinage en pleine heure de pointe n'était pas la meilleure idée qui soit. Malgré tout, les travailleurs se sont entassés en reconnaissant qu'au nombre de sacs Dominique allait sûrement faire augmenter la valeur du PIB de la France de un pour cent au prochain trimestre. Dans la conjoncture économique actuelle, c'était non négligeable !

Les achats en sécurité, les filles ont repris leur route vers le « garde-robe » d'Annabelle. En chemin, elles ont fait une halte dans un petit *take out* asiatique pour acheter le souper. Dominique aurait aimé quelque chose d'un peu plus raffiné. Puisque c'était Yolanda qui offrait le repas, elle s'est abstenue de toute critique. De toute façon, elle n'avait pas tellement matière à le faire, car, après vérification, l'endroit était propre jusque dans les toilettes.

La vie faisait bien les choses, le commerce d'à côté était un détaillant de vin et spiritueux.

En laissant son amie patienter sur le trottoir sous prétexte qu'elle allait faire vite, Yolanda est rentrée, a empoigné une bouteille de champagne rosé de la Maison Besserat de Bellefon et l'a aussitôt reposée en découvrant son prix. Pour éviter de soulever chaque bouteille afin d'en trouver une qui plairait à son budget, elle s'est plutôt avancée vers le conseiller :

— Je cherche…

Craignant que Dominique se décide à entrer avant qu'elle soit passée à la caisse et qu'elle la prenne pour une radine, Yolanda est allée droit au but :

— … votre blanc le moins cher.

— Et c'est pour déguster avec ?

Chez Nicolas, les employés étaient manifestement des professionnels. Un conseiller de la SAQ lui aurait demandé si c'était pour faire une sauce.

À moins de quatre euros la bouteille, les propositions tombaient dans les goûts de l'acheteuse. À ce prix-là, elle pouvait même se permettre d'en prendre deux !

Pour leur pique-nique improvisé, les quatre femmes ont étalé la nappe sur le plancher du studio d'Annabelle.

Côté boisson, Yolanda était satisfaite de ses achats, jusqu'à ce que vienne le temps de les déguster.

— Il est acidulé, a grimacé Dominique après sa première gorgée.

— Fille, tu es sûre qu'il n'a pas viré ?

Yolanda n'osait pas les contredire. Sans attendre de terminer la première bouteille, elle a ouvert la deuxième.

— Je n'ai jamais bu quelque chose d'aussi mauvais, a dit Annabelle.

— À vous entendre, on croirait que j'ai acheté de la piquette.

Elle n'avait jamais aussi bien dit !

En revenant de la cuisine avec le litre de Fanta à l'orange, Louise avait trouvé une bonne façon de ne rien gaspiller :

— Sangria ?

Elles étaient toutes volontaires pour essayer le petit cocktail. Et ce, même Yolanda !

— Je ne suis pas certaine que ce soit bon pour ton bébé, fille, a jugé tout haut Louise.

— Juste un peu… ça ne le tuera pas. Hein ?

Même si elle avait assez de jugeote pour lire entre les lignes très grassement marquées, Annabelle a regardé ses amies à la recherche d'une explication.

— Je ne savais pas que tu voulais un enfant, a-t-elle déclaré.

— Moi non plus, a seulement répondu la principale intéressée.

La Parisienne d'adoption ne s'est pas gênée pour montrer son incompréhension.

— Tu utilises quoi, comme méthode de contraception, pour que j'apprenne de tes erreurs ?

— Je compte les jours sur le calendrier… quand j'y pense…

Elle aurait pu lui annoncer que, pour prévenir les grossesses, elle crachait trois fois dans la bouche des grenouilles comme le faisaient les femmes au Moyen Âge, ou qu'elle s'insérait de la merde de crocodile dans le vagin comme les Égyptiennes trois mille ans avant Jésus-Christ, Annabelle n'aurait pas été moins impressionnée.

— Tu ne prends pas la pilule ?

— Yark, ça fait bien trop engraisser ! a clamé Yolanda, en ne faisant qu'une bouchée de son rouleau impérial.

— Alors c'est officiel. Tu vas finir ta vie à l'usine ! a conclu la plus jeune du quatuor. J'imagine que ça aurait pu être pire.

Avec son commentaire grinçant, elle n'avait pas seulement tiré dans une direction. Les trois filles s'étaient senties dénigrées.

Sur ce, Dominique et Yolanda ont pris une bonne gorgée de « sangria » pour étouffer tout commentaire. Elles savaient très bien que Louise allait s'en charger allègrement.

— Qu'est-ce que tu veux dire par là, fille ? Si j'étais toi, je ne cracherais pas trop vite sur Jobin crèmes glacées. Un jour, tu vas peut-être prier pour te trouver à nouveau sur sa liste de paye.

Soudainement, Yolanda s'est mise à la fixer intensément.

— Annabelle, j'ai l'impression que tu as enflé.

Sans avoir nécessairement cherché à lui lancer une flèche, Yolanda était consciente que sa remarque pouvait sembler un peu vache. Ce n'était pas son intention.

— Je pense que c'est causé par la varicelle.

— Ou la chaleur et le smog. Je ressens la même chose depuis que je suis arrivée à Paris, a renchéri Yolanda.

— C'est sûrement ça, les filles, a conclu Louise, en échangeant un regard avec Dominique. Vous êtes comme l'asphalte. Vous prenez de l'expansion l'été.

8 juillet

— Il est hors de question que je reste enfermée dans mon appartement jusqu'à ce que le dernier bouton ait disparu !

— En plus d'être encore contagieuse, tu dois faire particulièrement attention au soleil, lui a rappelé Dominique.

— Ça tombe bien, a répliqué Annabelle. Il n'y en a pas dehors, il y a un mur de smog ! En débarquant ici, vous espériez que je vous fasse découvrir la ville du point de vue d'une « Parisienne », ou bien chaque centimètre de mon appartement ?

« Ça, c'est déjà fait ! » a pensé Louise. Depuis la veille, elle en était à l'analyser au millimètre près !

Tout compte fait, Annabelle n'allait pas être facile à garder cloîtrée chez elle.

Perplexes, les trois autres se sont regardées. Si elles ne parvenaient pas à la raisonner, elles ne pouvaient tout de même pas l'attacher à son futon. Le mobilier n'allait pas survivre à une petite rébellion.

— Qu'est-ce que je risque en sortant dehors, après tout ?

— De rester marquée ! ont-elles répondu en chœur.

— Vous exagérez ? a commenté Annabelle, sceptique.

— Ah non ! Ce n'est pas vrai qu'on va se culpabiliser si tu deviens défigurée ! a statué Louise.

Pour sortir, Annabelle a finalement accepté le déguisement qu'on lui imposait.

Vêtue d'un jogging blanc pleine longueur, d'un chandail à manches longues rehaussé d'un pardessus sport jaune à capuchon, de chaussettes blanches, de Converse rose et d'un foulard bleu aux motifs de petits éléphants assez long pour lui servir de niqab, elle était prête à affronter les rayons UVA et UVB. Pour une fois, elle était heureuse de ne pas avoir de miroir pleine grandeur pour se regarder. Quoique, côté *look*, on aurait très bien pu croire qu'elle adhérait à la nouvelle tendance *normcore*, une allure vestimentaire à l'aspect négligé, mais qui est au contraire savamment étudiée et qui ne se compare à aucun autre style vu auparavant.

Néanmoins, elle se trouvait bien loin des tenues légères qu'elle était habituée de porter sur scène. Elle avait beau se coller à son ventilateur sur pied, elle suffoquait. Ce n'était pas pour dire, mais même les adeptes d'hypersudation en auraient retiré une couche.

— Et pour tes mains, a ajouté Yolanda, en lui tendant des gants de vaisselle.

— Vous me niaisez ?

Elle l'a laissée douter un moment, avant de lui dire en riant :

— On voulait voir comment tu allais réagir !

Annabelle était soulagée. Rapidement, elle a empoigné son foulard avec l'intention de l'enlever. Cette fois, Yolanda l'a arrêtée et lui a dit sérieusement :

— Les gants de caoutchouc étaient une blague, mais le foulard n'en est pas une !

— Et tu vas aussi t'enduire le visage d'une bonne couche de crème solaire avant de sortir, a annoncé Dominique, en extirpant de son sac un tube de Coppertone SPF60 à la texture bien épaisse pour bébé.

Avec son masque blanc anti-coup de soleil, la jeune danseuse n'allait pas passer inaperçue !

Les têtes se retourneraient sur son passage, mais pas pour les raisons auxquelles elle était normalement habituée.

— Maintenant, tu nous emmènes où, fille ? On veut connaître le Paris des locaux !

Annabelle se demandait ce que sa tante insinuait par le «Paris des locaux». Elle voulait visiter les blanchisseurs populaires, des ateliers de cordonniers ou juste perdre sa journée à attendre en file pour rencontrer un fonctionnaire de la préfecture ? Sûrement pas !

D'emblée, elle allait les emmener loin des endroits où elle pourrait croiser une collègue de scène ou même sa vieille voisine asociale et son petit chien.

Les vêtements collés sur sa peau par la sueur, elle avait brièvement cru bon d'aller montrer les catacombes de près de six millions de Parisiens disposés dans une esthétique calculée.

Si cet ossuaire était rafraîchissant en raison de son emplacement souterrain, c'était sans doute un peu macabre et inapproprié d'imposer une telle visite à sa tante, sachant que le corps de son mari commençait à peine à se décomposer.

Puis elle a pensé faire découvrir à ses invitées le seul endroit où une parcelle de tous les habitants de la ville transite, riches comme pauvres, grincheux comme joviaux, libérés comme constipés. Enfin, ce dernier exemple n'en était pas un.

La visite du musée des Égouts s'était imposée d'elle-même. Il n'y avait rien de tel pour comprendre un peuple que d'en explorer les entrailles.

À cinq mètres sous terre, Annabelle se croyait à l'abri des regards. Malheureusement, elle était plutôt dans l'arène pour attirer les flashs de dizaines de touristes étrangers moqueurs et blasés par l'exposition. Grâce à quelques clics et partages plus tard, son accoutrement allait peut-être faire le tour du monde plus vite que le soleil. Somme toute, elle était prête à un peu d'autodérision pour passer un après-midi à l'air frais. Cependant, après une heure d'exploration, les quatre femmes avaient fait le tour des viscères de Paris et remontaient déjà à la surface.

Finalement, Annabelle aurait mieux fait de les emmener au musée d'Orsay, où la visite est beaucoup plus longue et peut s'étirer encore et encore devant chaque œuvre si la température intérieure est confortable. Si l'art et les impressionnistes n'étaient pas leur tasse de thé, Annabelle était prête à les conduire au musée de l'Armée, au musée Pasteur et même à traverser sur l'autre rive pour découvrir celui du Fumeur, pourvu que l'exposition soit climatisée.

— Là, fille, est-ce que tu peux nous emmener voir des vrais Français, et pas seulement des restants ?

— Sérieusement, matante, je ne sais pas ce que tu veux voir. Des Français, il y en a partout autour de nous.

— Oui, mais dans les films…

Les satanés films ! Annabelle venait de lui présenter le Paris de Jean Valjean, l'un des personnages principaux des *Misérables*. Visiblement, ce n'était pas assez.

Durant l'été, il n'y avait qu'un endroit où on pouvait voir de vrais Parisiens les jours de fin de semaine. Et c'était à la campagne, loin de la chaleur étouffante et des cohortes de touristes ! Pour satisfaire sa tante, elle se souvenait d'un site où les quelques habitants ayant manqué le dernier TGV pour la Picardie ou la Champagne-Ardenne pouvaient traîner. Elle a donc ouvert la marche vers le jardin du Luxembourg, histoire de profiter, elle aussi, d'un peu d'ombre.

— Est-ce que c'est encore loin ? s'est plainte Yolanda à peine cent mètres plus loin. J'ai les mollets en feu !

Ses nouvelles espadrilles avaient réussi à changer le mal de place!

— Si vous voulez, on peut aussi aller magasiner, a suggéré Dominique, en regardant tout autour à la recherche d'une boutique ou d'un centre commercial.

Sa proposition n'a pas été déclinée, seulement ignorée. De toute façon, l'acheteuse compulsive n'avait pas besoin de franchir la porte d'une boutique pour dépenser. Les vendeurs ambulants sur la promenade contournant la Seine étaient suffisamment habiles pour lui faire sortir quelques euros.

À tout moment, les filles devaient s'assurer qu'elle ne s'était pas encore accroché les pieds dans l'un de ces kiosques à souvenirs.

— Avez-vous vu la belle aquarelle de Notre-Dame de Paris? a-t-elle dit, en s'approchant d'un étal abondamment garni et, du même coup, de son vendeur. Ce sont des vraies?

Le jeune homme a hoché la tête. À la pile de copies prêtes à être vendues au premier passant, il était plus probable que ce soit l'œuvre d'une bonne imprimante plutôt que celle de ses pinceaux. Peu lui importait, pourvu qu'il conclue une transaction.

En attendant que Dominique revienne vers elles avec son paquet, Annabelle a voulu mieux connaître les attentes de Louise.

— Le plus simple serait de me dire à quel film tu penses…

— Si tu me montres n'importe quel endroit où Hugh Grant a tourné, je vais être contente, a répondu Louise avec un petit sourire coquin.

Pendant un instant, Annabelle a cru que sa tante lui faisait à nouveau une bonne blague.

Voyant qu'il n'en était rien, elle lui a doucement fait comprendre que, même en croisant chacun des douze millions d'habitants du Grand Paris, ce ne serait jamais exactement comme elle s'imaginait.

— Matante, tu sais que Hugh Grant est anglais ?

— Tu es certaine ?

Ce petit manquement à sa culture personnelle aurait certainement pu finir en un *running gag* amusant. Louise étant Louise, Annabelle n'a pas insisté. Il restait au groupe encore quelques jours à passer en sa compagnie, et elle souhaitait que ce soit des moments agréables, exempts de bougonneries. D'autant plus qu'elle comptait encore profiter de sa présence pour l'application de calamine dans les régions auxquelles seule une contorsionniste aurait pu accéder.

Louise étant difficile à contenter, Annabelle a eu besoin de réfléchir un moment pour dénicher l'endroit parfait où la diriger. Si Hugh Grant avait joué dans un film romantique, il y a deux endroits dans la capitale française où des scènes auraient obligatoirement été filmées : le pont des Arts et la librairie Shakespeare and Company.

Bien que la première idée d'Annabelle soit d'aller s'asseoir sous un arbre dans le jardin du Luxembourg, ces lieux gagnaient la palme en raison de leur proximité. Après tout, ils représentaient à eux deux les lieux cultes où s'étaient déroulées au moins cinquante pour cent des demandes en mariage entre voyageurs amoureux.

Découragée de voir Dominique revenir avec un nouvel achat, Yolanda a fait une tentative pour la ramener à la réalité.

— Tu ne trouves pas que tu exagères? a-t-elle jugé. Tu vas bientôt avoir besoin d'un conteneur pour rapporter tous tes achats à Montréal.

D'un regard, la consommatrice lui a fait comprendre que ce n'était pas son problème.

Elles avaient beau être de grandes amies, être ensemble continuellement pouvait faire surgir quelques petites tensions durant le voyage, et c'était normal. Il était par contre irréaliste qu'elles se soient crues, au départ, à l'abri de telles frictions.

Sous son costume de jeune femme pestiférée, Annabelle avait les glandes sudoripares qui fonctionnaient à plein régime. Elle aurait tout donné pour pouvoir enlever son foulard sur sa tête. Malheureusement, elle l'aurait remis aussitôt en apercevant son reflet dans les lunettes de soleil des individus marchant en sens inverse. Sous le fin tissu, sa coiffure s'était on ne peut plus aplatie. Sa veste en coton ouaté n'avait pas non plus que pour but de garder ses vésicules à l'abri du soleil et du regard d'autrui, elle contenait aussi ses odeurs corporelles.

Sur le pont des Arts, Annabelle a eu une illumination :

— Changement de plan, les filles, je vous emmène dans le lieu le plus insolite de Paris l'été : sa plage temporaire !

Bien que ce soit un endroit des plus touristiques, sa suggestion a fait l'unanimité !

D'autant plus que la plage se trouvait seulement sur l'autre rive, à quelques pas du pont piétonnier. Après une marche de plusieurs kilomètres, cette pause était bienvenue.

— Je ne comprends vraiment pas comment font les gens pour parcourir le chemin de Compostelle à pied, a marmonné Yolanda.

Si Yolanda n'en pouvait plus des pauses de magasinage de Dominique, cette dernière était excédée d'entendre la première se lamenter.

Sans perdre de temps à contempler la vue sur le Louvre d'un côté et la cathédrale Notre-Dame de l'autre, Annabelle a accéléré la cadence. Au loin, elle avait remarqué un parasol inoccupé et était bien décidée à aller s'y réfugier.

Évidemment, elle n'était pas la seule à avoir fait de cette oasis d'ombre sa cible.

Une famille de touristes espagnols l'avait aussi dans sa mire.

D'une petite tape dans le dos, l'aîné des enfants avait été envoyé en conquistador.

Crème glacée

Malgré son sprint, il était arrivé presque au même moment qu'Annabelle sous le parasol. Craignant de perdre son abri solaire, et sachant très bien que l'occasion de profiter d'un peu d'ombre ne se reproduira pas de sitôt, la jeune femme a remonté ses manches et lui a exhibé ses boutons. S'il voulait la place, le gamin allait devoir affronter le spectre de la maladie contagieuse.

— YARK ! a-t-il seulement crié, avant de retourner auprès de ses parents encore plus vite qu'il n'était arrivé.

Sans remords, elle s'est installée sur la chaise longue et a regardé avec satisfaction le jeune garçon mimer sa monstruosité à ses parents. L'envie de se reposer sur la plage urbaine venait de leur passer, à eux aussi.

Yolanda ne sait pas où ses mollets ont trouvé le jus nécessaire pour courir les quelques mètres qui la séparaient de l'autre chaise longue. L'espoir de reposer son gras de jambe endolori en dégustant une glace y était sûrement pour quelque chose dans ce regain d'énergie. Chose certaine, la mairie avait usé d'ingéniosité en étalant des tonnes de sable sur la voie Georges-Pompidou, en dressant des palmiers et en mettant à la disposition des visiteurs un vendeur de crème glacée.

À leur tour, Louise et Dominique sont venues les rejoindre. Sans attendre, l'aînée du groupe a offert la première tournée.

Pendant que les plus jeunes se la coulaient douce les deux pieds dans le sable, Louise perdait patience en faisant la file.

L'idée du glacier était très bonne, mais elle aurait été encore meilleure s'il y avait eu suffisamment de personnel pour répondre à la demande.

— Saint sicroche ! On va passer l'après-midi ici, a-t-elle murmuré à elle-même.

— Et tout ça pour pouvoir acheter de la crème glacée sur un bâtonnet au prix d'une boîte de douze, a ajouté l'homme, debout devant elle, en se retournant.

Pendant un instant, Louise a plongé ses yeux dans ceux de son « nouvel ami ». Avec son accent du Saguenay et sa mâchoire bien carrée, il avait un charme qu'elle ne pouvait ignorer. Sans s'en apercevoir, ses pupilles se sont dilatées. Envahie d'une chaleur encore plus intense que celle de l'air, Louise a senti une brise chaude se répandre de ses trompes de Fallope à son col de l'utérus. Sans injection de Botox, ses lèvres sont devenues pulpeuses. Toutes ses paires de lèvres !

Est-ce que c'est ce qu'on appelle un coup de foudre ?

Difficile à dire, puisqu'il y avait un bail qu'elle n'avait rien ressenti de tel.

Chose certaine, il y avait du désir sexuel dans la file d'attente.

— Vous êtes ici pour encore quelques jours ? a demandé l'homme avec un intérêt certain.

— Jusqu'à lundi, a répondu Louise.

— Je ne dois pas être le premier à vous dire que vous avez de très belles mains. Vous pourriez être mannequin.

« Dans les dents, Alexis Texas ! Je n'ai peut-être pas la vulve pour être une *porn star*, mais j'ai des mains pour faire vendre de la crème Aveeno », a pensé Louise.

C'était un peu particulier comme compliment, mais tout de même flatteur. S'il y avait un bon point à se faire conter fleurette, c'était le regain de confiance en soi qu'il distillait.

Cependant, Louise ne pouvait lui retourner le compliment. Ses doigts étaient aussi gros et gercés que des saucisses qui avaient passé la nuit à sécher à la chaleur d'un lave-vaisselle.

Soudainement, la file s'est mise à avancer trop rapidement à leur goût. Leur commande en main, ils savaient que leur échange prenait fin ici.

Sans se retourner, Louise a rejoint, béate, ses compagnes de voyage, avant que les desserts glacés lui coulent sur les doigts.

Sa nouvelle légèreté n'est pas passée inaperçue.

— Coudonc, matante, qu'est-ce qu'il t'arrive ? Tu as le teint d'une fille qui vient d'avoir un orgasme.

— Franchement, Annabelle, ça ne se dit pas ! a répondu Louise, avant de faire la distribution des prix.

— C'était qui, le monsieur ? a-t-elle ajouté.

— Personne, a répondu Louise, un sourire en coin.

Pour se rafraîchir, Annabelle et Yolanda avaient obtenu un magnum au chocolat blanc, et Dominique, une bouteille d'eau à température ambiante.

— Même si je sais que tu as plus que les moyens de te payer une visite dans chaque toilette publique payante de la ville, je ne voulais pas prendre le risque que tu manques de petit *change*.

Après tout, c'est la pensée qui compte !

Sans aucune discrétion, Annabelle avait l'œil sur « personne » tout en léchant sa collation. Le Saguenéen, lui, continuait d'observer intensément Louise.

— Matante, il n'arrête pas de te regarder ! Qu'est-ce que tu attends pour l'inviter à venir nous rejoindre ?

— Arrête-moi ça ! a-t-elle répondu, le sourire maintenant fendu jusqu'aux oreilles.

La chaleur avait de nouveau chatouillé le bas de son ventre.

— Ce ne serait pas plutôt à lui de faire les premiers pas ? a critiqué Dominique.

Découragée, Annabelle a remis les pendules à l'heure :

— Les filles, on n'est plus en 1932 ! Si un gars vous intéresse, il faut foncer !

Tout bien pesé, s'il y avait quelqu'un sur cette plage qui méritait de s'amuser un peu, c'était bien Louise.

À son tour, Yolanda s'est mise de la partie pour l'encourager à tenter sa chance.

Timidement, Louise s'est levée. Comme une adolescente, elle s'est avancée avant de se retourner vers ses copines pour avoir leur approbation. Sa confiance et son front de bœuf habituel semblaient lui faire faux bond.

— Je me sens mal. Vous êtes certaines que ce n'est pas un peu trop tôt ? a murmuré Dominique.

Annabelle et Yolanda n'allaient pas la laisser gâcher le *party*.

— Inquiète-toi pas, Jacques ne le saura pas ! a répondu Yolanda.

— Je ne comprends pas les femmes de ton âge, a analysé Annabelle. On a juste une vie à vivre !

— À ce sujet, a rappelé Dominique à sa patiente en sortant de son sac son tube de Coppertone, on n'a juste un visage aussi. Il serait temps que tu remettes une couche de crème.

Même en essayant de lire sur les lèvres des futurs amoureux, les copines ne parvenaient pas à suivre la discussion de leur poste d'observation. Soudainement, Louise a quitté son admirateur, puis est revenue sur ses pas.

— Vous ne m'en voudrez pas, les filles, si je vous laisse pour la soirée, a-t-elle annoncé, en attrapant son sac à main.

— Woooh, a déclaré Annabelle, en retenant sa tante quelques instants.

Ah non! il était hors de question qu'elle la laisse partir avec un inconnu sans d'abord lui faire passer un petit questionnaire. Considérant Paris comme sa ville, elle avait beau être la plus jeune du groupe, elle se sentait tout de même responsable de ses amies voyageuses pendant leur séjour.

— Est-ce qu'il t'a dit son nom? a demandé Annabelle, prête à taper la réponse dans le moteur de recherche Google pour en savoir davantage sur l'individu. Les hommes du Saguenay ont beau être reconnus comme des bons Jack, c'est important de savoir à qui on a affaire.

Les autres ne pouvaient qu'acquiescer.

— Il s'appelle Jean Tremblay et il m'invite à souper au Jules Verne.

— Le Jules Verne! Le restaurant qui est au deuxième étage de la tour Eiffel! a presque crié Annabelle, oubliant sa recherche. *Oh my God!* Tu viens de mettre la main sur le *jackpot*.

Pour avoir les moyens de payer la facture d'un tel restaurant, l'homme n'était pas un balayeur de rues. Par contre, il pouvait tout aussi bien être un maniaque. Canal D dit toujours que personne n'est à l'abri!

Habituée à manger dans les établissements étoilés du guide Michelin, Dominique ne se laissait pas aussi facilement impressionner.

— Yolanda, ton cellulaire, a-t-elle exigé avant de saisir l'appareil et de le tendre à Louise. S'il y a quoi que ce soit, tu appelles. Et si tu ne rentres pas dormir à l'appartement de ta nièce, tu appelles aussi !

— Appelle juste si personne ne répond à tes cris, a clarifié Yolanda. Les frais de couverture coûtent un bras avec mon forfait.

Dominique a lancé un regard à son amie, qui voulait visiblement dire : «À ce que je sache, tu n'as pas payé grand-chose jusqu'à maintenant.» Le message codé a mis de l'huile sur un feu déjà bien embrasé. Mais Dominique n'avait pas encore classé le dossier. La maman en elle n'étant jamais bien loin lorsqu'il était question de protéger ceux qu'elle aime, elle a ordonné :

— Avant de te laisser partir, je ne veux pas seulement savoir le nom de son hôtel, je veux aussi voir sa clé. S'il raconte des histoires, il ne pourra pas en inventer une.

Amusé, Jean est venu saluer le groupe.

— C'est laquelle, votre mère ? a-t-il demandé à Louise, en extirpant de son portefeuille sa carte magnétique de la chambre qu'il occupait au Mercure Paris Centre Tour Eiffel.

C'était noté.

Maintenant, Louise pouvait partir. Ses amies avaient l'esprit tranquille. Si elle ne réapparaissait pas d'ici quarante-huit heures, les filles savaient où commencer les recherches.

En regardant sa tante s'éloigner, Annabelle a dit à Yolanda :

— Je ne sais pas pour toi, mais j'en prendrais un deuxième.

Il est toujours moins culpabilisant d'être deux à enfiler les magnums de crème glacée que seul.

9 juillet

Alors que Louise vivait l'une des plus belles soirées, sinon l'une des plus belles nuits, depuis les vingt-cinq dernières années de sa vie, Yolanda méditait afin de se calmer les nerfs.

Étendue sur son lit avant de pouvoir se rafraîchir à son tour sous la douche, elle tempérait sa frustration en analysant tous les défauts du plafond de sa chambre d'hôtel. Après tout, personne n'était parfait !

Les travers de Dominique, pourtant risibles le temps d'un souper entre filles, se transformaient en véritables supplices chinois après six jours en sa compagnie.

Yolanda commençait à être convaincue que la peur de l'avion de son amie n'était qu'une excuse pour justifier son insatiable besoin d'acheter. Au fond, son anxiété maladive servait à camoufler son véritable problème de surconsommation.

Pour le moment, leur chambre d'hôtel ressemblait à un entrepôt d'import-export !

Même si Louise avait eu envie de revenir dormir à l'hôtel, son lit était déjà occupé par toute la collection printemps-été pour fillette, de la marque Petit Bateau. En jetant un œil autour d'elle, Yolanda n'avait qu'une seule question en tête : quand est-ce que sa collègue allait s'apercevoir qu'il était impossible d'acheter tout ce qui était en promotion dans Paris ?

Il aurait peut-être fallu que la femme de ménage lui en fasse la remarque en laissant un Post-it sur son oreiller. Et encore, Yolanda doutait que ce soit suffisant.

Malgré le fait qu'elle payait, en partie, la note pour l'hébergement, elle se sentait redevable pour tout le reste. Elle suivait donc Dominique au gré de ses envies et faisait passer ses besoins avant les siens.

Ce qui expliquait pourquoi son amie était toujours la première sous la douche, la première à se vider la vessie au réveil et la première à ouvrir la marche.

Il fallait bien différencier le payeur du profiteur.

Pour la première fois depuis le début du voyage, Yolanda commençait à avoir hâte de retourner à la maison pour retrouver ses pantoufles, son chat et son *chum*. Et, surtout, pour ne rien devoir à personne.

D'un petit coup sec, elle a arraché son bracelet d'amitié et l'a lancé sous le lit.

Ni vu ni connu !

Au fond, elle n'avait plus tellement besoin de cette pacotille.

Si elle était pour avoir un enfant, aussi bien qu'il vienne de Jean-François. Côté procréation, il avait fait ses preuves. Avec cinquante pour cent de sa génétique, le petit Renaud était dans l'ensemble une réussite.

En regardant sur la table de chevet, Yolanda a vu le dernier cachet d'Ativan de son père.

Sans même savoir si c'était dangereux pour le bébé ou penser que Dominique en aurait besoin pour le retour, elle l'a avalé.

Elle éprouvait un grand besoin de détente et de sainte paix. Tout comme sa compagne de voyage !

Sous la douche, Dominique étirait sciemment le temps. L'eau froide lui faisait du bien. Si, au moment de la réservation, elle n'avait rien osé dire à propos de la chambre, c'était qu'elle ne croyait pas qu'il existait encore des hôtels sans air conditionné.

De nos jours, même les roulottes de camping en sont équipées !

Là n'était pas le seul irritant.

Dominique commençait à avoir ras-le-bol des sandwichs, puisque c'était la seule chose que Yolanda était en mesure de se payer. Le pain français avait beau être délicieux, elle aurait préféré qu'il accompagne ses soupers plutôt qu'il en soit presque l'unique composante.

Le temps d'un repas ou deux au restaurant, elle aurait apprécié que Yolanda mette sa fierté de côté. Après tout, elle n'avait
eu aucun mal à accepter le billet d'avion. Alors pourquoi avoir
soudainement l'amour-propre chatouilleux ?

Et d'où venaient tous ces commentaires et toutes ces insinuations
dès qu'elle faisait un achat ?

Elle n'allait tout de même pas se retenir de rapporter quelques
souvenirs parce que madame n'avait pas les moyens d'en faire
autant !

La peau bien ratatinée, elle s'est enfin décidée à sortir de la salle
de bain, sa température corporelle était maintenant redescendue à
un niveau plus tolérable.

Sur son lit, Yolanda dormait tout habillée.

Si sa colocataire n'avait pas ronflé à réveiller le fantôme de
Marie-Antoinette, Dominique aurait peut-être simplement éteint
la lumière avant de se glisser sous les draps. Ce n'était pas le cas !

— J'ai terminé. Tu peux aller te laver, a-t-elle dit en secouant
énergiquement son amie.

Depuis le début de son concubinage avec Patrick, elle avait
appris que, pour fermer l'œil en compagnie d'un ronfleur, elle
n'avait d'autre choix que de s'endormir en premier.

* * *

À l'autre bout de la ville, Louise vivait une soirée mémorable.

De l'entrée au dessert, elle ne s'était pas privée. La nourriture était bonne, le service, impeccable, et la vue n'était rien de moins qu'incroyable. Il ne manquait plus qu'un jeune Henri Salvador susurrant un air de bossa-nova dans ses oreilles pour rendre la scène plus romantique.

Depuis que leurs regards s'étaient croisés sur les berges de la Seine, Jean n'avait cessé de la complimenter, parfois sur ses traits, parfois sur son grain de peau ou même la forme de ses lobes d'oreille. Chaque compliment lui redonnait davantage de confiance et faisait grimper son taux d'hormones dans le sang. Avec ses trois verres de vin dans le nez, elle se sentait grisée et avait l'impression d'avoir la ville à ses pieds.

— Avouez que le moment est magique, a-t-il dit, en levant son verre pour porter un énième toast à leur rencontre.

Comme dans les films en noir et blanc, ni l'un ni l'autre n'avait encore osé laisser tomber les pirouettes du vouvoiement.

— On doit vous avoir déjà dit que votre décolleté est à faire chavirer un homme.

— Ah! vous! a rougi Louise.

Si cela avait été dit autrement, elle lui aurait assurément envoyé un coup de sac à main derrière la tête.

Un peu nébuleux sur sa vie personnelle, Jean était d'une simplicité attachante.

— Vous ne m'avez toujours pas dit ce que vous faites dans la vie, lui a demandé Louise, en prenant une bouchée de son croustillant au chocolat.

— Je suis gestionnaire.

Sa réponse s'était arrêtée là.

De toute façon, il aurait pu être gérant de dépanneur ou vice-président d'une institution financière, elle ne faisait pas de discrimination entre les petits et les grands *boss*.

Avant même que le serveur leur propose un digestif, Jean avait pris les devants :

— Vous voulez venir prendre un dernier verre à mon hôtel ? La vue est incroyable.

Même si Louise n'avait pas envie de jouer la carte des femmes faciles, elle savait qu'une telle occasion ne se présenterait pas demain matin, puisqu'un tel flirt ne s'était jamais produit auparavant.

Si la vie n'était faite que de moments comme celui-là, elle était prête à adhérer sur-le-champ à la philosophie selon laquelle il faut vivre dans le moment présent. Qui avait dit que la spontanéité était gage de vacances mémorables ? Si personne ne s'était attribué cette pensée jusqu'à maintenant, elle allait le faire !

Avant même que la porte de la chambre d'hôtel se ferme, les amygdales de Louise ont fait connaissance avec la langue de Jean. Saoulée par les caresses, elle s'est dit que le digestif pouvait attendre, tout comme la vue sur la tour Eiffel illuminée.

* * *

Bien qu'elle ait, en quelque sorte, poussé sa tante dans cette aventure, Annabelle souhaitait que les femmes d'un certain âge se montrent un peu plus pudiques à jouer à touche-pipi dès le premier soir. Tout particulièrement ce soir, alors que la peau du dos lui démangeait! Après tout, l'expression «yolo» signifiait que les jeunes de moins de trente ans n'avaient qu'une vie à vivre. La règle ne s'appliquait pas aux vieux de plus de cinquante ans.

Pour eux, il y avait Liberté 55.

Assise au pied de son futon, le ventilateur lui soufflant une brise chaude au visage, elle espérait impatiemment le retour de Louise pour profiter de ses mains. Les vésicules la démangeaient dans son dos. Malgré sa grande souplesse, il y avait des endroits où elle ne pouvait étendre son onguent de calamine.

Malheureusement, elle allait devoir prendre son mal en patience, car sa tante n'était pas prête à retourner au studio dans les minutes à venir.

* * *

287

Après deux orgasmes d'affilée, Louise s'était extirpée du lit pour donner une petite pause à son vagin irrité. Il faut dire qu'à l'aube de la ménopause, elle ne lubrifiait plus comme une jeune femme de vingt ans !

Avant d'entrer dans la salle de bain, elle a empoigné le téléphone cellulaire que Yolanda lui avait involontairement prêté. Pour être brève, elle aurait envoyé à sa nièce et à ses amies un texto court, mais concis.

Pour y parvenir, il aurait d'abord fallu qu'elle sache se servir de l'appareil intelligent.

Même avec son flip, elle pianotait les numéros de mémoire sans jamais utiliser son fichier de contacts.

Face à l'écran du téléphone, elle n'avait qu'une seule série de chiffres en tête.

— Diane, c'est Louise.

La façon la plus simple qu'elle avait trouvée d'informer ses compagnes qu'elle se trouvait en de bonnes mains était de faire la chaîne… même la plus longue qui soit. Et ce, en commençant par sa sœur à Longueuil.

Sans craindre les dangers du téléphone arabe, elle lui a dicté le message à transmettre à Annabelle, qui allait ensuite le faire suivre à Dominique et Yolanda.

— Dis à ta fille que je rentre après le déjeuner.

288

— Est-ce que tout va bien ? Je ne sais pas si c'est la ligne, mais j'ai l'impression que tu murmures.

Ce n'était pas une impression. Louise ne voulait pas faire croire à Jean qu'à son âge elle avait encore des comptes à rendre à ses amies à propos de ses déplacements.

— Ça ne pourrait pas mieux aller !

Sans donner de détails supplémentaires, elle a raccroché.

La pause avait suffisamment duré, elle se sentait prête à entreprendre la deuxième étape de ce qui prenait drôlement des allures de sex-o-thon.

Chose certaine, elle pouvait confirmer que son retour à la technique Nadeau lui était bénéfique, autant au point de vue du cardio que de l'endurance.

Quand elle est sortie de la salle de bain, ses yeux se sont d'abord attardés sur la vue qu'offrait la tour Eiffel. C'était mythique. Puis elle s'est tournée vers son partenaire.

Bien allongé sur le dos, Jean dormait à poings fermés.

Le jeu était fini.

Son nouvel ami ne semblait plus disposé à lui faire revisiter les portes du paradis, au moins d'ici le déjeuner.

* * *

Lorsque le cadran a sonné à neuf heures, Dominique a été la seule à avoir remué.

Elle a fait sa toilette doucement, laissant ainsi à son amie quelques minutes de plus dans les bras de Morphée. En quittant la salle de bain, elle a découvert que Yolanda s'était remise à ronfler. Puisqu'elles avaient déjà prévu des programmes différents pour la journée, Dominique n'a pas cherché à la réveiller. Sans faire de bruit, elle a saisi sa carte de crédit et son passeport, et a franchi la porte de la chambre tout en fermant derrière elle.

Alors que sa collègue projetait de dépenser ses émotions plutôt que de se gruger les ongles jusqu'à la lunule, Yolanda rêvait de crème pâtissière et de pâte feuilletée. Le cachet d'anxiolytique faisant encore son effet, elle n'était pas près de mettre fin à cette orgie alimentaire avant au moins midi, si ce n'était pas quinze heures. Et tout cela, au risque de devoir raccourcir son pèlerinage sur les traces de Dalida.

* * *

En marchant dans les rues du quartier Montmartre, Dominique a réalisé, avec horreur, que les magasins étaient fermés. Pour elle, le congé dominical était une aberration, surtout lorsqu'il s'étendait jusqu'à l'industrie du commerce. Qui avait décidé que le dimanche devait absolument rimer avec jour de repos ?

Ah oui, elle s'en souvenait. C'était Dieu.

Eh bien, à ses yeux, il avait eu tort !

Juste le fait de penser que c'était aussi la règle à l'époque au Québec de ne pas ouvrir les magasins le dimanche lui donnait des frissons. Si elle devait être reconnaissante à Gérald Tremblay pour l'une de ses initiatives, c'était bien d'avoir proposé ce changement de loi, au début des années 1990, alors qu'il était ministre de l'Industrie et du Commerce du gouvernement provincial.

Heureusement, Annabelle savait où l'emmener pour contourner cette norme.

Sans même prendre la peine de s'asseoir pour avaler un croissant et un café, elle s'est engouffrée dans le métro. Vingt-quatre heures avant de remonter dans un avion, elle sentait le besoin de faire des folies. Et ce, même si c'était ce qu'elle avait à peu près fait toute la semaine.

Quand Dominique est arrivée devant le 48 de l'avenue Victor-Hugo, Annabelle faisait déjà le pied de grue sur le trottoir. Vêtue comme la chienne à Jacques pour se protéger du soleil, elle s'était presque ruée sur son ancienne collègue.

— Peux-tu croire que ma voisine m'a prise pour une Rom ?

Les yeux globuleux, Annabelle n'avait assurément pas beaucoup dormi.

— Tu vas bien ? lui a demandé Dominique, en déposant le dos de sa main sur son front.

— Je ne m'endure plus !

Se retenant pour ne pas pleurer, elle semblait avoir perdu ses moyens.

— Est-ce que je peux faire quelque chose pour toi ? Tu veux peut-être que je te mette de la crème dans le dos ? a-t-elle demandé, laissant son petit côté maternel s'exprimer.

Elle avait vu juste. Il y avait bien quelque chose, en effet, qu'elle pouvait faire pour soulager la jeune femme. Pour la calamine, par contre, elle n'avait plus besoin d'aide pour atteindre les zones inaccessibles du dos à ceux qui n'ont pas les articulations déboî-tées. Prise au dépourvu en plein milieu de la nuit, elle avait trouvé une nouvelle utilité à sa spatule de cuisine.

— C'est juste qu'il ne me reste plus rien. J'attends ma prochaine paye. Entre-temps, je ne sais pas comment je vais faire…

— On ira faire le plein après notre promenade, a suggéré Dominique.

— Et pourquoi pas tout de suite ?

— Il n'est pas encore midi !

Ce n'était pas une bonne excuse pour une accro.

* * *

Si elle avait été l'héroïne d'un roman érotique, Louise se serait sans doute réveillée avec un bandeau rouge sur les yeux et un goût de sexe dans la bouche. Ce n'était pas le cas !

Louise appréciait les réveils un peu plus vieux jeu. C'est pourquoi l'odeur du café chaud embaumant la chambre d'hôtel de Jean l'avait fait sourire avant même d'ouvrir les paupières. Elle venait de passer sa meilleure nuit depuis très longtemps, et ce n'était pas seulement en raison de l'air conditionné ou même du cocktail de dopamine et d'endorphines découlant de leurs parties de jambes en l'air.

Étrangement, elle avait rêvé à Jacques. Le contexte restait vague, mais elle n'avait aucunement l'intention de passer la journée à se morfondre en cherchant un sens à cette apparition.

En voyant le plateau de déjeuner au pied du lit, elle a conclu que feu son mari avait pris une pause de son orgie paradisiaque pour l'encourager à refaire sa vie.

Si elle avait eu un peignoir à sa disposition, elle l'aurait enfilé avant de croquer dans quoi que ce soit. La robe de chambre manquante et la loi de la gravité ayant depuis longtemps commencé à faire son œuvre sur son corps, Louise s'est empressée d'attraper ses vêtements sales de la veille pour s'en vêtir.

De toute façon, ç'aurait été gênant de manger nue, alors que Jean était déjà habillé et chaussé.

— Bien dormi ? a-t-il demandé, en lui tendant une assiette de fruits.

Comme à son habitude, Louise a cherché un point négatif à sa nuit. Même en creusant, elle n'a rien trouvé. Un peu mal à l'aise à l'idée de passer pour une femme étouffante, elle se retenait de lui demander ses coordonnées avant de siroter sa première gorgée de café ou de lui proposer de prolonger leur séjour d'une journée.

La gêne du matin s'estompait rapidement, alors que les deux tourtereaux laissaient tomber des miettes de croissants un peu partout sur la moquette.

La tension sexuelle retombée, on pouvait passer aux confidences et au tutoiement. Tout comme Louise, Jean ne semblait pas pressé de mettre fin à leur rencontre.

— Comment se fait-il qu'un homme comme toi ne se soit jamais marié ?

— Avant-hier, je t'aurais répondu que je n'avais jamais rencontré la femme de ma vie.

Le commentaire a ébranlé Louise dans le bon sens du terme. Étourdie par cette déclaration d'amour, elle se sentait sur le bord du choc vagal.

Depuis la mort de Jacques, elle s'était abstenue de partager les détails entourant son décès. Avec Jean, elle se déliait la langue et se donnait enfin le droit de verbaliser ses frustrations.

— Et ses dernières paroles ont été à l'intention d'une vedette porno. Alexis… Son nom de famille m'échappe soudainement… C'est un État américain, a-t-elle dit en cherchant à s'en souvenir.

— Texas! a répondu Jean trop rapidement au goût de son amante.

Pendant un instant, elle a espéré que sa réponse n'était rien d'autre que le fruit du hasard. Après tout, il avait une chance sur cinquante de dire la bonne réponse. C'était tout de même plus élevé que de mourir frappé par une météorite.

— Tu la connais?

Jean a laissé sortir un rire bien gras avant de se lancer dans des explications:

— Tu sais que le sexe est considéré comme une excellente activité physique pour la santé?

Ah non! Louise avait soudainement une désagréable impression de déjà-vu.

— Enfin, pas si tu le pratiques juste une fois par année. Mais de façon régulière, et même quotidienne, c'est excellent pour le cœur. Et Alexis Texas m'a très souvent donné un coup de main pour y arriver.

Sans lui laisser le temps de l'interrompre, Jean a poursuivi:

— Ce n'est pas moi qui l'invente! Ça sort de la bouche de mon cardiologue.

Abasourdie, Louise n'en croyait pas ses oreilles. Est-ce que Jean et Jacques partageaient le même médecin, ou était-ce ce que répétaient tous les cardiologues de la province ? En jetant un regard autour d'elle, elle s'attendait à voir la mascotte de Juste pour rire sortir de sous le lit.

En tant que *nobody*, elle savait que c'était peine perdue.

— Ah ben bout de viarge ! a-t-elle vociféré.

D'un bond, elle s'est levée et a attrapé son sac. Sans même s'expliquer ou chercher une excuse pour s'éclipser en douce, elle a claqué la porte, laissant derrière elle un croissant à moitié grignoté. Même si Jean semblait avoir de très belles qualités humaines, elle considérait avoir assez donné pour la cause des maladies du cœur et le portefeuille de Hugh Hefner pour une vie humaine et une douzaine de réincarnations.

La mâchoire serrée, elle a grogné en entrant dans l'ascenseur :

— Jacques, calvince ! Ça suffit, les blagues plates ! Après tout ce que j'ai fait pour toi, il me semble que je mérite un peu de gratitude de ta part !

La quinquagénaire aurait sans doute préféré être seule pour descendre les quatre étages la séparant du rez-de-chaussée.

Sa scène avait fait sourire le couple de Marseillais déjà présent dans l'ascenseur :

— Tu crois que c'est de l'allemand ? a murmuré l'homme.

— Voyons, mon chéri, la dame parle clairement islandais.

— Ah bon !

Fulminante de colère, Louise a préféré les laisser dans l'ignorance.

En se rendant vers l'appartement de sa nièce, elle remerciait encore une fois son choix de vêtements.

Au moins, elle n'avait pas l'air trop fripée pour une femme ayant découché.

* * *

Dès son réveil, Dominique avait consciemment décidé qu'elle ferait une dépense folle au cours de la journée. Et c'était non négociable. Elle en sentait le besoin au plus profond de son système nerveux.

Même si le voyage à l'aller s'était bien déroulé, sa peur de voler ne l'avait pas quittée pour autant. Après tout, un vol réussi n'avait pas nécessairement l'effet d'une thérapie.

Toutefois, elle n'aurait jamais pensé que sa carte de crédit lui servirait principalement à remplir le congélateur d'Annabelle.

En tant que mère, Dominique se doutait bien qu'un jour ou l'autre elle aurait à garnir, à tour de rôle, le frigo de ses enfants et de leurs colocataires.

Une chose était certaine : elle n'irait pas faire la tournée des épiceries fines de la rue Victoria, à Saint-Lambert, ou celle de la rue Laurier, à Montréal ! Les œufs, le pain et les Munchies… tout viendrait du MAXI !

Crème glacée

Pour quelqu'un qui avait des problèmes de sous, Annabelle faisait la fine bouche. Ses courses, elle voulait les faire à un endroit, et nulle part ailleurs.

En franchissant les portes du commerce Häagen-Dazs du coin, Dominique a tenté de la raisonner.

— Tu n'aimerais pas mieux que je t'aide à faire une commande d'épicerie normale, genre viande, fruits et légumes?

Elle se prenait pour qui? Sa tante? Les essentiels, Louise s'en était déjà chargée. Après tout, c'était Dominique qui lui avait fait découvrir le vice.

— Tu ne comprends pas! Il y a juste la crème glacée au litchi et gingembre qui m'aide à endurer ça, a-t-elle dit, en soulevant son chandail au-dessus de son nombril pour laisser voir son ventre couvert de boutons purulents.

Dominique n'a pas cherché à comprendre quelle composante de cette douceur avait un pouvoir anti-démangeaison. Visiblement, c'était psychologique.

Annabelle aurait aussi bien pu développer une dépendance aux galettes de riz ou au pop-corn nature, mais ce n'était pas le cas. Elle l'a donc laissée passer sa commande au comptoir et s'est dirigée vers la caisse, sachant très bien qu'il était peu probable que la jeune femme la rembourse un jour.

— Quatre-vingt-cinq euros, a demandé la caissière, en alignant les demi-litres sur le comptoir.

— Et vous ajouterez une cuillère, a répliqué Annabelle en se léchant les babines.

En tendant sa carte de crédit, Dominique s'est demandé combien de temps une telle quantité survivrait entre les mains de la malade, et si ce n'aurait pas été plus économe qu'elle développe une dépendance à la cocaïne.

Avant même de regagner le studio, Annabelle avait déjà la bouche pleine.

De l'extérieur, il était clair qu'elle se portait mieux.

— Je ne sais pas comment te remercier, a-t-elle annoncé.

Dominique avait sa petite idée.

— Tu n'aurais pas une valise à me prêter, par hasard ?

* * *

Si la femme de ménage n'était pas entrée dans la chambre, l'aspirateur ronronnant comme une balayeuse de trottoirs, Yolanda aurait sans doute dormi toute la journée. Certaine que toutes les clientes étaient sorties, l'employée a sursauté en voyant une femme, les cheveux en bataille, s'extirper de sous les draps.

— Il n'est pas un peu tôt pour faire le ménage ? a lancé Yolanda, les yeux encore mi-clos et la bouche épaisse.

— Désolée de vous avoir réveillée, madame. À quatorze heures, les clients ont habituellement quitté leur chambre.

Crème glacée

Le cerveau encore mou, Yolanda a mis un moment avant de comprendre qu'elle avait fait plus que la grasse matinée. Ainsi, il ne lui restait que quelques heures pour partir sur les traces de Dalida.

Heureusement pour elle, son pèlerinage/rallye-photo/obligation familiale se déroulait dans le même arrondissement où elle logeait.

Même si elle ne s'apprêtait pas à aller à la messe, son éducation lui indiquait de revêtir sa plus belle tenue. Après tout, sa balade sur les pas de cette grande dame de la chanson avait presque une connotation religieuse en soi.

Avant d'entreprendre son trajet, elle s'est arrêtée à sa boulangerie habituelle et a commandé des viennoiseries pour deux. Toujours sans tache d'une menstruation à l'horizon, elle ne pouvait négliger la possibilité de devoir nourrir un petit être en plein développement.

— Et rajoutez un sandwich jambon-beurre.

C'était connu, les femmes enceintes ne devaient pas sauter de repas.

Tout en grignotant ses provisions, Yolanda, caméra au cou, a remonté la rue Lepic. Avec sa carte de l'arrondissement, elle a trouvé l'entrée du cimetière de Montmartre.

Heureusement pour elle, le dernier lieu de repos de la star était tout près des portes.

Un croissant et des photos de la sépulture dans tous les angles possibles plus tard, elle reprenait son chemin pour se rendre à la place Dalida et à la maison de cette dernière, quelques centaines de mètres plus loin.

En jetant un regard autour d'elle, elle s'était aperçue qu'elle n'était pas la seule touriste à faire cette balade sur les traces de cette icône mondiale de la chanson française. À voir l'émotivité de certaines personnes, elle commençait à croire que son père avait de la compétition pour conserver son titre du plus grand admirateur. Si elle n'avait pas exécuté à la dernière minute les nombreuses demandes de son paternel, peut-être qu'elle aurait trouvé un souvenir intéressant à lui rapporter. Pour le moment, c'était à son tour de maudire les règles des Français de fermer boutique le dimanche.

Les attentes de ses parents étant élevées, elle était prise au dépourvu. Après tout, ils espéraient un souvenir symbolique de Dalida, pas seulement une carte postale.

Tout de même, elle ne pouvait pas arracher de sa colonne le buste de bronze à son effigie pour le leur offrir ! La dizaine d'admirateurs autour du monument l'aurait lapidée juste pour en avoir eu l'idée.

Une chose était certaine : il valait mieux fredonner avec eux *Gigi L'amoroso* que de les provoquer.

Près du muret de pierres au bas de la fenêtre du 11 bis, rue d'Orchampt, un jeune homme s'affairait à récupérer les gravillons et la poussière dans la rue. Curieuse, elle s'est approchée pour le questionner :

— Dalida a mis les pieds où vous vous trouvez ?

— Ce n'est pas une garantie, mais tous les jours je croise des clients qui sont prêts à payer cher pour un petit souvenir de l'artiste, a murmuré l'homme en lui faisant un clin d'œil.

Sur ces paroles, Yolanda a plié les genoux et a ramassé, à son tour, quelques cailloux qu'elle a glissés dans son sac.

Qui sait le rôle que les siens avaient eu dans la vie de l'artiste ? Elle aimait bien l'idée que Richard Chanfray les avait lancés à la fenêtre de chambre de la chanteuse pour attirer l'attention de sa belle dans la rue, lorsqu'ils étaient encore un couple. Ou encore que ces petites garnottes avaient traîné dans ses souliers pendant l'enregistrement du succès *Il venait d'avoir 18 ans*.

En offrant ces cailloux en cadeau à son père, elle allait, sans contredit, frapper fort.

Fière d'avoir relevé le défi, elle s'est mise à fredonner, le cœur léger :

Laissez-moi danser laissez-moi
Laissez-moi danser chanter en liberté tout l'été.

Il ne lui restait plus qu'à prendre une ou deux photos de la façade du cabaret Chez Michou et le tour serait joué !

10 juillet

Plié, roulé ou pêle-mêle. Dominique avait essayé toutes les techniques décrites sur le Net présentant l'art de faire efficacement une valise. Il va sans dire qu'elle n'avait pas déniché de vidéo expliquant la façon de faire pour boucler l'équivalent du stock complet d'un magasin dans deux valises de format régulier. Et ce n'était pas le peu de place disponible dans celle de Yolanda qui allait régler son problème.

— Eh oh! Arrête, la fermeture éclair va lâcher! a déclaré Yolanda.

— Je te dis que ça va rentrer! a insisté Dominique, en forçant vigoureusement le bagage de sa compagne de voyage.

D'un geste brusque, Yolanda a tiré sa valise vers elle.

Étant un peu à cran, elle a montré les dents comme un propriétaire de dépanneur devant un client désireux de payer un paquet de gomme avec une carte de débit.

Après huit essais, Dominique devait faire face à la réalité.

— Finalement, peut-être que ça ne rentrera pas…

Elle se devait de ne pas trop insister, avant que son amie trempe les lèvres dans sa première tasse de café de la journée.

De toute façon, elles n'avaient plus le temps de recommencer à zéro. Un taxi les attendait déjà devant l'hôtel.

À voir l'amas de paquets traînant dans leur chambre, c'était à se demander si un seul véhicule allait être suffisant pour transporter les deux femmes et leurs effets personnels à l'aéroport.

— Vous allez devoir payer une surcharge ! a annoncé d'entrée de jeu le chauffeur, en les voyant arriver chargées telles des mules.

— Normalement, les surcharges ne s'appliquent pas seulement aux valises ?

— Je pense que ce n'est pas l'endroit pour essayer de faire des économies, a critiqué Yolanda, en s'installant sur la banquette arrière du véhicule.

De fait, Dominique n'avait pas fini de débourser pour ses petits achats.

— Je comprends que vous êtes en classe affaires, madame Chartier, mais je ne peux pas vous laisser entrer dans l'avion avec plus d'une dizaine de bagages à main, lui a expliqué l'agente au comptoir d'enregistrement de la compagnie aérienne.

— Ce n'est pas des bagages à main, ce sont des souvenirs !

D'une certaine façon, son esprit étant occupé à gérer le transport de ses achats de la semaine, Dominique avait presque oublié sa peur de voler.

C'était souhaitable, puisque Yolanda n'avait plus de pilules roses à lui donner.

— Je comprends, madame. Tout de même, vous allez devoir enregistrer quelques sacs, et je devrai vous facturer un bagage de soute supplémentaire, a essayé de lui faire comprendre l'agente.

— Combien ?

— Deux cent vingt-cinq dollars.

— C'est exagéré ! s'est offusquée Dominique, avant de se tourner vers son amie. Non mais dis quelque chose !

Yolanda avait depuis longtemps dépassé l'état d'exaspération. Toutefois, elle s'efforçait de garder son calme, sachant qu'elle devait sa carte d'embarquement à son amie. Si ce n'avait été que d'elle, il y a un moment qu'elle aurait réglé le problème.

Contrairement à la majorité des femmes enceintes dans leur premier trimestre, Yolanda ne souffrait pas de nausées matinales, mais plutôt d'une faim d'ogre. En tirant son amie par le bras pour l'éloigner de la file, elle a pris les choses en main.

À quatre pattes dans le hall des départs devant les deux valises grandes ouvertes de Dominique, elle empilait les sacs sans même se soucier de pouvoir refermer les compartiments.

Après avoir réussi l'impossible, elle a dicté la suite :

— Maintenant, tu vas faire emballer tes bagages d'une pellicule plastique résistante et tu vas retourner au comptoir pour terminer ton enregistrement!

— Je ne vais pas payer dix euros pour ça! a fait remarquer Dominique, en pointant le doigt vers le kiosque de Secure Bag quelques mètres plus loin.

— Si tu ne veux pas voir tes robes Petit Bateau et tes nouveaux kits brassières-bobettes circuler librement sur le carrousel à notre arrivée à Montréal, tu n'as pas vraiment le choix. Et c'est dix euros par bagage, et non pour les deux, a tenu à préciser Yolanda.

Pour Dominique et tous les autres qui allaient croiser son chemin, il était temps que Yolanda mange un peu!

* * *

La dernière matinée de Louise à Paris s'annonçait moins pittoresque que celle de ses collègues. Bien décidée à faire le plein d'énergie avant d'entreprendre son long périple de retour avec de multiples escales, elle traînait au lit, une jambe sous la couette et l'autre dessus.

Si elle s'était fait réveiller par une brise de fraîcheur, ce n'était pas causé par une chute de la température extérieure. À quelques centimètres du futon déployé, Annabelle se tenait tête première dans le congélateur.

— Fais attention au changement de température, fille. Il ne faudrait pas que tu te tapes un rhume en plus!

Louise avait beau avoir la vue embrouillée sans ses verres de contact, elle pouvait malgré tout remarquer que sa nièce avait développé de nouvelles courbes depuis son arrivée. L'expérience lui suggérait que ce type « d'enflure » localisé uniquement à certains endroits ne découlait pas directement de la maladie infectieuse qui affligeait la jeune femme.

— Si tu veux me parler, sors de là ! a-t-elle renchéri avec sa patience légendaire.

En voyant le visage de sa nièce émergé de l'igloo électrique, Louise s'est sentie légèrement mal de ne pas avoir discerné plus rapidement que les bruits émanant du congélateur étaient en fait des pleurs étouffés.

Comme un Bédouin, Annabelle mangeait en plongeant sa main droite dans le contenant de crème glacée avant de la diriger vers sa bouche. Avec les coulures de crème sur son menton, elle ne pouvait faire plus chic.

— Qu'est-ce que tu fais là, fille ? Est-ce que c'est la France qui te fait perdre tes bonnes manières ?

Pas besoin de l'analyse d'un professionnel de la santé mentale pour reconnaître que la jeune femme avait un problème.

* * *

Dans le salon Feuille d'érable du terminal 2A de l'aéroport Roissy-Charles-de-Gaulle, Yolanda préparait comme elle pouvait son amie pour l'embarquement.

— Je te conseille de le prendre cul sec, a-t-elle dit, en déposant devant Dominique ce qui semblait être un verre d'eau rempli à la moitié.

À l'odeur, on pouvait facilement comprendre que le liquide avait la capacité de désinfecter une plaie et de tuer bien des microbes. Pendant que Yolanda s'empiffrait de ses derniers croissants, bien calée dans un fauteuil du salon réservé aux passagers voyageant en classe affaires, Dominique se cassait la tête en essayant de se remémorer l'usage qu'elle avait fait du dernier cachet d'anxiolytique.

— J'en ai pris deux au départ. Puis j'en ai partagé un avec Annabelle et… je ne me rappelle plus. Tu es certaine que j'ai avalé le dernier ?

— Si ce n'est pas toi, c'est peut-être la femme de ménage. De toute façon, ça ne change plus rien, a évalué Yolanda, en lui désignant du menton la boisson détente qu'elle lui avait concoctée.

Dominique savait que, même en trouvant un coupable, aucune pilule n'apparaîtrait par magie devant elle. À moins que…

Eh non, elle ne l'avait pas glissée dans la poche de son panta-court par mégarde.

Plus la grande aiguille de l'horloge approchait de l'heure du départ, plus Dominique avait du mal à contenir son angoisse. Sans pharmacien à soudoyer aux alentours, elle n'a eu d'autre choix que de se tourner vers son cocktail pour l'aider à entreprendre le voyage. En se bouchant le nez, elle a avalé la mixture en une seule gorgée.

Les yeux exorbités, elle a mis une bonne minute avant de reprendre son souffle.

— Qu'est-ce que tu as mis là-dedans? a-t-elle craché. J'ai la gorge en feu!

— Il restait juste du Ricard…

Avec le petit filet de voix qui lui était revenu, Dominique l'a informée d'une évidence, peut-être seulement pour les Provençaux.

— Il faut le diluer!

Somme toute, un verre de Ricard pur avait des inconvénients, mais aussi l'avantage d'agir à une vitesse fulgurante sur l'intégralité des muscles du corps d'une buveuse de cent quarante livres. Et ce, juste à temps pour permettre à Yolanda de la faire embarquer à bord sans résistance, avec ses quelques sacs qui n'avaient pas trouvé place dans la soute à bagages.

Au début du voyage, Yolanda aurait aimé être assise à côté de son amie pour échanger durant le vol. Maintenant, elle appréciait grandement la cloison qui les séparait.

Même si la classe affaires permettait un plus grand confort aux voyageurs réguliers, elle avait sans doute été pensée par un duo de vacanciers qui n'endurait plus de s'entendre mutuellement respirer.

Crème glacée

Encore sept heures côte à côte, et les insultes auraient fusé. C'était un peu la même tension qui s'était installée entre Dominique et Yolanda.

En position presque couchée, Yolanda pouvait écouter les films sur l'écran digital fixé devant elle, sans même savoir si Dominique convulsait sa vie depuis le décollage.

* * *

Annabelle avait fait tomber son masque. Les yeux bouffis par les pleurs, elle ne semblait pas pressée d'essuyer les vestiges de crème glacée collés sur son menton. Si, quelques jours plus tôt, elle avait réussi à paraître assez fraîche et dispose pour afficher une photo d'elle en larmes sur les réseaux sociaux, ce n'était actuellement pas le cas. Elle allait donc s'abstenir de partager sa peine avec le monde entier.

Tout en voulant être compréhensive, Louise avait de la difficulté à suivre sa nièce.

Pourtant, c'était la même qui se vantait, depuis six mois, de sa nouvelle vie et de l'ivresse qu'elle ressentait à danser pour une troupe aussi prestigieuse que celle du Crazy Horse. Son enthousiasme excessif lui avait presque fait oublier l'envers du décor et son appartement médiocre. Enfin, peut-être pas tant!

Sans avertissement, Annabelle a braillé :

— Matante, je ne veux pas que tu partes! Reste avec moi!

Cette déclaration a laissé Louise à la fois bouche bée et flattée.

— Voyons, fille! J'étais certaine que tu te plaisais, ici. Hier encore, tu me disais qu'avoir déménagé à Paris a été la meilleure décision de ta vie!

— Si tu savais, matante…

Ses semaines de travail étaient tellement chargées depuis que son avion avait atterri à Roissy-Charles-de-Gaulle qu'Annabelle n'avait pas encore eu le temps de se créer un cercle d'amis. Pendant les répétitions et les prestations, elle rigolait dans les loges avec les autres danseuses. Une fois la porte du cabaret passé, elle se retrouvait seule avec elle-même.

— Ta mère n'a pas arrêté de me vanter la facilité que tu as eue à te faire de nouveaux amis…

Louise ne se souvenait plus du nombre de fois que Diane lui avait transféré, ces derniers mois, des photos de sa fille s'éclatant aux quatre coins de la Ville lumière. Sur chacune d'elles, Annabelle était souriante et entourée de plein de nouveaux visages.

— Vous êtes tellement naïfs, les vieux, avec la technologie. Vous pensez qu'on peut seulement truquer des images avec Photoshop, a-t-elle dit, en flippant les photos sur son cellulaire pour lui expliquer son point de vue. Celle-ci, c'est avec mon fromager. Je venais de lui acheter un crottin de brebis. Celle-là, je suis avec deux touristes anglais à la sortie du Crazy.

Louise comprenait le principe, mais cela n'expliquait pas tout.

— À Paris, la meilleure place pour faire des autoportraits de groupe, c'est pendant les manifestations. Les participants ne demandent pas mieux pour donner une chance à leur cause de faire le tour du monde !

— Il n'y en a tout de même pas tous les jours !

— Tu serais surprise ! Là, c'est pendant la grève du personnel de cuisine des hôpitaux. Ici, c'est à la place de la République, lors de la marche pour la fermeture des abattoirs. Là, c'est autour de la place de la Nation, pour la marche contre le retrait des marcels de couleur saumon chez Tati. À ce que j'ai compris, ce n'est qu'une question de temps avant que ça devienne la couleur de l'année, selon Pantone.

Devant une photo la montrant marchant pour le droit des aînés aux oreilles décollées de manger des purées les jours pairs dans les maisons de retraite, elle a laissé échapper un profond soupir.

— Je m'ennuie tellement de la poutine, des Oréo et de vous autres !

Annabelle savait établir son rang de priorités. Devant autant de pathétisme, Louise n'avait qu'une seule question :

— Qu'est-ce que tu attends pour revenir à la maison ? Il n'y a personne qui te force à rester ici.

— Si je retourne maintenant, le monde entier va me prendre pour une *loser*, a-t-elle avoué, en reniflant son cerveau. Et aussi, j'ai signé un contrat de deux ans.

Pour Louise, la deuxième réponse avait beaucoup plus de sens que la première. Si sa nièce n'avait pas les moyens de se payer un vrai appartement, elle n'avait vraisemblablement pas l'argent nécessaire pour payer les pénalités relatives à une rupture de contrat. Et ce, peu importe le montant.

Visiblement, la jeune femme allait devoir prendre son mal en patience.

* * *

Juste avant que les passagers sortent de l'appareil et entrent dans l'aérogare, l'agente de bord a remis deux sacs bien remplis à Dominique.

À n'en pas douter, cette dernière avait dévalisé le chariot de produits hors taxes pendant le vol.

En raison de la transparence des cabas en plastique, Yolanda pouvait voir leur contenu :

— Tu as acheté des cigarettes ? Tu ne fumes pas !

— Je suis certaine que je vais trouver preneur !

— En cas de guerre, je te dirais oui, mais là !

Puis, en zieutant de plus près, elle a ajouté :

— Et les sculptures inuites en pierre à savon ? Pourquoi ? a-t-elle demandé, sans même cacher son mépris.

— Pour ça, je pense que c'est un peu ta faute et celle du Ricard…

Le sujet était clos. Yolanda avait choisi de ne pas faire d'histoire de son problème de consommation. Par contre, ce n'était pas le cas du douanier, qui ne s'était pas laissé berner devant l'hésitation de Dominique à répondre aux fameuses questions: «À combien vous estimez les valeurs des marchandises achetées pendant votre voyage?» et «Qu'est-ce que vous rapportez?».

Juste en voyant le code inscrit sur sa carte de déclaration et celui sur la carte de son amie, Dominique doutait de devoir faire la file pour la fouille.

— On pourrait échanger nos valises? a-t-elle suggéré, après avoir récupéré les siennes sur le carrousel.

Yolanda a d'abord regardé le chariot chargé de sa compagne, puis le sien.

Finalement, elle a préféré ne pas répondre à cette question et s'est dirigée vers la sortie.

En ligne pour le dernier contrôle de sécurité avant d'apparaître dans le hall des arrivées, Dominique semblait aussi nerveuse qu'un candidat au statut de réfugié craignant la déportation. Subtilement, elle regardait la quantité phénoménale de factures dans son sac à main et considérait l'option d'en manger quelques-unes avant d'aboutir devant la salle de contrôle additionnelle. Somme toute, ç'aurait été inutile et indigeste.

Si elle avait mieux planifié son coup, elle aurait, au minimum, retiré les étiquettes de ses achats et les aurait sortis de leurs sacs originaux. C'est à croire qu'elle n'y avait pas pensé plus tôt!

— Vois ça comme des frais de transport! a essayé de relativiser Yolanda. Tu vas peut-être avoir à payer les taxes et, au pire, une amende.

— Aussi bien admettre tout de suite que je n'aurai rien sauvé, a répondu Dominique presque désemparée.

Yolanda n'aurait pas mieux dit! Par politesse, elle lui a tout de même proposé de l'accompagner à la rencontre avec les représentants de Scrooge.

Sur ce point, Dominique considérait qu'il y avait des échecs qu'une accro aux bonnes affaires devait assumer seule.

* * *

Pour Annabelle, c'était peine perdue.

Malgré sa douleur, le temps filait, et sa tante avait un vol à attraper.

Même sur le trottoir à attendre l'arrivée de son taxi, Louise était toujours aussi impuissante devant la crise de larmes qui ne semblait pas près de cesser.

En contournant sa voisine, la vieille dame du premier étage s'était permis un petit commentaire en retenant la laisse de son chien un peu plus serrée qu'à l'habitude:

— Les descendantes des Filles du Roy, toutes des geignardes.

Même si elle avait voulu rester plus longtemps à Paris, Louise ne pouvait se permettre de prolonger son séjour. Non seulement M. Jobin l'espérait pour reprendre en charge la préparation de la journée «bar ouvert», mais le confort de sa maison climatisé et son abonnement à Super Écran l'attendaient avec impatience!

Voyant son taxi arriver, elle a essayé un vieux truc de maman pour pouvoir filer en douce sans créer davantage de vagues:

— Fais-toi-z-en pas, ma choupette, je vais revenir te voir dès mes prochaines vacances.

— C'est dans combien de dodos? a aussitôt demandé Annabelle, en affichant ses yeux de biche.

— Bientôt…, a répondu sa tante, en refermant la porte du véhicule derrière elle.

«Bonyenne», a pensé Louise en réalisant qu'elle venait bel et bien de s'engager à revenir à Paris dans à peine un mois. Quoique, en regardant la silhouette de sa nièce par la fenêtre arrière de son taxi, elle commençait à croire qu'il y avait un certain ralentissement métabolique qui risquait de la ramener à la maison plus rapidement que prévu.

* * *

— Ça s'est bien passé? a demandé Yolanda, lorsque Dominique l'a rejointe dans le hall des arrivées.

— Le douanier m'a dit que rares sont les voyages entre filles à Paris où le montant de la marchandise achetée est en dessous de la limite permise.

En voilà un qui maîtrisait bien l'art de déculpabiliser l'acheteuse compulsive.

— Et ça t'a coûté combien ?

— Le douanier m'a dit que rares sont…

Yolanda n'avait pas besoin d'entendre le chiffre pour comprendre que son amie était encore sous le choc.

22 juillet

De retour au pays, Louise avait vu entrer quelques communications provenant de Kevin sur son téléphone. Malheureusement pour le garçon, c'était au tour de sa mère de filtrer ses appels.

À l'usine, l'adjointe de M. Jobin n'avait pas pu se remettre tranquillement de son décalage horaire en faisant acte de présence derrière son ordinateur. En laissant à Geneviève quelques détails à régler pour le «bar ouvert», elle avait découvert sans surprise que la jeune femme n'avait pas assuré la permanence pendant son absence. Chose certaine, tous ceux qui passaient régulièrement devant le poste de la réception pouvaient confirmer que, côté manucure, elle avait une collection phénoménale de vernis et un talent fou pour ne pas dépasser avec son pinceau. Toutefois, ce n'était pas un prérequis recherché chez une réceptionniste, et encore moins une activité inscrite dans sa description de tâches :

— On n'est pas dans un bar à ongles ! a pris l'habitude de beugler Louise, chaque fois qu'elle la surprenait à jouer avec ses cuticules.

La gestion d'événements, Louise détestait ! Elle s'était fait jouer un tour en se voyant confier la tâche d'organiser le dernier *party* de Noël, et se mordait encore les doigts d'avoir relevé le défi haut la main.

Maintenant, le patron était persuadé qu'il n'avait plus besoin de faire appel à des entreprises de planification d'événements, puisque Louise était là pour assumer ce rôle :

— Vous êtes la meilleure !

Tout compte fait, elle avait eu huit jours de travail pour veiller aux détails d'une activité promotionnelle aussi importante pour l'entreprise que le « bar ouvert ». C'était bien peu. Surtout lorsque le directeur a des attentes manifestement trop élevées et que la seule autre employée attitrée à l'organisation n'en a que faire de réussir ou d'échouer.

— Même si ce n'est pas parfait, personne ne va en mourir, avait répété Geneviève, un peu trop souvent au goût de Louise, ces derniers jours.

Sous le poids du stress, Louise pouvait devenir intraitable. Dans le feu de l'action, elle se transformait carrément en chef d'orchestre intolérable. Contrairement à sa subalterne, elle sentait la pression.

Si M. Jobin et ses associés étaient prêts à investir autant de capital pour transformer l'usine actuelle en Taj Mahal de la crème glacée, c'était avant tout pour voir le nombre de fidèles consommateurs non pas doubler, mais augmenter de façon exponentielle. Rien de moins !

Un peu comme son mentor, Steve Jobs, Pierre Jobin voulait créer un produit de marque pour lequel les consommateurs éprouveraient un lien d'appartenance décuplé à chaque lichette et qui n'hésiteraient pas à se faire tatouer le logo de l'entreprise sur la peau. Contrairement au gourou des technologies, il n'avait pas peur de faire tester gratuitement ses nouveaux produits. La générosité de M. Jobin aurait possiblement été mise à l'épreuve si la boule de crème glacée lui avait coûté le même prix à produire qu'un iPad.

— En cette fête de la crème glacée, je veux des sourires, de l'enthousiasme et de la bonne humeur. Mes amis, aujourd'hui, vous n'êtes pas seulement des employés de Jobin crèmes glacées, mais également des missionnaires. Je compte sur vous pour convertir le plus de clients possible à nos produits, a décrété M. Jobin, pour motiver les troupes avant le début des festivités.

En ce dernier samedi avant les vacances de la construction, le stationnement de l'usine avait pris des airs de fête avec les banderoles colorées, les ballons et les jeux gonflables.

Avec un salaire majoré de 100 %, les employés n'avaient pas rouspété à l'idée de faire quelques heures supplémentaires, à part peut-être Geneviève, qui trouvait encore matière à ronchonner :

— Il fait trop beau pour passer la journée dans un parc industriel.

Contrairement à ses habitudes, Louise ne l'a pas reprise. Elle avait d'autres chats à fouetter.

En fait, Geneviève pouvait se plaindre autant qu'elle le voulait en gérant les poubelles, la journée venait à peine de débuter et, déjà, elle s'annonçait pour être un beau succès.

Malgré les petits écueils du côté de la publicité, le bouche à oreille avait fait son œuvre. Après tout, cette chaîne est connue pour mieux fonctionner avec les produits gratuits qu'avec les collectes de fonds.

Pour s'assurer que l'ambiance reste joviale et légère, Louise avait installé le plus d'employés possible derrière les différents comptoirs réfrigérés. L'expérience lui disait qu'il n'y avait rien de plus impatient qu'un client qui fait la queue pour recevoir un petit quelque chose de gratuit.

La distribution des cornets se passant bien, M. Jobin pouvait se promener, tout sourire, entre les visiteurs pour récolter les compliments et poursuivre son objectif de conversion.

— Je n'ai jamais mangé une crème glacée aussi onctueuse, a avoué une maman, après avoir volé une bouchée de glace à son bambin. J'aime mieux ne pas savoir combien il y a de calories dans un cornet.

— Pour les calories, madame, s'est permis M. Jobin, c'est en partie dans la tête. Regardez-moi, je mange de la crème glacée tous les jours. Qui pourrait le dire?

S'il n'avait pas accompagné son commentaire d'un rire bien gras, on aurait pu croire que le prédicateur exagérait un peu sa chance. Après tout, sans être gros, le patron avait tout de même le ventre d'un homme bien nourri.

Attitrée à la surveillance des jeux gonflables, Dominique avait fait d'une pierre deux coups puisqu'elle pouvait surveiller ses enfants tout en guettant ceux des autres. Bien que ses vacances ne se furent pas conclues comme elle l'avait espéré, elles lui avaient tout de même permis de recharger ses batteries de maman.

Ainsi, elle avait à nouveau la patience de gérer les petites difficultés du quotidien.

— Maman, j'ai déchiré mon short! a dit Simon, en venant la rejoindre pour lui montrer le trou dans son fond de culotte.

— Maman va le recoudre en rentrant à la maison.

— Ce ne serait pas plus simple d'arrêter au centre commercial? a repris Simon, un peu surpris de découvrir que sa mère savait manier le fil et l'aiguille.

Bredouille, l'enfant était retourné auprès de ses frères.

— Saviez-vous que maman peut coudre?

— Avant, elle ne savait pas. Maintenant qu'on est pauvres, elle est obligée de le savoir, a répondu Maxence, ayant encore en mémoire son excursion à l'épicerie. Dis-toi bien que ce n'est pas pour rien que papa lui a repris ses cartes de crédit.

La vérité était un peu différente, mais les enfants n'avaient pas besoin de la connaître.

Déjà que la maison était un entrepôt en soi, Patrick n'avait pas tellement apprécié de devoir donner l'équivalent d'une paye en frais de douane pour un paquet de guenilles et de babioles inutiles supplémentaires. Furieux, il avait donné un ultimatum à Dominique : soit elle lui promettait de l'accompagner lors de son prochain voyage d'affaires à Beijing prévu à l'automne, soit elle mettait les ciseaux dans ses cartes de crédit.

Étrangement, elle avait choisi la seconde option. Son expérience à la douane avait marqué son esprit. Le douanier avait eu beau dédramatiser la situation, elle s'était vue mise devant son problème en constatant sa pile de factures accumulées en aussi peu de temps.

Pour donner un bon exemple à ses enfants, elle se devait de réagir et de prendre les choses en main.

Cependant, son choix avait fait le bonheur de Patrick. De toute façon, son horaire ne lui permettrait pas de faire du tourisme en Orient.

Le visage et les doigts frigorifiés, tous les employés responsables du service se réjouissaient du succès de l'événement à l'exception de Mohammed et Denise, qui, même en maintenant la grosseur des cornets à un niveau minimalement acceptable pour que les visiteurs ne se sentent pas floués, n'allaient certainement pas pouvoir repartir avec une grande quantité de pots restants.

Il n'y avait pas seulement Dominique qui avait invité sa famille à prendre part à ce beau rassemblement. Yolanda en avait aussi glissé un mot à ses parents. Enfin, ils pouvaient venir faire un tour à son lieu de travail, pourvu que son paternel se montre discret et exhibe moins de *chest* que d'habitude. Après tout, le « bar ouvert » se voulait une activité familiale. D'une certaine façon, Yolanda avait souhaité lui faire peur en lui imposant ses conditions. C'était raté !

Dadalida était prêt à faire un effort pour venir chercher le petit souvenir de Paris que sa fille lui avait promis.

— C'est le caillou que Dalida avait dans sa chaussure lors de l'enregistrement de son trente-trois tours *Gigi L'amoroso*.

— Ah mon Dieu, ç'a dû te coûter une fortune ! a répondu sa mère, alors que son père était pantois devant un tel trésor.

Les yeux pleins d'eau, Dadalida ne savait plus comment remercier sa fille.

— Qu'est-ce que tu attends pour la serrer dans tes bras ? a dit sa femme, en poussant le père et la fille dans les bras l'un de l'autre.

Sans consciemment vouloir briser ce beau moment de tendresse, Jean-François a regardé la « pièce de collection » de plus près avant de commenter :

— Elle l'avait mis volontairement ? Parce que je ne peux pas croire que quelqu'un puisse avoir une roche aussi grosse dans son soulier sans le savoir !

En réponse, Yolanda lui a fait les gros yeux.

Son père était content, c'était tout ce qui importait.

— Tu n'as pas un spectacle à préparer? a demandé Yolanda, pour subtilement inviter ses parents à quitter les lieux.

— Ah mon Dieu! Si on traîne trop, je n'aurai pas le temps de réparer les paillettes sur ta robe de scène, s'est exclamée trop fort la mère au goût de sa fille.

Même si aucun médecin n'avait encore officialisé la grossesse de Yolanda, Louise s'assurait personnellement que sa collègue soit attitrée aux tâches légères. Très légères.

Entre ses allers-retours dans l'entrepôt pour réapprovisionner les comptoirs de glace, Jean-François avait toujours l'œil sur la future maman et s'assurait, en amoureux protecteur, qu'elle ne force pas trop :

— Es-tu certaine que ce n'est pas trop exigeant?

— Je suis responsable de distribuer les *napkins*, pas des blocs de ciment, a simplement répondu Yolanda, un peu exaspérée par autant d'attention.

Depuis le retour de vacances de la jeune femme, le couple allait mieux que jamais. Yolanda travaillait sur sa personne et apprenait à user sa patience avec son *chum*. Après tout, si elle ne voulait pas être mère célibataire, elle avait intérêt à mettre un peu d'eau dans son vin ou, selon, du jus de tomate dans sa bière.

À la suite d'un échange de petits becs à la va-vite, Jean-François est retourné dans l'entrepôt et Étienne, qui était venu faire acte de présence à l'événement, en a profité pour se rapprocher de sa collègue.

— Je te pensais en vacances jusqu'à lundi! a dit Yolanda, surprise. Ne me dis pas que tu t'ennuyais trop pour pouvoir attendre jusque-là!

— C'est fini entre Virginie et moi. Elle est partie vivre chez sa sœur, avec sa mère et les enfants.

Étonnamment, Étienne semblait très bien prendre ce changement.

— De toute façon, c'était écrit dans les étoiles. Selon les statistiques, un couple normal sur deux se sépare. Pour les couples vivants dans une maison multigénérationnelle, c'est un sur un.

Ce n'est pas qu'elle voulait le contredire, mais Yolanda trouvait qu'il exagérait un peu trop la statistique.

— Est-ce que tu viens d'inventer ce chiffre-là? a-t-elle demandé.

Puis, en jetant un regard autour de lui, Étienne s'est assuré que Jean-François était loin d'eux avant de révéler :

— De toute façon, je ne l'aimais plus, Virginie. Je suis amoureux d'une autre femme.

Le cœur de Yolanda s'est mis à sauter quelques battements, avant de s'emballer. Yolanda ne savait plus qui, du soleil ou des hormones de grossesse, elle devait blâmer pour sa soudaine faiblesse. En prenant la main de sa collègue dans la sienne, il a ajouté :

— Je me vois à quatre-vingts ans faire des randonnées en quadri-porteur et siroter des suppléments alimentaires Boost à la paille avec toi.

Si Étienne représentait pour elle aussi un idéal amoureux, jamais auparavant elle ne s'était permis de croire que ce pourrait être possible un jour.

Maintenant qu'il était libre, c'était à son tour de ne plus être disponible sur le marché de l'amour.

— Écoute, je ne sais pas quoi te répondre. J'ai des serviettes de table à distribuer, a-t-elle dit, en s'éloignant pour décanter cette grande déclaration en solo.

Sa tête et son cœur voulaient exploser !

En plein milieu de l'après-midi, alors que l'intégralité, ou presque, des habitants de la ville de Longueuil et une bonne partie de celle de Laval faisaient la file pour un cornet gratuit, M. Jobin est venu donner une pause à Louise, qui essayait de se diviser en quatre pour que tout roule à la perfection.

— J'ai une surprise pour vous, lui a-t-il dit, en l'invitant vers le comptoir réfrigéré.

Pascal, le responsable de l'équipe de recherche et développement, l'attendait, un contenant en carton à la main. À son sourire, on devinait la satisfaction d'un homme convaincu d'avoir inventé un parfum qui dépassera en popularité le chocolat et la vanille. Dans la tête de Louise, un seul mot lui venait à l'esprit : « Déjà ? »

À la place, elle a exprimé quelque chose d'un peu plus diplomatique à l'intention de son patron :

— C'est vraiment un bel hommage que vous faites à mon mari en mettant son nom sur un de vos produits.

Fier de ce qu'il avait créé, Pascal n'a pas attendu que Louise exploite tous les sens requis dans une bonne dégustation avant de lui enfoncer dans la bouche une cuillère pleine de crème glacée au bacon et chipotle.

— Ahh…

Juste à voir l'eau qui remplissait ses yeux, les témoins comprenaient que la saveur l'avait prise au dépourvu.

— Je pensais avoir poussé un peu fort sur le piment, mais rapidement la crème atténue la sensation de feu. Bientôt, tu vas goûter au bacon, a précisé l'expert, en étudiant la réaction de son cobaye.

— Calvince, a crié Louise, en levant les yeux vers le ciel.

Connaissant le côté sanguin de l'adjointe administrative, tout le monde derrière le comptoir a retenu son souffle.

Puis, sans se soucier des gens autour, elle a recraché sa bouchée dans sa main :

— Je viens de me casser une dent en croquant dans une pépite de bacon !

Égoïstement, Pascal était soulagé que la réaction de sa collègue soit causée par une faiblesse dentaire plutôt que par un défaut de saveur. Puis son niveau d'angoisse a soudainement grimpé. Il craignait que Louise applique le proverbe « œil pour œil, dent pour dent » au pied de la lettre. Pour ne pas risquer de perdre un œil, il s'est rapidement confondu en excuses.

— Ce n'est pas ta faute, a répondu Louise, à la grande surprise de tous.

Une seule personne méritait le blâme, et c'était Jacques !

* * *

Lorsqu'un taxi s'est immobilisé dans le stationnement de l'usine, il était normal de se demander qui était assez fou pour payer un prix de base de trois dollars et quarante-cinq sous la course, en plus d'un dollar et soixante-dix par kilomètre parcouru, pour venir manger une boule de crème glacée gratis. Toute personne le moindrement douée en calcul aurait conclu qu'il revenait moins cher de faire un saut à l'épicerie et de payer le prix pour un gallon, plutôt que de faire la course en taxi.

330

Dans une autre vie, Dominique n'aurait peut-être pas vu la chose du même œil. L'expérience lui avait fait découvrir que certaines bonnes affaires perdent de leurs attraits une fois les frais de transport inclus dans la facture.

En voyant la jeune femme descendre du véhicule, Louise lui a trouvé une étrange ressemblance avec sa nièce. Convaincue qu'elle avait affaire à un de ses sosies, elle a poursuivi ses activités. Après tout, si François Hollande en avait au moins quatre de connus, Annabelle pouvait bien en avoir un elle aussi !

Quand elle a remarqué que la copie conforme d'Annabelle sortait un énorme sac de voyage de l'arrière du véhicule, elle a eu une idée. Sans attendre, elle est allée rejoindre Geneviève qui tuait le temps bien appuyée sur le mur de brique de l'usine :

— Tu peux prendre tes affaires. Finalement, on aura plus besoin de tes services.

Pour la forme, Geneviève a argumenté avant de se diriger vers sa voiture. Au fond, Louise venait de lui faire une faveur. Depuis plusieurs semaines, elle espérait juste qu'on lui donne son quatre pour cent pour réclamer son chômage et enfin profiter de son été.

Pendant que Louise créait de la place pour sa nièce dans l'organigramme de l'entreprise, Annabelle était accueillie comme une star par ses anciens collègues, qui voulaient tout savoir.

— Ma vie à Paris était géniale. J'avais un appartement dans un bel immeuble bourgeois du seizième arrondissement, à quelques pas de l'Arc de Triomphe, s'est vantée la danseuse à ceux qui s'étaient approchés pour l'écouter.

À l'entendre parler, on pouvait croire que, pendant son séjour à Paris, elle s'était transformée en l'une de ces personnes qui n'ont plus besoin de faire caca. Elle parlait de ses six derniers mois comme s'ils avaient été seulement faits de glamour, de champagne et de restaurant trois étoiles du guide Michelin.

Une seule question leur brûlait tous les lèvres :

— Pourquoi tu es revenue, alors ?

Pendant l'intégralité de son vol de retour, la jeune femme avait réfléchi pour trouver une réponse digne d'un cabinet de relation publique :

— Je ne pouvais plus continuer tout en sentant qu'on avait besoin de moi ici.

Si tout le monde se laissait berner par sa réponse, ce n'était pas le cas de Louise. Elle n'attendait que d'être en privé pour connaître la vérité. Après tout, il suffit parfois de péter dans un verre d'eau pour avoir des bulles.

— La varicelle m'a tellement fait enfler que j'ai échoué la pesée de douze livres.

— Fille…, a seulement dit Louise.

— J'ai peut-être aussi un peu ambitionné sur la crème glacée.

Épilogue

À midi une, les quatre femmes ont fait leur entrée, le sac à lunch à la main, dans la salle des employés. À la queue leu leu, elles ont longé les tables des conducteurs de machinerie, traversé la section occupée par les employés de l'unité de pasteurisation et de la chaîne de production, dépassé la table des employés d'entrepôt avant d'arriver à celle des employés administratifs et de se tirer une chaise.

En apprenant le départ de Geneviève, M. Jobin s'était précipité pour offrir le poste à son ancienne employée. Au plus grand bonheur des filles, et tout particulièrement de sa tante Louise, Annabelle avait accepté.

On pouvait prévoir le retour des beaux jours à l'usine.

Dominique avait cru opportun de témoigner sa joie de la voir à nouveau derrière le bureau de la réception.

— Excitez-vous pas trop vite! C'est juste en attendant que je trouve mieux ou que je me décide à retourner aux études. Quand même, je ne me vois pas travailler dans une laiterie jusqu'à mes quarante ans, a répondu Annabelle spontanément.

Pour toute réaction, les autres filles se sont regardées sans émettre de commentaire. Si elles s'étaient ennuyées de la fraîcheur et du dynamisme d'Annabelle, elles n'avaient pas regretté son mépris pour leur situation professionnelle.

Au fond, Paris ne l'avait pas changée. Elle était la même Annabelle, le téléphone cellulaire collé à la main, prête à répondre aux textos entrants plus vite que son ombre.

En relevant les yeux de son écran, elle a regardé le visage de ses collègues.

Puis elle a ajouté :

— Je suis vraiment contente de vous retrouver, moi aussi.

C'était suffisant pour leur faire oublier l'arrogance de la jeune femme et de toute sa génération !

Alors que les filles profitaient de l'heure du dîner pour se remettre au parfum des dernières nouvelles, Louise ne s'est pas gênée pour bombarder Yolanda de questions sur la composition de son repas :

— Ce n'est pas que je veuille mettre en doute tes choix alimentaires. Mais il me semble qu'une rôtie froide et une demi-boîte de thon, ce n'est pas le repas le plus équilibré en ville.

— Dans ce cas-là, tu ne voudras surtout pas voir de quoi mon souper aura l'air ! Le régime du hot-dog me promet de perdre jusqu'à dix livres en trois jours. Exactement ce dont j'ai besoin depuis les vacances pour rentrer à nouveau dans mon linge, a-t-elle précisé en murmurant cette dernière confidence.

À ce sujet, Dominique n'allait pas la laisser faire sans intervenir. Après tout, c'était son droit puisqu'il est connu qu'une femme enceinte devient, en quelque sorte, un bien public :

— Tu ne peux pas t'amuser à manger n'importe quoi. Ton bébé…

Yolanda ne lui a pas donné la chance de terminer :

— Enlevez-vous ça tout de suite de la tête. Il n'y a pas de bébé.

— Moi qui avais un petit pyjama pour ton poussin, a dit Dominique, pour ne pas admettre qu'elle avait déjà acheté l'intégralité d'une garde-robe de la taille zéro à trois ans.

En réalisant que ses propos étaient déplacés, elle a ajouté :

— Il faut croire que je vais l'avoir pour une prochaine fois !

— Ouais ben… selon le médecin, si je veux un enfant, j'ai affaire à me dépêcher. D'après les résultats de mes prises de sang, je serais en préménopause.

Les filles s'attendaient à entendre n'importe quoi sauf ça.

— J'ai tellement pas hâte de commencer la mienne, a dit Louise, en se croyant compatissante. Les bouffées de chaleur, les sautes d'humeur, non merci !

Tout en sachant que le commentaire ne se voulait pas désobligeant, il avait l'heur de tourner le fer dans la plaie. Craindre la ménopause à cinquante-quatre ans était une chose, la commencer à trente-six en était carrément une autre !

Pour remonter le moral de son amie, Dominique a cherché à miser sur l'aspect positif de sa situation :

— Il ne faut pas s'alarmer. Les stades « pré » peuvent s'étirer sur plusieurs années. Regarde les enfants, on les dit préadolescents entre l'âge de huit et treize ans. Dans certaines situations, le « pré » peut devenir élastique.

— Eh, fille, il n'y a rien d'impossible. Je n'aurais pas dit ça l'année dernière, mais tu connais maintenant un gars qui demande juste ça, te faire un enfant, a ajouté Louise, en s'enfilant quelques amandes au tamari.

« Ou peut-être deux », a pensé Yolanda.

En redressant la tête, elle a vu Jean-François en train de manger avec ses collègues, quelques tables plus loin. Puis son regard s'est tourné vers Étienne qui, à quelques fesses de distance, suivait la conversation sans s'y mêler. En voyant Yolanda, il lui a souri discrètement. Elle savait que la balle était dans son camp, mais elle ne savait toujours pas dans quelle cour la lancer.

— S'il hésite trop, ne prends pas de chance et tourne-toi vers un donneur, a annoncé Annabelle, les yeux fixés sur son cellulaire. J'ai envoyé un texto à un ami, il devrait me revenir avec l'adresse de sa banque de sperme.

— Il est généreux, ton ami, s'est quelque peu moquée Dominique.

— Si tu savais ! Il aimerait donner du sang, mais il a peur des aiguilles.

Pour Yolanda, la conversation avait pris une tournure improbable. Avant d'établir les critères de sélection du père de ses futurs enfants, elle devait d'abord déterminer si elle éprouvait l'envie de devenir la maman d'un être vivant autre que son chat.

En regardant Louise croquer énergiquement dans ses noix, elle a trouvé une façon de changer de sujet :

— Vas-y doucement, si tu ne veux pas être obligée de fixer un autre rendez-vous avec ton dentiste.

— C'est déjà fait, a répondu Louise, tout sourire.

— Qu'est-ce que tu veux dire ? Tu retournes le voir pour un traitement de canal, un nouveau plombage ou seulement…, a demandé Dominique, salivant devant un éventuel bon potin.

— J'ai rendez-vous pour un « ou seulement… », a simplement répondu Louise, sans donner plus de détails.

Sans que Louise s'y attende, sa dentition était tombée dans l'œil de son dentiste de douze ans son cadet. En manipulant sa fraise dentaire pour réparer sa dent numéro quarante-six, il avait été mis au courant du nouvel état civil de sa patiente. Avant la fin de l'intervention, il l'avait invitée à prendre un verre. La bouche complètement gelée, Louise avait accepté.

— Je n'aurais jamais pensé que tu pouvais être une cougar, a taquiné Yolanda.

— On pourrait même dire que tu es une GMILF, a répliqué Annabelle.

— Une quoi ? ont demandé en chœur les trois autres filles.

Annabelle avait oublié que ses collègues et elle ne parlaient pas tout à fait le même langage.

Alors que sa nièce s'apprêtait à leur donner un cours sur les plus récents mots ajoutés au dictionnaire urbain, Louise s'est rendu compte que son bracelet en ficelle n'ornait plus son poignet. En cet instant précis, elle était reconnaissante à la vie d'être aussi bien entourée. Son souhait s'était finalement réalisé. Puis elle s'est remémoré le vendeur sénégalais occupant les marches menant à la basilique du Sacré-Cœur, à Paris. Si elle avait su que ses bracelets étaient plus que de simples bouts de ficelle, elle lui en aurait acheté une caisse pleine.

Quant à Dominique, elle allait devoir endurer le sien encore un moment. Certains enfants mettent plus de dix-huit ans à prouver à leurs parents que ceux-ci ont réussi leur éducation.

Remerciements

Ce projet n'aurait pas pu voir le jour sans la collaboration de quelques personnes.

Merci à Daniel Bertrand pour sa confiance. Merci à Robin, Karine, Stéphanie et Marie-Michèle pour leurs conseils et leur gentillesse.

Merci à Madeleine Vincent pour son travail de moine et ses yeux de lynx.

Merci à mon père et à ma mère qui croient toujours en moi et me donnent des ailes pour aller plus loin. Leur amour m'est précieux.

Merci à ma sœur Caroline pour son enthousiasme et ses encouragements.

Merci à mes lectrices «béta» et amies Mylène Arpin et Annie Lehoux.

Merci à Litchi et Olive, mes complices de tous les jours, qui me jappent parfois quelques bonnes idées!

Merci à Jay de me donner du souffle.

Merci à Häagen Dazs de songer à remettre sur le marché la glace au parfum de litchi et gingembre. À force de l'écrire, quelqu'un va peut-être leur faire le message…

MARQUIS

Québec, Canada